珍珠湾文丛 2023

厦门市作家协会 主编

角色

苏丽梅 著

中国华侨出版社
·北京·

图书在版编目（CIP）数据

角色 / 苏丽梅著. -- 北京：中国华侨出版社，2024.10. --（珍珠湾文丛）. -- ISBN 978-7-5113-9247-3

Ⅰ．I247.7

中国国家版本馆CIP数据核字第2024LU0230号

角色

著　　者：苏丽梅
策划编辑：关　勇
责任编辑：姜薇薇
封面设计：悟阅文化
经　　销：新华书店
开　　本：880mm×1230mm　1/32开　印张：49　字数：1225千字
印　　刷：成都市兴雅致印务有限责任公司
版　　次：2024年10月第1版
印　　次：2024年10月第1次印刷
书　　号：ISBN 978-7-5113-9247-3
定　　价：298.00元（全5册）

中国华侨出版社　北京市朝阳区西坝河东里77号楼底商5号　邮编：100028
发行部：（010）64443051　　编辑部：（010）64443056
网　址：www.oveaschin.com　E-mail：oveaschin@sina.com

如果发现印装质量问题，影响阅读，请与印刷厂联系调换。

总　序

厦门历来是祖国东南的重要口岸，是与世界各地进行经济文化交流的重要门户。厦门文学自宋代开始，经过一代又一代文学人的努力，已经形成自己的优势和特色。在当今中国实现国家富强、民族振兴、人民幸福的中国梦的伟大征程和现实语境中，面对新的生活实践，厦门文学的使命又有了新的内容——厦门市委、市政府高度重视文化事业，提出着力建设"文化中心、艺术之城、音乐之岛"，弘扬闽南文化、嘉庚文化、海洋文化等文化的优势，打造厦门地方特色文化品牌的目标。而弘扬地方文化优势，树立文化品牌，文学是中坚力量，不仅体现在其自身的创作深度上，而且体现在对于其他艺术门类的影响和带动上。这样，新时代带给文学新生机，也给厦门文学发展提出了更高更新的要求。

为了繁荣我市文学创作，提升厦门文化软实力，推动社会主义核心价值体系建设，同时也为了发现、培养、鼓励文学新人，大力推进厦门作家队伍建设，厦门市文联拨付专项资金，大力扶持厦门作家的作品出版，资助的作品体裁包括小说、散文、诗歌、报告文学、儿童文学、文学评论等。因厦门市文联办公地点毗邻美丽的珍珠湾海滩，我们将该作家扶持项目命名为"珍珠湾文丛"。

"珍珠湾文丛"每年度出版一辑，每辑收录若干部本市作家的优秀作品。期待每年推出的"珍珠湾文丛"，能不断地为厦门市文学生态注入新鲜血液；厦门作家的写作实绩和专业水平，也会通过文丛得以全面展现。

这是文学的信心和希望，春种秋收，让我们乐观其成。

厦门市作家协会

目录 CONTENTS

柚　语	/ 001
落　叶	/ 033
角　色	/ 049
人到中年	/ 063
我本温柔	/ 080
辞　退	/ 094
无处安放	/ 109
二涛 & 王涛涛	/ 127
花　语	/ 141
分　款	/ 150
相约在梦里	/ 164
凤凰花开	/ 176
绿宝石项链	/ 189
送　婚	/ 203

柚　语

一

　　福建省与 M 省交界处，不时有车辆来往。

　　三个穿制服的工作人员站在交界处，看着来来往往的车辆，似乎在等待什么。

　　一天、二天、三天……一个星期过去了，他们仍然每天出现在这里。这支综合执法队伍，成为一道亮丽的风景线。

　　"快看，目标出现了。"市场监督管理局局长林伟首先发现目标。这次查处，他身肩队长的重任。林伟目视前方，声音抑制不住地兴奋。

　　"好家伙，有三辆货车。"黄毅的脸上闪着亮光。路边查车对身为交警的黄毅来说已是家常便饭，但这次带来的新鲜感却是前所未有。

　　"这么多天的守候，值！"农业局的莫沧澜面露微笑。

　　"铆足精神，争取大获全胜。"林伟信心满满。

　　三双眼睛，似三道闪亮的电光，聚集在交界线对面几辆缓缓前行的货车上。近了，近了，货车就快冲关越线了，林伟的心提到了嗓子眼，他恨不得冲上前，接过货车司机的方向盘，加大马力冲过交界线，这样，他就可以请君入瓮了。

货车无视三人焦灼的等待，缓慢地停了下来，过了一会，慢吞吞地先后开进路边的加油站。

"他们去加油了。"莫沧澜说。

"三辆货车都要加油？那不又要等？"林伟无奈地摊了摊手。

时间嘀嘀嗒嗒地行走，货车沉默地矗立在加油站。暮色犹如一张灰色的大网，悄悄地撒落下来，笼罩整个大地。

过了一个多小时，货车缓缓启动。执法队成员面露喜色，准备出击。

出乎意料的是，三辆货车在加油站掉了个头，开往来时的路，片刻工夫，消失在苍茫的夜色中。

他们你看着我，我看着你，目瞪口呆……

夜色如水，周围万籁俱寂，微风吹来，夹杂着田野的气息，路边许久才有一辆车倏忽而过。担心货车趁夜色的掩护冲关，三人坐在车里，轮流盯着前方，留意外面的动静。

一直到天亮，都不见货车的影子……

二

执法队来自闽和县。闽和县地处福建省闽南金三角，盛产琯柚。

琯柚是闽和县著名的地方传统名果，迄今已有几百年种植历史。早在清朝乾隆年间，琯柚就被列为朝廷贡品，深受乾隆皇帝的喜欢。

传说琯柚是由侯山第八世祖西圃公培植而成。1528年，西圃公出生在闽和县郊外一个美丽的小山村，村里有条小溪叫琯溪，琯溪的水潺潺流向远方。

西圃公对种植果树情有独钟，他开辟了一大片果园，种满各种果树。

一年夏天，山洪暴发，滔滔洪水淹没了西圃公的果园，西圃公焦急万分却又无计可施。好不容易等到洪水过后，西圃公急匆匆到果园查看，原本郁郁葱葱的果园只剩下一棵果树趴在烂泥里，沉甸甸的果实也被洪水冲击得所剩无几，西圃公小心翼翼扶起果树，精心伺候，几个月后，果实饱满、成熟，西圃公摘下一个剥开果皮，只见里面的果肉一瓣瓣团结紧密，晶莹剔透，西圃公试着咬了一口，味美多汁，堪比蜂蜜，西圃公随口取名"蜜柚"。

蜜柚如此好吃，让西圃公大喜过望，他从蜜柚树上剪下枝条，随意插种，没想到都活过来了。西圃公扩大蜜柚树的种植面积，并把枝条分给左邻右舍种植，没多久，琯溪的四周都种上了蜜柚树。中秋时节，大量蜜柚成熟，西圃公寻思着通过琯溪这条水路把蜜柚运到外面销售，为了让蜜柚在外有个具体名称，西圃公思索良久，给蜜柚取名叫"琯柚"，这名字一直沿用至今。

20世纪80年代，闽和县大面积种植琯柚，取得了良好的经济效益，琯柚的影响力也越来越大，为了树立、保护琯柚品牌，闽和县给琯柚注册了地理标志证明商标。每年中秋节前后是琯柚采摘时间，闽和县有些柚商唯利是图，在琯柚还没上市之前，从M省买来蜜柚，贴上琯柚的商标推向市场，贴牌柚不仅侵犯了闽和县柚农的利益，也损害了顾客的消费权益。闽和县为了抵制贴牌柚，成立由林伟、黄毅、莫沧澜组成的综合执法队，查处从M省运过来的蜜柚。

林伟、黄毅、莫沧澜在车上守了整整一夜，三辆货车却再没出现。天一亮，林伟憋不住了，驱车越过交界线到前方查看，哪里还有货车的踪影。

这节外生枝的插曲让大家始料未及，三人惆怅万分。这时，林伟接到上级电话："据群众举报，山坳村蒋清清蜜柚加工厂正组织工人包装贴牌柚，你们马上赶过去。哎，我说你们是咋搞的？不是天天守在关卡吗？怎么还会有M省的蜜柚进来……"

林伟正想解释，对方把电话挂了。林伟向黄毅、莫沧澜传达了上级指示，黄毅沉思道："那三辆货车装载的可能就是蒋清清的货，可是昨晚我们一直在这守着呀，莫非还有其他路可走？"

山坳村，顾名思义，坐落在两山之间的山坳处。山坳村属于自然村，离闽和县县城几十公里。以前，通往山坳村的路是羊肠小路，受交通所限，村民很少走出山坳村，山坳村有如陶渊明在《桃花源记》里所描述的："其中往来种作，男女衣着，悉如外人。""不复出焉，遂与外人间隔。"

山坳村交通闭塞、信息落后，村民日出而作日落而息，后来，山坳村的路拓宽了，铺上水泥路；村里通了电视，村民看到电视上柚农卖琯柚后喜笑颜开，他们也买来琯柚苗，开荒种果。

没多久，山坳村有人做起蜜柚生意，并效仿其他柚商，从M省买回蜜柚贴上琯柚商标转手卖出去，从中牟利。一夜之间，山坳村出现了多家蜜柚加工厂，其中蒋清清蜜柚加工厂是规模较大的一家。

执法队接到上级电话后，马上驱车前往山坳村。一个多小时后，他们到了目的地。三人下车，找到蒋清清蜜柚加工厂，厂房大门紧闭，里面透出光线。莫沧澜上前敲门，不一会，一扇小铁门"哐当"一声开了，露出一张浓妆艳抹的脸。浓妆艳抹的脸看着眼前的三个男人，"哟"了一声，说："你们……有事吗？"

林伟开门见山："你是蒋清清吧？我是市场监督管理局的，我们是综合执法队，来检查贴牌柚。"

浓妆艳抹的脸承认她就是蒋清清后，推辞道："我有事要出去，你们改天来吧。"

"有群众举报你们加工贴牌柚出售，请配合检查。"黄毅说。

蒋清清睁大眼睛，夸张地惊呼："这你们也信？现在生意不好做，同行为了消灭对手，想方设法搞事，好一家独大，你们又不是不知道。"

"请配合我们检查。"莫沧澜严肃地说。

"你们想看就看呗。"蒋清清让开身体。

厂房里宽敞明亮，空无一人，金黄的蜜柚堆满地面，几台机器静立一旁。

莫沧澜随手从地上拿起一个蜜柚，蜜柚上贴有琯柚商标。莫沧澜放手里掂量着，问："这蜜柚是从哪里收购的？"

"自家的，刚摘回来，种在地里，日光足，成熟早。要是种在山上，现在可还是青溜溜的。领导，我这可是货真价实的琯柚哦。"蒋清清似笑非笑。

大家绕着蜜柚堆转了一圈，地上的蜜柚全部贴着琯柚商标，无法判断是琯柚还是贴牌柚。

"我可告诉你，不要挂羊头卖狗肉，一旦被查到，严惩不贷。"莫沧澜说。

"我知道我知道，我一直都遵纪守法，每年还依法纳税呢。"蒋清清信誓旦旦。

他们在厂里仔细检查一番，没发现任何蛛丝马迹，只有转身离开。

"慢走哈，不送了。"蒋清清在身后喊。

在回去的路上，黄毅边开车边对林伟说："林局，你不是能辨别真假琯柚吗？那些蜜柚我看八成是贴牌柚，为什么不当场揭穿她？"

"M省蜜柚和咱县琯柚属于同个品种系列，从外观上很难分辨，由于地势的原因，M省蜜柚口感比琯柚差很多，我当然可以分辨出，但这不具有法律效力。"林伟无奈地说。

"M省的蜜柚贴着琯柚商标摆在眼前，我们却无法处理，唉。"黄毅叹气。

"这个取证确实有难度。"莫沧澜说。

"怎样才能处罚他们？"黄毅问道。

"跟踪他们,确认他们是从 M 省拉蜜柚到咱闽和县,并给这批蜜柚贴上琯柚商标的时候当场被我们抓到,只有这样才能进行处罚。但是要把握这样的时机有多难啊。"林伟说。

车在弯曲的山路上盘旋,空旷的山路一片沉寂,路的左边是悬崖,右边是连绵起伏的山峰,山峰的半山腰上,蜜柚树一片连着一片,沉甸甸的果实挂满枝头,每个果实都被牛皮纸套袋包裹得严严实实。

三

执法队回到县城,县长陈强召开会议,陈述琯柚面临的问题以及发展困境,县长重点提到这次执法队的查处工作,对执法队工作不力进行批评,林伟被记过一次,要做深刻检讨。

散会后,林伟回到单位,同事都在为他抱不平,林伟摆了摆手,说:"我被处罚事小,柚农受损事大。我争取将功补过,大家不要因为我而受到影响。"

第二天中午,林伟打电话约黄毅、莫沧澜商量工作,黄毅一接到电话就赶过来,莫沧澜却联系不上,黄毅建议直接到农业局找莫沧澜。

县城不大,摩托车是他们的主要交通工具。林伟跨上摩托车,黄毅坐在后座,林伟说:"昨晚我一夜没睡。"

"咋回事?"

"蒋清清在我们去之前,居然把工作做得这么好,不留一点痕迹,你说会不会是有人泄露了我们的行踪?"

"侦探片看多了?"

"你还真说对了,我最喜欢看侦探片。不过,你说我的推理有道理吧?"

"也许吧。"

"你有什么想法？"

"也许人家早就准备好怎么对付咱了呢？"

"这……"

"黄毅，你再给莫沧澜打个电话。"

黄毅掏出手机正准备拨电话。

正在这时，林伟紧急踩了刹车。

"咋搞的？"随着惯性，黄毅的身体大幅往前倾，整个身子趴在林伟身上。

"你看，前面那个不是莫沧澜吗？他正和一个女的说话，那个女的好眼熟……对了，那不是蒋清清吗？"

"蒋清清？在哪？"黄毅的眼光四处寻找，他顺着林伟手指的方向，看到了眼前的一幕：不远处一男一女淹没在熙熙攘攘的人流中，两人正说着话，说什么不得而知。

"找一个偏僻的地方停下，免得被发现。"黄毅提醒。

林伟发动摩托车，车拐进了边上一条小巷，他们坐在摩托车上，双眼紧盯莫沧澜与蒋清清。莫沧澜似乎有些激动，边说边挥舞双手。

"看来真是我们内部有问题，有人跟蒋清清通风报信，我们才会扑空。"

"没想到会是这样。"黄毅叹气，"要不要向上面汇报？"

"再看看吧，在没有掌握确凿证据前，不要随便下定义。"

"也是。"

远处，蒋清清朝四周看了看，从包里拿出一个信封，塞进莫沧澜手里。

莫沧澜的手僵硬着。

蒋清清一把拉起莫沧澜的手，把信封放在他掌心，转身离开。莫沧澜从后面追上，蒋清清小跑着钻进停靠在路边的一辆红色小轿车，莫沧澜上前，把信封从打开的车窗扔了进去，两人不知道说了什么,车徐徐启动,车加快速度,车飞驰而去。

"那信封有问题,蒋清清想贿赂莫沧澜吗?"林伟说。

"很难说。不过莫沧澜没收。"

"嗯。"

他们往回走,前面堵车,摩托车走走停停。正在这时,他们听到前面传来了吵骂声,林伟停下摩托车,两人上前了解情况。

原来是一对外地夫妻到闽和县旅游,在路边买了几个琯柚,回酒店时剥了一个,刚好当地同学来访,同学吃了后说是贴牌柚,带着那对夫妻找到卖柚摊点要求赔偿,摊点老板说蜜柚贴着琯柚的商标,他也是按琯柚的价格进货,你说假就假?双方争执起来,围观的人越来越多,引起交通堵塞。

林伟了解到事情缘由,从口袋掏出钱赔给那对夫妻,黄毅在边上疏散车辆和行人,围观的人群渐渐散去。

"看来,我们的工作任重道远。"林伟感叹道。

"我相信蒋清清不会就此收手,我们一定要把握机会。"黄毅坚定地说。

林伟老家在闽和县坂仔镇,离县城十几公里。林伟在县城安家后,经常抽空回去看望父母。

坂仔镇是著名作家林语堂先生的出生地,被评为全国文明村镇。在林语堂故居旁边,有一条溪叫花山溪,溪里的水静静地向远方流淌。林语堂十岁那年乘坐乌篷船沿着花山溪前往厦门求学,幼年时的坂仔生活给林语堂留下了深刻的记忆。林语堂在《四十自叙》中写道:"如果我有一些健全的观念和简朴的思想,那完全是得之于闽南坂仔之秀美的山陵。"

林伟记得,家乡大面积种植琯柚,是在20世纪80年代。刚开始,很少有村民愿意把稻田改为蜜柚园,包括林伟的父亲。他们执意认为,民以食为天,当农民不种粮食咋行?水果又不能当饭吃!

林伟每次放学都要经过稻田，他先是看到稻田被一片片柚苗取代，再然后，路的两边成了柚园。

柚苗种上后，要三五年才能结果，父亲看着柚农几年没收成，甚至到处赊欠肥料，父亲每每坐在灶台前，得意地抽着旱烟。

几年后，挂满枝头的琯柚卖出好价钱，柚农喜笑颜开。

父亲目睹柚农每年都有好收成，他狠狠心，在稻田里全部种上琯柚苗，虽然迟了些，终究没错过末班车。

几年后，琯柚开始收成，家里的收入增加了，林伟一家搬出土坯房，搬进小洋楼；餐桌上的菜丰盛了，身上衣着光鲜了……彼时林伟正在读高中，正值语文老师教《滕王阁序》，林伟每天走出门，都要诵读一遍："披绣闼，俯雕甍，山原旷其盈视，川泽纡其骇瞩……落霞与孤鹜齐飞，秋水共长天一色。"每次读这篇文章，他总感到豪情万丈。

没几年，坂仔镇的村民走出门，个个器宇轩昂，扬眉吐气。

这天适逢周末，林伟想着回家看望父母，一路上，林伟开着车，思绪联翩，车缓缓驶到家门口，他按了下喇叭，以此提醒亲人："我回来了。"

铁门紧闭，毫无动静。

坂仔镇的房子都是自建房，一字排开，一排少则两三家，多则十几家，一家紧挨一家。林伟大哥林俊的房子和父母的房子紧挨着。

林伟打开车门，父亲林胜利从屋里走出来。

"回来了。"

"嗯，回来了。"

"我妈出去了？"

"去做工了。"

林伟这才想起来，每年蜜柚丰收期，村里的蜜柚加工厂需要大批临时工，勤劳的坂仔镇村民当然不会错过这个赚钱的机会，纷纷跑去做工，林伟的母亲也去了。

林伟见大哥家也是房门紧闭，问父亲："林俊呢？"

"这时节哪有闲人？都去做柚子工了。"

"还没到中秋呢，琯柚都还没成熟，需要这么多工人吗？"

"M省那边早熟了，他们都是卖贴牌柚。"

林伟心里"咯噔"了一下，问："很多吗？"

"哈，那些柚商抢着赚钱，当然多。"

林伟跟父亲说要出去走走，信步走了出去。

附近就有一家蜜柚加工厂，大门敞开，在路上可以看到金黄的蜜柚堆满地面，工人正在忙活，很多是陌生面孔。几年的发展，坂仔镇成为蜜柚之乡，几家蜜柚加工厂应运而生，大批外地劳动力涌进坂仔镇，他们在这里做几个月柚子工，蜜柚期一过，他们立即消失，第二年蜜柚期才又出现。

林伟走向一家"振兴蜜柚加工厂"，流水线上，一台机器源源不断地输送出蜜柚，机器旁坐着一名工人，挑拣出有瑕疵的蜜柚放在一边；另一台机器上，一名男工给蜜柚装上环保袋，他把袋口旋紧后，放在机器上封口；另一台塑封机旁，工人正在给已装上环保袋的蜜柚塑封，他们动作娴熟、有条不紊；远处，几名女工把包装好的蜜柚装进网状蜜柚袋里，几名男工把袋装蜜柚扛到外面，货车上有专人接货、摆放，扛蜜柚的男工来来往往，有如过江之鲫。

林伟的眼神在空旷的厂里来回扫描，他在寻找贴商标的工人。最终，他的眼睛定格在最远处的几个人身上，这些人年纪稍大，他们从边上的袋子里拿出印有"琯柚"的商标，贴在已经塑封好的蜜柚底部，动作麻利。

林伟不自觉地走了过去，看着他们熟练地贴商标，问道："这些都是琯柚吗？"一大妈随口应道："都是M省蜜柚。"林伟正想问个究竟，一个男人向他走来，对他挥了挥手，说："出去出去，有啥好看的。"林伟只得退了出来。

林伟回到家已近中午，父亲说："可以吃饭了，你妈应该快回来了。"林伟问："她中午都回来吃饭吗？"父亲说："是，回来吃个饭，匆匆又走了，也没得休息。"林伟说："年纪那么大了，叫她不要去，身体要紧。"父亲笑了笑，说："贴商标，手面活，不碍事。"林伟心里"咯噔"了一下，没说什么。

不一会，母亲急匆匆地走回来，看到林伟，母亲说："回来了。"林伟说："回来了。"母亲在家门口的水泵机上压了几下，水"哗哗"地往外流，母亲洗手、洗脸，洗完后招呼林伟："吃饭吧。"

桌上摆着几碗菜，豆腐煮芹菜、咸水鸭、肉丸汤、青菜。父母节俭惯了，平时就一两个菜，今天林伟回来，父亲多煮了两样菜。

三人吃饭、拉呱。母亲问了林伟的近况，林伟说一切都好。

林伟寻思要劝母亲不要去贴商标，几次话到嘴边口又咽了回去，眼看母亲吃完饭又要去做工，林伟终于鼓起勇气，问母亲："贴商标可以赚多少钱？"

母亲说："不一定。人多活少，手脚麻利就多赚点。"林伟问："计件的吧？贴一张多少钱？"母亲说："没去算一张多少钱。像小孩子玩的那种贴纸，一片上面有35张商标，一片4毛钱。"林伟心里盘算了一下，说："廉价劳动力。"母亲笑着说："我们这岁数，什么廉价不廉价，能赚点零花钱就很知足了。"林伟说："这些柚商卖的都是贴牌柚。"母亲说："嘿，都这样，有啥奇怪的。"林伟说："M省的蜜柚口感差，贴上琯柚的商标抢占市场，给琯柚带来负面影响，等到咱闽和县的琯柚上市，消费者就不感兴趣了，吃亏的还是本地柚农。"

母亲说："这年头，大家只看重眼前利益，谁会考虑那么多？"林伟说："这钱赚了心里也不踏实，你年纪大了，不要那么累，别去了。"林伟说完，从口袋掏出一千元，放在桌上，对母亲说:"这些钱你拿去花,不要去贴商标了。"

母亲停了筷子,看着林伟,说:"钱收回去,你有自己的家庭,开销大,我不会要你的钱,我自己能做手面活。"

看到母亲不高兴,林伟只得用浅显的语言解释:"琯柚的商标是受法律保护的,乱贴商标被查到是要被处罚的。县里成立执法队检查贴牌柚,我是队长,你去贴商标,村里人眼睁睁看着呢。"

母亲的眼神黯淡下来,嗫嚅着说:"你没说我怎么知道。这样吧,我去跟老板说我不贴商标了,做其他活,不影响到你。"母亲说完,把钱塞回林伟的包里,说:"你也是有家庭的人了,开销大,我和你爸有钱花。在外好好工作,不用惦记我们,你自己身体要照顾好,想家了就回来走走,我去做工了。"母亲说完,匆匆往外走。

林伟看着母亲佝偻的背影,鼻子一酸,视线也模糊了。

回县城之前,林伟特意把车开到母亲做工的工厂门口,透过车窗,他看到母亲在塑封机前塑封蜜柚,机器源源不断地输送出蜜柚,母亲为了赶上速度,弯着腰,一双手麻利地给蜜柚塑封,然后又弯腰,把塑封好的蜜柚放在旁边的空地上。母亲犹如上了发条的机器,手臂机械地摆动着。林伟无法想象,母亲一天要重复多少次这样的动作,长时间下来,她吃得消吗?原本,母亲贴商标只是手面活,好歹轻松些,就因为他的一番话而换了工种……林伟的心隐隐作痛。

四

三车消失的蜜柚、蒋清清似笑非笑的脸庞、母亲佝偻的背影,犹如放电影般,一幕幕在林伟的头脑里来回播放。

执法队的推测没错,那三车M省的蜜柚正是蒋清清的货。那天晚上,三辆货车来到福建省与M省的交界处,得知执法队正在边界处候着，负责押车的人马上给蒋清清打电话，蒋清清一时束手无策，货车再退回去不现实，只有想办法冲关，硬冲肯定不行，蒋清清示意手下向加油站工作人员打听，加油站工作人员得到好处后，给他们指明了一条鲜为人知的小路，于是，三车蜜柚在夜色的掩护下从小路穿过，运到蒋清清蜜柚加工厂。蒋清清连夜组织工人卸货、包装、贴商标，她安排人在通往厂房的必经之路候着，一旦发现陌生车辆马上汇报，林伟他们的车一出现，关卡处一通电话就到了蒋清清那边，等执法队到场的时候，蒋清清已清理完现场，不留一点痕迹。

贴牌柚连夜发往三个城市，抢先占领市场，蒋清清安排专人进驻水果批发市场，他们手里举着一个大喇叭，喊道："正宗闽和县琯溪蜜柚，货真价实，欢迎垂询、欢迎批发。"蜜柚首次上市，商家抢着进货，消费者急于尝鲜，没几天就售罄，蒋清清大悦，决定把酒言欢。

花溪饭店灯火通明，溪水在柔媚灯光的照射下，影影绰绰。花溪饭店不时飘出一阵阵笑声，溪水欢快地流淌着。

桌上摆了一桌美味佳肴：清蒸石斑、蒜蓉龙虾、牛腩炖胡萝卜、油焖地三鲜、白斩鸡……餐桌上的人个个喝得面红耳赤。

"这次多亏大家齐心协力，我们才有幸躲过一劫，并且还小赚了一把，来来，我们好好庆祝一下。除了晚上的庆功宴，我给你们发奖金。"蒋清清说。

"蒋总真是大气，我们敬蒋总一杯。"坐在蒋清清右手边的黄天赐提议。

"来来，一起举杯。"大家附和。

众人手持酒杯站了起来，蒋清清笑得花枝乱颤，把杯中酒喝了个精光。

"蒋总，我这几天从关卡进进出出，都没看到执法队，我去打听了，你们猜怎么着？听说林伟办事不力，这些天正在做检讨呢，咱要不要趁热打铁，再搞个三五车进来，再赚一把？"黄天赐说。

"这……"蒋清清犹豫。

"干吧，赚钱的机会可遇不可求。"

"既然大家有这股干劲，那就继续吧。"

"来来来，为我们的成功干杯……"包厢里欢腾一片。

蒋清清拿出手机，联系M省的供货商。M省蜜柚虽然和琯柚同个品种，因为土壤原因水分不够，口感差，M省柚商正发愁销路，没想到天上掉馅饼，前几天才卖出三车，这下又接到蒋清清电话，言还要五车，这人要是走运，财气自来。M省柚商高兴得接完电话坐在沙发上咧嘴笑。

第二天，五车装满M省蜜柚的大货车浩浩荡荡直奔交界线，并且熟门熟路地从小路绕道，一路畅通无阻，直奔蒋清清蜜柚加工厂。

蒋清清让工人把蜜柚全部卸下来堆放在厂房，并雇了一大批村民加工包装。厂房里人头攒动，数十个工人各自忙碌，黄天赐在一旁指手画脚，对几名妇女喊道："你们几个查母（女人）到那边贴商标。"几个女人闻言，搬着凳子走过去，一个查母可能是新来的，不明就里，愣愣地问黄天赐："贴哪个商标？"黄天赐说："还有哪个商标？我们这边只有琯柚的商标。刚运进来的那批货都要贴上琯柚的商标。速度快点，晚上大家都要加班，这批货明天就要发出去。"女人闻言，顺手拿了一个塑料椅子走过去，学着大家的样子，在每个蜜柚的底部贴上琯柚商标。

"蒋清清，你又在加工贴牌柚。"突然，有人通过喇叭喊话。这突如其来的声音把大家吓了一跳，工人停止手上的活，呆若木鸡。蒋清清回头一看，屋里不知道什么时候多了好多人，其中有林伟、黄毅、莫沧澜，他们穿着制服，威风凛凛地站在那，几个扛摄像机的记者四处拍摄，有一个记者不失时机地把话筒递到蒋清清面前要她说几句，蒋清清故作镇定地理了理头发，说："你们有什么证据说我加工贴牌柚？"

"你还想狡辩？来，让你看看。"林伟掷地有声。

林伟让摄像师调出一段视频，五辆货车从小路进入闽和县，一路行驶来到蒋清清蜜柚加工厂，工人卸货、包装，整个过程一清二楚地被拍摄下来。

"人证物证俱在，你还有什么话说？"林伟说道。

闪光灯、摄像机同时对准蒋清清，蒋清清头脑"轰"的一声似要炸开，看着眼前黑压压的人墙，她捂着脸往外跑……

现场静悄悄的，林伟趁机向大家解读《中华人民共和国商标法》第六十条规定："工商行政管理部门处理时，认定侵权行为成立的，责令立即停止侵权行为，没收、销毁侵权商品和主要用于制造侵权商品、伪造注册商标标识的工具，违法经营额五万元以上的，可以处违法经营额五倍以下的罚款，没有违法经营额或者违法经营额不足五万元的，可以处二十五万元以下的罚款。对五年内实施两次以上商标侵权行为或者有其他严重情节的，应当从重处罚。"宣读完条例，林伟补充道，一旦发现柚商经营贴牌柚，工商局将依据以上条例进行相应的处罚。林伟呼吁在场所有人，树立起主人翁意识，保护好琯柚商标使用权，一旦发现违法线索，要主动积极举报。

末了，林伟对现场负责人进行批评教育，并开出罚单。

执法队大获全胜，大家都松了一口气，总算是将功补过了。

"林局，这出戏唱得太精彩了，多亏你和县长唱的这出苦肉计，蒋清清他们真以为撤掉关卡是因为你受到处罚，这样，我们才有机会请君（蒋清清）入瓮。"

"是啊，要感谢县里对我们工作的支持啊。"林伟说道。

五

一轮明月高挂空中,清雅而端庄,那流水般的月华,秀色旖旎,在柔美的月光里,飘落着桂花淡淡的香味。"明月几时有,把酒问青天。"

中秋节到了,闽和县迎来了琯柚成熟季。

柚农们看着果园里黄澄澄的琯柚,眼里燃烧着丰收的渴盼。大家期盼着,有柚商主动上门来收购。可是,他们等呀等,到处静悄悄的,柚农们憋不住了,四处打听别人家的琯柚卖出去了没有,得到的答案惊人地一致:没有。

他们继续等呀等,内心也从满腔的希望转为失望。

柚农只得把希望寄托在外地水果批发市场,有人尝试把自家琯柚运往外地销售,没多久打电话回来说,外面也是一样,一车货一个星期也卖不完,在异地他乡守着,摊位费、人工费、代办费、运输费等等,算下来入不敷出。

柚农忧心忡忡,眼见树上的琯柚一天天成熟,再不摘下来,一旦下雨琯柚就会爆开,到时只能当垃圾扔了。柚农一年到头辛辛苦苦,每天小心翼翼看管果园,如履薄冰,眼见收成在即,无端又陷入困境。

收购商的电话被打爆,来电或为自己,或为亲朋好友,都是请求帮忙收购琯柚的。

县长召开紧急会议,和大家商讨对策。

晚上,林伟下班回家,想到琯柚面临的尴尬境地,想起父母和哥哥家的琯柚,也不知道卖出去了没有,他拨通了父亲的电话。

电话那头,母亲"欸"了一声,林伟正待开口,母亲扯着嗓门喊:"阿伟啊,咱家的琯柚卖不出去,要烂在地里了,几万斤哪！我早几天就想问你有没有门路，你爸不让我打电话，说让你去找人帮忙，要欠别人人情，都什么时候了，他还说这话。阿伟啊，咱家就你是吃公家饭的，只有指望你了。"

林伟拿着手机，不知道说啥好。他想了想，说："我明天回去，到家再说。"说完，沉重地挂了电话。

第二天，林伟驱车回家，进村口时，一条乡村小道被柚园包围，柚园里的琯柚包着套袋挂满枝头，落寞、沉重。

林伟下车，望着眼前的蜜柚园，深深地叹了口气。

"姓林的，你还有脸回来！"

边上传来的一声断喝，把林伟吓了一跳。林伟定睛一看，不知道什么时候身边围了一群人，他们都是附近的村民，似曾相识的面孔写满愤怒。

林伟心里升腾起一团迷雾，不解地问道："你们这是……"

"身为市场监督管理局领导，大家的琯柚卖不出去，你不愧疚吗？"

"就是，没一点作为，你对得起身上的制服吗？"

"当官不为民做主，不如回家卖琯柚。"

"村里不欢迎你回来，你滚吧。"

村民你一言我一语地指责林伟，突然，不知道哪来的蜜柚皮，砸在林伟的额头上，林伟下意识地用手遮挡，接着，"噗噗噗"，越来越多的蜜柚皮砸了过来，林伟用手遮挡，却哪里挡得住。

林伟急得额头冒汗，一时不知所措，他看着村民，曾经那么和善的脸，因为琯柚的滞销，说翻脸就翻脸。

"乡亲们，我家的琯柚同样卖不出去，我心里和你们一样难受。由于本地柚商大量销售贴牌柚，破坏了琯柚市场，导致琯柚滞销。其实，我们执法队一直都在努力，到处巡查，设关卡，县里也在积极探索琯柚的市场管理方向，更加规范琯柚商标的使用,大家一定要相信政府,相信我们。"

"相信你们有个屁用,琯柚都烂了一地了,今年大家都颗粒无收,你让我们喝西北风啊。"

"想办法,想办法,空话谁不会说?"

"对啊,你们能有什么措施?今天不说出来,就别想走。"

"就是就是。"

面对村民们一声声尖锐的质问,迷茫、无奈涌上林伟的心头。望着眼前一双双愤怒又绝望的眼睛,林伟的心隐隐作痛。他知道,农民靠天吃饭,哪怕琯柚在成长期风调雨顺,不受自然灾害的影响,成熟后,市场行情仍飘忽不定,无法把控,有可能一年到头白忙活。

林伟出生在农民家庭,能深切体会到农民的悲苦,眼前的事,让他感到身负重任。承诺,毕竟只是语言的输出,不费吹灰之力,而承诺到兑现之间,是一段很遥远的距离,能否达到,还是未知数。

林伟想起县里给的任务,觉得有必要亲自到外地水果批发市场做个调查,于是,他承诺道:"我明天就到哈尔滨调查市场,回来给大家一个交代。"

"那行,我们就相信你一次。"有村民带头回话。

村民们自觉让开一条路。看着自己的一副狼狈样,林伟不敢回家见父母,他给家里打了个电话,言单位临时有事,不能回去了,然后掉转车头,返回县城。

回到县城后,林伟向上级汇报自己的工作计划,言要到哈尔滨调查市场,上级给予鼓励。林伟联系了一辆往哈尔滨的货车,和司机约好第二天在路口上车。

第二天早上天刚蒙蒙亮,按照约定时间,林伟急匆匆赶到路口守候。六点左右,一辆威猛的货车"吭哧吭哧"地进入林伟的视野,货车庞大的车厢里装载着金黄的琯柚,此时,哈尔滨气温低，为了防冻，车顶用棉被和大篷布遮盖得严严实实。

司机停车，林伟爬上车头，和驾驶员打了招呼。从闽和县到哈尔滨要两天两夜，车上有两名驾驶员，正开车的驾驶员四十多岁年纪，寸头，浓眉大眼，一张弥勒佛脸，稍显富态。另外那名驾驶员躺在后排座位上。林伟小心翼翼地在副驾驶位置上坐下，躺着的那个人一骨碌坐了起来，瘦高个，精练。瘦高个坐定，打了个哈欠，从口袋拿出口香糖，递给林伟一片，说："咬着玩，提神。"林伟接过，放在嘴里嚼，三人有一搭没一搭地说话。

车在路上行驶，不一会，天光大亮。林伟坐在驾驶室副座，看到路面上的行人、车辆都很渺小。

三人聊了一会，顿觉无话，林伟闭目养神，弥勒脸专心开车，瘦高个对弥勒脸说："我再睡会，中午到服务区吃完饭我来开。"弥勒脸说好。不一会，瘦高个打起鼾声。车行驶在路上，林伟昏昏欲睡，不知不觉睡着。

他们除了吃饭和上厕所，其他时间都在高速路上奔跑，驾驶室后座只容一人睡觉，两个驾驶员客气地让林伟去躺会，林伟哪里好意思，只说自己不困，坐着就行，一天下来，却也是腰酸背痛。

夜里，周围黑黢黢，高速路上偶尔几辆车倏忽而过，到下半夜时，就只看到货车在路面上行驶，有时很长时间来一辆，有时几辆前后排列，路上只有车灯射出的光芒，路边的反光条一路蔓延，发出绿光。

阵阵睡意袭来，林伟在座位上睡着了，睡得太熟，头向边上歪斜，车一颠簸，他忽被惊醒，重新坐好，不知道什么时候，两个驾驶员又换位置了。

两天两夜后，车进入哈尔滨，目光所及之处，一片白茫茫的树木映入眼帘。林伟问道："这些白花花的是什么树？"瘦高个答道："柳树，雾凇。"林伟恍然大悟。闽和县没下过雪，更少见雾淞，只有比较偏远的山区有雾淞，爱人带儿子去看过。林伟感到阵阵寒意袭来，赶紧穿上随身携带的羽绒服，暖和多了。家里四季温暖如春，无须添置厚衣服。听说他要到哈尔滨后，爱人汤娜特意去商场买了全套御寒装备，让林伟带上。

货车开进批发市场停下来，三人下车，弥勒脸打电话叫人来拉货。林伟环顾四周，宽大的批发市场货车林立，每辆货车旁都有人在卸货、拉货，拉货港田来回穿梭，批发市场人声喧哗，各个地方的方言、普通话夹杂在一起。

不一会，驻点负责人过来对接，好几辆拉货港田围拢来准备载货，林伟到附近逛了一圈，批发市场店铺林立，货物堆积如山。

林伟沿着店铺廊道行走，不时可以看到堆在店门口的蜜柚，都贴着琯柚商标，难辨真假，耳边听到的是亲切的乡音，看来到这边做蜜柚生意的人不少，再走几步，林伟听到一个男的在用家乡话谈论琯柚行情，林伟用家乡话和对方打了招呼，对方看到是老乡，热情回应，林伟问道："生意好吗？"

边上几个人同时叹气，说："不好做，发一车亏一车，为了稳住客户，不发又不行，亏也要撑下去。"一男的接话道："琯柚卖不出去，柚农的日子不好过了。种柚子啊，就是靠天吃饭，搞不好就是一天阉九猪，九天没猪阉。"

旁边店铺传来一个女人的声音："各位老板，走过路过，进来看看。正宗琯柚，质量可靠，价格公道，欢迎进货。"

林伟循声望去，和女人的眼光相对，他心里一惊，这不是蒋清清吗？她也来卖柚了？他心里疑惑，不禁又多看了对方一眼。

女人见林伟盯着她看，疑惑道："你是？"

林伟感到尴尬，看来蒋清清对他没印象，他正想搪塞过去，想到她和莫沧澜见面的那一幕，不跟她挑明她还以为我蒙在鼓里呢，于是故意说道："我们见过面的，几个月前我到过你的厂做例行检查。"沉吟了一会，他继续说："你好像也认识莫沧澜？有一次我在街上看见你和莫沧澜在说话。"女人听了后，说："我说怎么你一直看我来着。你只说对一半，开厂的那个是我姐蒋清清，我叫蒋清玫，我们是双胞胎，很多人分不清我俩。我和莫沧澜是高中同学，我们关系很铁，纯哥们，不过这家伙一点也不给我面子，明知道蒋清清是我姐，那天到厂里检查一点面子也不给。之后，我和莫沧澜见了一面，想让他多关照关照我姐，这家伙毫不留情地拒绝了。不过他这人的脾气我知道，办事有原则，一是一，二是二，这也正是我欣赏他的地方。"蒋清玫说完，爽朗地笑了。

林伟恍然大悟，看来他误会莫沧澜了，待会打个电话和黄毅说一声。

蒋清玫看着林伟，说："看你文质彬彬，肯定不是修理地球的（农民），是过来玩的？"

林伟苦笑，说："我哪有心情玩，琯柚滞销严重，我来看看市场。"

蒋清玫皱了皱眉头，说："货根本走不动，别来了。"

林伟想起家乡的琯柚，那可都是柚农辛辛苦苦付出的劳动成果，是他们唯一的收入来源。以前种琯柚的人少，价格好，柚农尝到了勤劳致富的甜头，大面积的水田、荒山都种上琯柚。也是因为行情好，外地几个省市纷纷种植蜜柚，占领了市场的一部分，而近几年，贴牌柚冒充琯柚扰乱市场，琯柚行情惨淡。

林伟想到这些，回过神来，问蒋清玫："你在这里批蜜柚吗？"

蒋清玫神色黯淡下来，说："我姐的厂被你们查处后，被限制使用琯柚商标。今年，很多客户说她质量不可靠，都不和她合作了，她厂里的琯柚滞销严重，我到这边开批发点，多少帮她卖出去一些。"

虽然可怜之人必有可恨之处，林伟听了后还是感到难受，这并非大家的初衷。他愧疚地说："对不起……"

"唉,为了钱,她总是卖贴牌柚,欺骗顾客,大家都不傻,时间久了,肯定会被识破。我早就劝她收手,可是她赚上瘾了,依然我行我素。你们给她敲个警钟也好,以后她就会好好做生意了。"蒋清玫通情达理地说。

林伟说:"前段时间我们一直在打假,以为形势会好转,谁知道行情越来越差,这市场真让人捉摸不定。"

"有什么捉摸不定的,原因很简单啊。"蒋清玫扬了扬眉毛,不屑道。

"说来听听?"

"你真不知道?我告诉你吧,闽和县的那些柚商被你们抓怕了,也学乖了,他们到 M 省收购完蜜柚,就在当地包装贴牌柚,最近,一批批价格低廉的贴牌柚充斥市场,顾客买回去觉得不好吃,就不会再买第二次了,等我们那边琯柚上市,自然就卖不动了。"

"这……这些柚商真是狡猾啊。"

"表面看,他们是赚了钱,实际上是透支了信誉。好比我姐,现在很多客户都不相信她了,哪怕她卖的是琯柚,人家也会觉得是贴牌柚,再也不和她合作了。"

"唉,真希望琯柚市场能得到规范,不要再出现贴牌柚。"

"不改变我们的方式,市场就永远是这样。"蒋清玫叹气。

"其实县里,包括我们执法队,一直都在寻找解决方案。"林伟说。

"办法其实是有,就看你肯不肯行动。"蒋清玫轻描淡写地说。

"怎么讲?"林伟急切地看着蒋清玫,问道。

蒋清玫进屋,从里面拿出一只脸盆,脸盆里几只大闸蟹被五花大绑,眼睛上的触须一动一动的。

"这……"

蒋清玫随手抓起一只大闸蟹,说:"这是我刚买的大闸蟹,你看,每只大闸蟹脚上都绑着一个圆环,这就是大家经常说的

'戒指'，其实也叫防伪标签，你扫下背面这个二维码。"

林伟拿出手机，扫了下二维码，只听到"嘀"的一声，传来一个女声："您查询的溯源码为9756256494。尊敬的客户您好，您查询的是由苏州市某某蟹业有限公司生产经营的农产品地理标志产品——阳澄湖大闸蟹，产地：苏州，查询次数：1。"

林伟看着手机屏幕上出现的文字，在女声语音播报内容后面，还有一些有关大闸蟹的溯源信息，包括社会团体法人登记证书副本，农产品地理标志登记证书，会员单位、产品名称、养殖基地、养殖户以及溯源内容、苗种信息、捕捞信息以及食品农产品合格证等等。

林伟听着看着，脸上焕发出光彩，他正想和蒋清枚继续聊下去，弥勒脸打电话让他回去了。林伟和蒋清枚告别，蒋清枚拿起剪刀剪下大闸蟹上的防伪标签，递给林伟，说："这个带回去吧，说不定用得上呢。"林伟内心一阵感动，想不到蒋清枚如此细心，他感激地道了声谢，返身回到原地方，货车上的琯柚已卸下来三分之一，工人们依旧忙碌，拉货港田依旧穿梭不停，批发市场依旧人声嘈杂，弥勒脸看到他，说："走，去吃饭了。"

席间，弥勒脸问负责人最近行情怎样。负责人无奈地笑了笑，说："最近琯柚都卖不出去，我们是已经做了十几年才有固定的客户群，勉强维持下去，小摊小贩早就撑不下去了。"林伟问："琯柚运到这里每斤成本价多少钱？主要有哪些费用？"

负责人停下筷子，一本正经地回答道："有几项费用肯定要支出，运费、市场进门费、代销费、卸车费、生活费。目前跑运输的货车有两种，一种是前四后八货车（前面四个车轮后面八个车轮），载货20吨左右；另一种就是你们今天跑的这种挂车，载货30吨左右，这样一挂车来到哈尔滨，运费、过路费、人工费等等加起来在15000元左右；到了批发市场，市场进门费一吨300元，30吨合计9000元；货到这边要找代销点代销，每车代销费在3500元左右，卸车费每车800元，加上家里的琯柚要雇人工采摘、包装，所有这些费用加起来平均一斤成本就要八毛钱。我们隔壁那摊就是自己运货过来卖，一斤卖六毛钱，成本都捞不回来，一个星期了一货车还没卖完，看他们可怜，我就先帮他们卖了，好让他们早点回去，唉。"

林伟听着听着，陷入了沉思。

六

林伟回到闽和县后，顾不上休息，兴冲冲直奔县长陈强的办公室。

县长正在办公，看到林伟，亲切地招呼道："你回来了，来，坐。"

林伟在旁边椅子坐定，向县长汇报琯柚在全国的销售情况以及实现"一柚一码"的设想。县长听了后，赞许地说："你的这个方案可行，过两天我们开个会，听听大家的意见。"

看到县长对此事的重视，林伟心里的石头终于落地，他从椅子上站起来，正打算和县长作别，突然感到胸部疼痛，疼痛感让他跌回座位。

"怎么了？身体不舒服？"县长走上前，关心地问道。

"没什么，可能最近事情比较多，累到了，晚上休息下就好了。"林伟摆了摆手说。

"抽空去医院看看。"县长叮嘱道。

"嗯。"林伟应道。

第三天，县里召开紧急会议，会上，林伟拿着大闸蟹防伪标签，在大家面前展示了一番，并提出琯柚实施"一柚一码"的想法，与会领导和嘉宾听了后，纷纷发表看法，大部分人认为此方案具有可行性。

县长听了众人意见后，当场给执法队两个任务，由林伟带头执行：一、想办法打开琯柚的销路，尽最大能力帮助柚农减少损失；二、严厉打击贴牌柚，加快落实琯柚"一柚一码"的具体实施，促进琯柚在市场上的良性发展。

开完会，林伟疲惫地回到家，儿子林小轩手拿一块苹果跑过来，说："爸爸，吃苹果。"

林伟提起精神，张开嘴巴，林小轩把苹果塞进他嘴里。

"好吃吗？"看着林伟把苹果吃了，林小轩扑闪着一双大眼睛，好奇地问。

"好吃，嗯。妈妈买的？"林伟心不在焉。

"妈妈网上买的。"林小轩清脆地答道。

汤娜在厨房接话："是啊，我从网上买的。以前不敢在网上买水果，前几天试着下了一单，没想到还挺好吃的，价格比外面水果店还便宜。"

"是吧，那还不错。"林伟随口答道。

话一说完，林伟忽然灵光一闪，对啊，互联网有着广阔的市场，琯柚可以放到网上销售啊。他马上给黄毅、莫沧澜打了电话，谈了自己的想法，黄毅、莫沧澜跟着叫好。

第二天，三人分工在网上注册网店，取名"闽和琯柚"，并在首页写下"助农三斤"，"助农三斤"的文字下面，林伟陈述了闽和县琯柚滞销的现状，画面上，柚农守着一堆堆琯柚，布满沟壑的脸上写满沧桑，失望的眼神让人动容。

店铺开张首日，林伟以"邀请有礼、下单就送"的方式进行促销，对一次购买12斤以上，或邀请一个新用户下单成功的，奖励琯柚一个。

林伟还采用充值有礼的方式回馈顾客，充值500元赠送50元；充值1000元赠送100元，以此类推。

页面设置成功后，林伟把链接发到朋友圈及各个群，并发动大家一起转发。

— 角色 —

当天晚上十二点多,林伟收到上百个订单,他赶紧打电话给村主任,让村主任通知村里人打包、发货。

几天过后,家乡的琯柚卖出去过半,林伟喜上眉梢。

接着,林伟接到几个外地经销商的电话,他们想订购大量琯柚到当地销售,林伟让各个村村主任进行摸排,家里有琯柚的登记在册,按顺序发货。

在林伟和大家的努力下,坂仔镇的村道上,货车轰鸣着来回奔跑,空车进村,满载而出。半个月后,多个地区的经销商打来电话,纷纷称赞琯柚口感好,品质高,要求继续合作。坂仔镇的村民们喜笑颜开。本来,他们万念俱灰,已经做好了最坏的打算,没想到,在这个节骨眼上,却柳暗花明。

林伟抽空召集村民开会,他把经营模式和客户介绍给村民,大家早耳闻林伟的名字,如今这个传说中的人物亲自分享销售经验,让人如沐春风。会上,林伟叮嘱大家一定要以诚为本,不弄虚作假,不坑蒙拐骗,拿出最好的琯柚回馈客户,树立起琯柚人的品德形象,只有这样,才能赢得客户的信任,生意也才能做长久。村民正襟危坐,频频点头,信誓旦旦,激情澎湃。会议结束后,村民以虔诚的信念,飞快的速度,最真诚的态度发货,在第一时间把琯柚寄到客户手上,在这样的良性循环下,琯柚供不应求。

这天,阳光充足,天空似泼足了蓝色墨水的水墨画,林伟沉浸在丰收的喜悦中。一个清脆的铃声打破了沉寂。

手机屏幕上,显示"蒋清玫"。

林伟按了接听键。

"林伟,我是蒋清玫。最近你出名了,走到哪都能听到你的名字,你带动了咱闽和县琯柚的销路,成为风云人物了。"

"哪里哪里,我也是摸石头过河,承蒙大家关照。"

"你就不要谦虚了,大家都在夸你呢,为家乡做了件好事。"

"多谢多谢。"林伟不善言辞,不知道要如何接话,他赶紧转移话题,说,"平时难得接到你电话,今天怎么有空?"

"哎呀,还不是因为我姐。"蒋清玫低沉着声音说。

"怎么了?"

"我姐厂里堆了十多万斤琯柚,卖不出去呢。她之前都是卖贴牌柚,现在哪怕卖的是琯柚,客户也不相信她了。唉。"

"这……你确定你姐厂里的都是琯柚?"

"确定。我姐看到形势不对,就不敢再卖贴牌柚了,并试图消除负面影响,可是,已经来不及了。她的处境让我想起《狼来了》的故事:男孩几次欺骗大家说'狼来了',大家跑着去救他,发现被骗上当,一次又一次,等最后狼真的来了,男孩再次呼救,却没人相信他了。"

"我帮她卖。"

"太给力了,我代我姐谢谢你。"蒋清玫的声音透出欣喜。

琯柚的保质期只有几个月,保质期过了,果肉木化,口感差,所以,要尽快卖出去。

林伟驱车前往蒋清清蜜柚加工厂,工厂大门紧闭,冷冷清清,几只鸡鸭在门口悠闲漫步。

林伟给蒋清清打了几个电话,没人接。他拨了蒋清玫的电话,蒋清玫说:"我姐最近心情不好,大门不出,二门不迈。我就在附近,马上过来。"

不一会,蒋清玫开着红色轿车过来了。她停好车,从车上下来,拿出钥匙打开大门。

林伟跟在蒋清玫后面,门打开,里面是堆积如山的琯柚,周围是静止不动的空气。蒋清玫朝楼上喊:"姐,你在家吗?林伟来了。"

楼上传来声音,蒋清玫对林伟说:"我上去看看。"

林伟在楼下等,从楼上传来蒋清玫的声音:"看看,你都变成什么样了？穿着邋遢、眼神涣散，这还是以前的你吗？"

"不要你管。"蒋清清回应。

"行、行，我不管你。林伟来了，就在楼下，人家特意来帮你的，你要下楼见见人家吧。"

"我不见，让他回去。"

"哎呀，我的姑奶奶，这都什么时候了，还说气话。你看看楼下那些琯柚，再不卖出去就要变成烂泥了，赶紧换下衣服一起下楼。"

楼上没了声音。

十分钟左右，楼梯传来脚步声，蒋清玫在前，蒋清清在后。看到林伟，蒋清清勉强挤出一丝笑容，对林伟说："你好。"

林伟心里吃了一惊，眼前的这个人，脸色灰暗、眼神黯淡、面容憔悴，与之前见到的蒋清清判若两人。

林伟向蒋清清言明自己此行的目的，蒋清清淡淡地回应："谢谢。"蒋清玫看不下去了，说："人家那么热心帮你，你咋就这样？"蒋清清没接话，呆坐一旁。林伟摆了摆手，说："没关系。"

谈完事情，林伟和她们告别后走出门，蒋清玫从后面追了上来，林伟说："你姐的状态不大好，你要多关心她，我也会尽力帮她。"蒋清玫感动地说："谢谢你。"

这边，在黄毅和莫沧澜的策划带动下，"闽和县琯柚直播带货"应运而生，俊秀挺拔的闽和县政府大楼，二楼八个会议室全部腾出来做直播间，经过层层选拔，挑选了16名大学生轮班当主播，黄毅请老师对他们进行培训后，每天上班时间，八个直播间如火如荼进行同步直播，在闽和县新闻中心记者的采访报道下，直播间的人气越来越旺，集颜值与才华于一身的县长陈强不时客座直播间，现场直播带货，直播间粉丝暴涨，琯柚销售量直线上升。

在大家的共同努力下，闽和县琯柚全部售出。

林伟带着满心的欢喜，驱车回家。

车开到村口时，远远地，林伟看到前面围着一群人。想起上次被围事件，林伟心有余悸，他放慢速度，小心翼翼前行。

看到林伟的车靠近，那群人瞬间一字排开，眼前变幻出一支整齐的队伍，站在中间的三个村民手里各自提着一面锦旗，分别写着："赠闽和县市场监督管理局林伟：打假亮剑铸初心，执法如山高胸怀。""树工商执法服务典范，为琯柚发展保驾护航。""爱心为民，排忧解难。"落款：坂仔镇村民。

林伟打开车门走下车，一行人向林伟围拢来，为首的村民说道："林局长，上次是我们冲动，对不起您。看到琯柚滞销，大家都失去了理智，做了糊涂事。过后大家都做好被追究的思想准备，没想到很多天过去了，一切都静悄悄的，大家感叹您大人有大量，对您肃然起敬。这次大家都看到了您带着执法队为闽和县老百姓做出的努力，今天，我们特意做了几面锦旗，一来向您表示道歉，二来向您表示感谢。"

村民们说完，"扑通"一声，在林伟面前齐刷刷地跪了下来。这一幕出乎意料，林伟手足无措，说话也急促了："你们不要这样，不要这样，赶紧起来。"

过了一会，村民站了起来，庄重地向林伟送上锦旗。林伟接过锦旗，心里感慨万千。

看到儿子回来，林伟父母的脸上荡漾出灿烂的笑容，母亲边准备好吃的，边念叨着："村里人都在传你的好呢，别的不说，我们走在路上，能明显感到大家的热情，阿伟啊，你为村里办了一件好事啊。"

七

琯柚的销售告一段落，林伟马上投入"一柚一码"项目的实施中。

　　林伟亲自找到在研究院工作的同学，表明自己的需求，研究院的同学听完，笑了笑说："小事一桩。"两人当场探讨防伪标志的材质、形状、大小以及实施办法等。两天后，研究院同学给林伟发来三个防伪标志图片供其选择，林伟马上请示领导，并多方听取意见，选择了一款清新脱俗的防伪标。

　　一周后，琯柚防伪标志正式出品，防伪标志以绿色为背景，二维码在中间位置，二维码右上方，一串乳白色的蜜柚花恣意释放，似乎正飘荡着醉人的花香，二维码的底部，花山溪水潺潺流向远方，防伪标志融合了琯柚的地域属性，让人一目了然。二维码按照序号排列，只要扫下防伪标志上的二维码，马上可以溯源到琯柚的具体信息，包括琯柚的种植地理位置、种植海拔高度、柚树的年龄、柚农姓名以及琯柚种植、采摘的全过程，信息具体翔实而又一目了然。

　　执法队以各个乡镇为单位，进行仔细摸排，掌握琯柚的正确数量，严格把关，避免琯柚商标被随意使用。

　　早春三月，万物复苏，林伟坐在办公室里，有人给他送来一件包裹。

　　是一包茶叶，与普通茶叶没什么两样。林伟感到诧异，翻看茶叶，试图找到寄货人的信息，包装盒上却没留只言片语，林伟正感到奇怪，手机短信提示音响起。他拿过手机一看，短信内容如下："林伟，近来可好？今送上一盒我们厂自己生产的琯柚茶，你试下口感。蒋清清。"

　　林伟闻言，马上烧了一壶开水冲泡，顿时，琯柚花香从茶叶中升腾，沁人肺腑，林伟掇了一杯茶喝到嘴里，顿感心旷神怡，他拿起手机，给蒋清清回复道：收到，谢谢。茶叶"味浓香永"，让我真切感受到"恰如灯下，故人万里，归来对影"。

蒋清清回复:"平时喜欢喝茶,看到有琯柚加工产品在市场上出现,我想到了琯柚花的香味,那是很独特的香味,闻到这股香味,令人神清气爽,我就在想,把琯柚花的香味融入茶叶中,经过几次试验,终于成功了,现在,琯柚香茶已进入正常的生产、销售渠道。对了,受你的影响,我特意去申请地理标志商标专用权。"

"哈哈,行啊你。"林伟赞道。

这时,一阵微风吹来,林伟闻到了从窗外飘进来的琯柚花香,他往窗外一看,外面成片的琯柚园,洁白的柚花恣意开放,这花的香味飘散在空中,似乎随手一抓,就能抓到一大把花香。追随着柚花香味娉娉婷婷行走的足迹,林伟信步走了出去,他来到琯柚园,此时,从远处走来一支旅行团,游客纷纷赞叹:"哇,好香啊。""从没闻过这么清新的花香。"

林伟平时忙于工作,每次到柚园,都是匆匆而来,匆匆而去,很少仔细观察柚花的形状,现在听到游客对话,他深受触动,停下了脚步。

眼前的琯柚树,树叶墨绿,浓得似乎要滋出绿汁来。一串串柚花,有的含苞待放,似串串小灯笼,束手垂立;有的已激情盛开,绽放出米黄色的花蕊;有的花瓣翻卷着,似跳芭蕾舞的美少女,妖娆多姿……远远地,那醉人的花香已然钻入鼻孔,沁人心脾,直指心尖,让人迷醉。

闻着醉人的花香,林伟想起不知道谁说过,琯柚的柚语是花香,这淡淡的花香,是如此的低调奢华有内涵,又是如此的浓郁悠长,朴素、淡雅,"花若盛开,蝴蝶自来",柚花独特的香味让人迷醉,每年三四月,闽和县迎来一波又一波欣赏柚花的游客。

经过筹备,闽和县举办"庆丰收,迎小康"琯柚节活动,琯柚节结合线上直播的方式，与民同乐、同庆丰收、共享成果。同在这天，闽和县柚威有机肥项目剪彩，此项目的诞生，意味着一年能消耗琯柚废果二十万吨。

琯柚节上，县长表彰了一批琯柚深加工项目负责人，蒋清清走上了领奖台，面对镜头，蒋清清侃侃而谈，描绘了项目深加工的发展前景，包括琯柚茶、琯柚洗发水、琯柚蜜饯等产品的研发生产……

外面锣鼓喧天，到处洋溢着喜庆气氛，屋里，林伟接到县里的任务，让他马上启程到北京考察一个项目，县里已经订好机票，要他马上动身，林伟回家收拾行李，搭上了往北京的班机。

飞机在北京机场徐徐降落，林伟走出机场，正要前往目的地，一抬头看到黄毅和莫沧澜站在他面前，林伟吃惊不小，来的时候，可没听说他们两个要来。他正想问个究竟，黄毅已经拦了辆的士，说："车上说，上车吧。"

在车上，林伟才明白了事情的真相。林伟几次胸部疼痛引起汤娜的重视，汤娜说服林伟到医院做检查，汤娜去取检查报告，当看到"胃癌早期"的报告后，汤娜感到头晕目眩，她强忍悲痛，把检查报告偷偷藏起来，对林伟却说"一切正常"。汤娜把林伟的身体状况向领导做了汇报，为了让林伟得到最好的医治，县里决定安排林伟到北京治疗，县长特意让黄毅和莫沧澜陪同前往，并交代他们到北京后再向林伟告知真相。

看到大家对他这么关心，林伟深受感动，为了不辜负大家的期望，他决定积极配合医生做进一步的治疗。

这天，林伟躺在病床上，正思索琯柚防伪标签的具体实施，病房的门被推开，蒋清清和蒋清枚手捧鲜花朝他走了过来……

落 叶

一

夜色笼罩。

吴昂在厨房忙着,从窗外飘来淡淡的桂花香,一阵阵钻入鼻孔。一阵风刮过,不远处的树叶发出"沙沙"的声音,几片落叶脱离树体的牵绊,摇摇晃晃坠落在草地上。

吴昂下午请假,只为了做一顿饭。从到菜市场采购,到洗、切,吴昂忙得一丝不苟,他精心烧了六样菜,念想从此时此刻开始,都能六六大顺。吴昂准备的菜都是父亲爱吃的,红烧三层肉、酱醋排骨、水煮鲤鱼、煸豆干、辣椒炒青豆、花蛤豆腐汤。

吴昂把菜一盘盘摆上桌时,老婆珍珍回来了。珍珍帮忙摆好碗筷,吴昂请父亲上桌,转身从橱柜取下一瓶茅台酒。父亲看到吴昂手里的茅台,一双浑浊的老眼顿时神采奕奕。

父亲喜欢喝酒,年轻的时候,每天都要喝几两白酒。80岁后,一次脑梗,到鬼门关走了一圈,送到医院抢救,夺回了一条命,医生叮嘱,以后不能再喝酒了。自此以后,父亲果然不敢再喝。只是,从那以后,父亲的魂魄似乎也被白酒夺去了,他精神萎靡,两眼浑浊,坐下就打瞌睡。吴昂看在眼里,痛在心里,他知道,酒是父亲的灵魂,是父亲活下去的动力和精神寄托,没有了酒，无异于从父亲身上抽走了魂魄；没有了酒，对父亲来说，生活已没了色彩。吴昂担心戒酒把父亲戒蔫了，几天后，吴昂把一瓶白酒和一个小杯放在父亲面前，对父亲说："医生说了，每天喝一杯没事，但不能多喝，以后每天吃晚饭的时候你可以喝这样一杯。"

听说可以喝酒，父亲又活了过来，或许因为激动，父亲脸色透出红润。自此以后，因有了晚饭的期待，有了一杯白酒的等待，父亲的生活有了期盼。每到晚饭时间，趁吴昂没注意，父亲打开酒瓶，倒了杯酒仰头倒进喉咙，咂了咂嘴，然后再倒满一杯，颤巍巍地端到餐桌上，光明正大地一小口一小口地品。吴昂早发现了父亲的秘密，考虑父亲都这岁数了，能再活几年呢？多一杯就多一杯吧。

眼下，父亲看到茅台酒，走路的姿势多了一分昂扬，几步就到了餐桌前。

吴昂往父亲杯里倒了一杯酒，端到鼻子前闻了闻，说："酒香浓烈，果然是好酒。"

"不便宜吧？"父亲问。

"大好几千呢，哥们送的。"吴昂说。

"来，我尝尝。"父亲迫不及待地端起酒杯，喝了一口，嘴巴吧唧吧唧地品味。

"好酒。"父亲说，又喝了一小口，吧唧着嘴巴。

吴昂夹了块豆干放进嘴里，跟着喝了一口，说："老爷子，吴亮亮是你从小带大的，从小恋着你，今天呢，趁他在同学家过生日，我和你商量件事。"

"啥？"

"你也知道，吴亮亮九月要上高中了，学校离咱家远，每天来回奔波很辛苦。现在孩子读书累，都想拼重点大学。所以呢，为了让亮亮能安心读书，考个好大学，我在学校附近租了套房子，这月底就要搬过去。你呢，住过去没人照顾，你一个人在家我和珍珍不放心，刚好大姐今年退休，家里就她一个人住，我想呢，把你送到大姐那边，让大姐来照顾你。"

"是呀，爸，我们也是没办法，才想着把你送到大姐那，不然你说，你和我们都生活这么多年了，我们也习惯了你在身边，你这一走，我们还挺不习惯的。"珍珍说。吴昂看着老婆，跟着点了点头，说："就是。"

"我一起搬过去，你们自个忙去，不用管我。"吴大爷说。

"搬过去后，我们中午都不回家，你自己在家怎么行啊！别的不说，吃饭都成问题。"

"那我就住这，哪也不去。"吴大爷说完，趁机又倒了杯茅台，一口气喝完。

"那更不行。"吴昂说。

"你姐家住五楼，太高了，爬着都累。"吴大爷情绪有点激动，说话带着点儿喘，似乎真的刚爬了五楼。吴大爷说完，饭也不吃，离开餐桌，进了房间。

吴昂和珍珍四目相对，叹了口气。

"要不，让爸住到大哥家？"珍珍看着吴昂，试探道。

"你又不是不知道，他家都是那个女人说了算，之前的事你忘了？老爸被气得差点一口气没上来，现在再去找他们，即便他们不敢拒绝，老爷子也没好日子过。"吴昂说。

"长兄为父，他倒没一点羞耻之心。"珍珍看着对面那栋楼，气愤地说。

珍珍视线射出的方向，正是吴昂的大哥吴见家。

二

吴昂和吴见，是兄弟，也是同事，他们同住在单位宿舍楼，吴昂在 A 栋一楼，吴见在 B 栋二楼。

当年，技校毕业的吴昂被安排到邵城的某国营机械厂上班，后来，国营机械厂改制为私营企业，厂里扩招，吴昂把赋闲在家的吴见介绍进厂。

吴昂在供销科，大半时间在外东奔西跑；吴见在厂里上班，朝九晚五，按部就班，上班做事，下班吃饭、睡觉。宿舍在单位旁，吴见中午回家吃饭、午休。

那时候，两兄弟都还是单身，关系亲密，有空时，随便哪个招呼一声，两人就凑一起喝酒。菜无须多，花生、鸭脖、鸡爪，都能成为下酒菜。两人就着啤酒或白酒，谈天说地，不着边际，畅谈人生。

吴昂工作的时间长，有点小积蓄。吴见赋闲在家好几年，日子过得捉襟见肘。吴昂看不下去，出去买衣服裤子，都会给吴见选一套；买鞋子，不忘给吴见带一双；买一条烟，不忘分几包给吴见。吴见会做菜，经常主动整几个菜，叫吴昂喝几杯。

两兄弟各自成家后，在芝麻蒜皮的生活中，有过几次意见分歧引起争执，从那之后，大家关起门来各过各的日子。

吴亮亮出生几个月后，珍珍要回单位上班，吴亮亮断奶，吴昂和珍珍把吴亮亮送到武城吴大爷、吴老太身边，老两口一把屎一把尿地带着亮亮，好似自己又重新做了回父母，直至吴亮亮三岁半，才回到父母身边读幼儿园。吴大爷、吴老太终于有了清净的日子。

在流转的生活中，有一次，吴老太踩椅子上拿东西，没站稳摔了下来，造成脚关节骨头粉碎。吴老太做了个手术，术后身体毛病不断，在病床上躺了半年后驾鹤西去。

失去老伴的吴大爷感觉自己就像丢失了一只眼睛，每天摸索着把日子过完。

有一次，半夜时分，周围没有了白天的喧嚣，偶或听到远处猫的叫声，或婴儿的啼哭声。吴大爷睡在床上，昏黄的路灯透过窗户向屋里散发一点惨淡的光芒，吴大爷忽然感到头痛得厉害，胸闷气短，呼吸困难，他的心里涌起一股不祥的预感，觉得自己快要死了。他不怕死，可是孩子都不在身边，这要是死了连孩子都不知道。年轻的时候吃了那么多苦，好不容易这几年开始享清福，老太婆没命享受，早早到阎罗王那边报到。他想喊，可是身边没一个人可以喊，俩儿子在几百公里的邵城，女儿在几十里外的地方。他想打电话给女儿，让女儿过来，考虑女儿白天要上班，那么辛苦，还是不要打搅她。他从床上起来，抚着胸口轻轻往下压，不停地安慰自己："没事，不要慌，不要慌，忍到天亮就好了。"在安慰自己的同时，他忽然想到，会不会是高血压引起的？他有高血压，平时靠药物控制，血压还算平稳，从没出现过这样的症状，今天这是怎么了？算了，管他是不是高血压引起的，先吃了药再说，总能起一点作用。他站了起来，哆哆嗦嗦地倒了杯开水，兑了一点凉开水，把药塞进嘴里，然后喝了一口水，仰起头，"咕噜"一声，药吞进了肚子。他不敢上床睡觉，怕睡下去就再也醒不过来了。药吃完后，过了一会，还是头痛，他继续安慰自己，焦灼地等待着窗外的一缕亮光，窗外在他期盼眼神的注视下，给了他回报，先是露出鱼肚白，再是路边环卫工人扫路面"沙沙"的声音，接着天光大亮了。吴大爷拿过手机，打电话给摩的司机陈小筑。吴大爷家离城里有一定距离，他有时要到城里买东西，走不了那么远的路，就打摩的到城里，一来二去和摩的司机陈小筑熟悉，存了陈小筑的电话号码。

陈小筑把吴大爷送到医院，吴大爷挂了急诊，医生给他量了血压，说："大爷，这血压两百多了，怎么到现在才来，太危险了。"为了面子，吴大爷没说子女不在身边，哼哼哈哈含混过去，医生马上给吴大爷办理住院，打吊瓶。挂着吊瓶的吴大爷躺在病床上给吴昂打电话。吴昂给吴见打了电话，两兄弟带着老婆孩子回家看望吴大爷。

晚上九点多时,吴大爷睡了,吴昂帮吴大爷盖好被子,走出病房来到外面走廊,珍珍和吴见的老婆也跟进来。吴昂分给吴见一根软中华,说:"哥,医生说了,老爹是高血压引起的,这种情况很危险,容易引起脑梗。我看,不能让老爹一个人住了。"

吴见吸了一口烟,随即把烟雾吐了出来,抖了抖手上的烟蒂,说:"嗯。"

吴昂说:"我这边呢,珍珍中午不回家,我又经常出差,老爹如果跟我还真不好办。"

吴见狠狠抽了口烟,说:"这个我知道。老爹就跟我们住吧。"说完,偷偷瞄了一眼边上的老婆刘吉。

刘吉虽然心里一百个不愿意,可谁叫自己待在家里没上班呢,早知道这样还不如随便找个班来上,现在也不好意思拒绝,但让她爽快地答应下来是不可能的,于是干脆保持沉默,沉默也可以代表默认。坐在吴昂身边的珍珍捕捉到了刘吉脸色的变化。她轻轻碰了下吴昂,用示意的眼神看了看刘吉。

吴昂心领神会,干脆趁热打铁,把话说清楚,他对刘吉说:"嫂子,要拜托你和哥照顾老爹了,他每月三千多的工资就由你们支配。要是老爹生病啥的,我承担一半。"

刘吉勉强答道:"行吧,就跟我们了。"

就这样,吴大爷住进了吴见家。

吴大爷到邵城后,感觉自己的生活乱了套,找不到重心。几天后,吴大爷才慢慢找到了生活规律,早上八点起床,刷牙、洗脸。到楼下买油条包子,回家。泡一壶茶,边喝茶边吃油条包子。看报、下楼找人下棋、聊天,11:30回家。吃午饭,午休,下楼找人下棋、聊天。回家吃晚饭,看电视,八点上床睡觉。

刚开始,刘吉和吴大爷各忙各的,各自活在自己思想的维度里,谁也惹不到谁,两人相安无事。

半个月后的某一天,刘吉站在窗户边,看着吴大爷远去的背影,嘀咕道:"还真能睡,每天睡到八点。别家的老人,早早起来送孩子上学、买菜。他什么都不会,能吃能睡能动,也不帮扫扫地、煮煮饭什么的,在这吃闲饭。"

吴见听了,说:"年纪那么大了,不给我们添麻烦都算好了,你还要求那么多,少说两句。"

有一次,多年的同学请吴见夫妻吃饭,刘吉高兴之余,唠叨道:"孩子小的时候,为孩子忙得团团转,好不容易孩子上大学了,难得过几天清净的日子,老的又来添麻烦了。我们去外面吃饭,还要给老的准备吃的,真是命苦。"

吴见懒得听刘吉念叨,说:"我开车去加油,待会在楼下等你,你弄完就下来。"

刘吉在厨房给吴大爷煮面条,心里却憋着一股火,她把气撒在锅碗瓢盆上,厨房里传出"砰砰"的声音。窗外传来"喵喵"的叫声,刘吉用力敲了下窗户,对着猫吼道:"去去,吵什么,没得清净。"

猫受到惊吓,"扑通"一声跳下围墙,夹着尾巴向远处窜去。

锅里煮面条,刘吉拿着手机翻朋友圈,锅里的汤沸腾,溢出,灶台湿了一大片。刘吉听到"嗞嗞"的声音,看到汤溢出来了,赶紧放下手机,把火关小,嘴里发着牢骚:"气死了。自己也是有手有脚,煮个面条都不会,还要人伺候,真把自己当大爷了。"

过了一会,面条熟了,刘吉把面条端出来,重重地放在桌上,转身对正看报纸的吴大爷说:"面条熟啦,可以吃啦。碗筷在厨房,自己去拿。"吴大爷虽然在看报,厨房传出的声音听得一清二楚,刘吉的话像一把刀子,直刺吴大爷的心坎。吴大爷的心抽一阵又抽一阵,感觉自己血压也升高了,头晕目眩。他张了张嘴,想说几句,想了想,忍了。

吴见难得出一次差,这次却碰巧在出差。

刘吉做饭时，把米减了又减，煮出来的饭贴着锅底一层，刘吉给吴大爷装了一小碗，自己装了一小碗，锅底就朝天了。吴大爷吃完一小碗，走过去还想装饭时，锅里没饭了，吴大爷的脸色骤变，手像是得了帕金森似的抖得厉害。他默默放下碗，转身离开。

刘吉看在眼里，故意大着嗓门说："科学家说了，晚上要吃少，特别是老人。吃少有益健康。"

吴大爷在吴见家的那些天，吴昂也出差了。一个星期后，吴昂从外地回来，心想放下行李就到对面去看看老爷子，这时，门铃声响了，吴昂打开门，看到父亲提着一包行李站在门口，吴昂大为惊讶，从父亲手里接过行李，说："爸，您这是怎么了？"

吴大爷缓缓走到沙发，坐了下去，说："以后我就住你这了，或者你把我送养老院也行。"

吴昂早知道嫂子的为人，只是没想到会过分到这种程度。老爹性格温和，很少与人闹脾气，今天自己从吴见家出来，不用说，吴昂也知道他在那边受了多大的委屈，他叹了口气，说："那就住这吧，就是中午家里没人，吃午饭比较发愁。"

吴大爷淡淡地说："你给那个畜生打电话，让他中午送饭过来。"

这倒是个好办法。

从此，吴大爷在吴昂家住了下来。

三

现在的孩子缺少玩伴，小时候的吴亮亮同样如此，无聊的时候，吴亮亮拉着吴昂和珍珍陪他玩，夫妻俩事多，加上缺乏耐心，没一会就不耐烦，吴亮亮转身去找吴大爷，缠着吴大爷和他一起玩五子棋、跳跳棋。人家说，老人孩子相，吴大爷每次被缠，都乐呵呵地答应，耐心地陪吴亮亮下棋，不管时间拉得多长，不管吴亮亮如何无理取闹，他都不生气，有时还慢条斯理地给吴亮亮讲几个故事，他经历的故事，从报纸上听来的故事，吴亮亮经常听得入了神。

慢慢地，吴亮亮长大了，功课也越来越紧张了，玩的时间少了，虽然这样，吴亮亮却变得懂事了，吴大爷有时叫吴亮亮做事，吴亮亮都很乐意。

吴大爷理解吴昂的难处，吴亮亮这孩子，每天作业写到十一二点。吴大爷每天听到吴昂和珍珍聊的，都是有关教育的问题，谁为了孩子赢在起跑线上，把某小区的房子卖了，买了重点学校的学区房；谁家的孩子周末补课从早补到晚，据说几乎每个孩子都在补课；谁家的孩子琴棋书画样样精通，全能型……吴大爷听着听着，犯晕了。不就读书吗？有那么麻烦？孩子会不会读书，看个人天分，他不会读书，给再好的学校，再好的老师又有什么用？可是他不好插嘴，亮亮是他的孙子不是他的儿子，已经隔代了，人家有父母管着，自己瞎操什么心。他们走就走吧，大不了我自己住这，身边没人就没人吧，死就死了吧，这把年纪了，迟早总有一死。

以前，吴大爷和其他老头下棋的时候，故作轻松地说起他的这种观点，几个老头都说他有人照顾，站着说话不腰疼，他们这辈辛辛苦苦一辈子，好不容易好日子来了，政府给了退休金，为什么不好好享受几年？如果每个人都不怕死，那些骗子保健公司生意会那么好吗？那些老头老太会舍得成千上万地买一大堆保健品、保健器具回家吗？不就为了多活几年吗？

记得那次，吴大爷和往常一样，又来到了棋牌室，他们约好九点到场，结果左等右等，等不到林大爷。大家觉得奇怪，都在猜测林大爷干啥去了，有的猜测林大爷带孙子了，有的猜测林大爷家里有事，有的猜测林大爷生病了……大家等了一个多小时，

角色

没等到林大爷，张大爷急了，掏出手机给林大爷家里打了电话，接电话的是个女声，说林大爷昨晚睡下去就再没醒来，送到医院医生说脑梗，走了……大家听到这个消息，眼眶红红的，默不作声，更加深刻体会到死亡离自己这么近。有个大爷平时和林大爷相处不错，忍耐不住，像孩子一样号啕大哭……

就要离开这里了，还是事先和大家招呼一声，免得大家到时乱猜测不吉利。吴大爷这样想着，走出了家门。

吴大爷想起武城，那里才是他熟悉的地方，那里有他熟悉的人，有他熟悉的景，走在路上，就是闭着眼睛都可以到他想到的地方。在路上走，几步就会碰到熟人，虽然吴大爷不是很喜欢聊天，但有这些人在，心里踏实很多，晚上睡觉都安稳。

而刚到邵城的时候，吴大爷走出去看到的都是陌生的环境，陌生的脸孔，他的心里猫抓似的难受，好长一段时间无法入睡。他在内心提醒自己，要随遇而安，适应环境，这样才不会给孩子添麻烦。之后，他重新调整生活状态，才得以安稳入睡。

吴大爷尝试让自己融入这边的生活圈，有一天，他去外面溜了一圈，看到附近有一个棋牌室，很多老人在里面下象棋，吴大爷在家的时候也经常和朋友下棋。吴大爷站在边上看他们下，有人和他打招呼，相互就聊了起来。

聊着聊着，大家就相互介绍，自报家门，问之前在哪个单位上班，在什么部门，跑过什么地方，退休后领了多少，平时生活习惯等。刚好有人要退出局，吴大爷就当替补，坐在那人的位置上，气定神闲，慢条斯理，思考，下棋，随意聊几句。大家气氛融洽，其乐融融。

"散喽，回家吃饭喽。"不知道谁喊了一句，大家陆陆续续走了出去，走向不同的方向。每个人都有属于他自己的归属地。人都走完后，喧闹的棋牌室顿时沉寂下来。

日子一天天过去，你不去想它，它也是一天翻过一天，永不停止。

慢慢地,吴大爷习惯这里的生活了,每天进进出出,他觉得这里的一砖一瓦、一草一木,都有了他的气息。说起一草一木,吴大爷想到了门前花圃里栽种的植物,月季花、茉莉花、日日春、多肉植物、仙人掌、摇钱树等,这些植物平时都是吴大爷侍弄着,每个傍晚,吴大爷都要在花圃里驻足、浇水、拔草。

记得那次,吴大爷回武城几天,回来的时候花儿枯的枯,蔫的蔫,吴大爷好不心痛,费了九牛二虎之力才使这些植物慢慢恢复生机。现在,自己要离开这里了,这些花儿怎么办?儿子和媳妇整天忙于生计,就不用指望能照顾到它们了。

吴大爷想到这里,看着这些花儿,叹了口气。

吴大爷走出大门,右拐,往前走几步,看到了太阳伞底下的早餐点。吴大爷在这里住下后,每天自己买早餐吃,刚开始,吴大爷有几次去得比较迟,早餐卖得差不多了,吴大爷买不到他喜欢吃的三角糕。卖早餐的摊主是个中年妇女,对吴大爷说,如果喜欢吃,以后每天都帮他留一份,女摊主说到做到,有时吴大爷去得比较迟,女摊主也是在那边静静地等待。

有一次,吴大爷要去医院抽血体检,不能吃早餐,吴大爷一大早就空腹到医院,回家的时候已经十点多了,吴大爷把早餐的事忘得一干二净。他正看着报纸,听到楼下有人在叫他,吴大爷到阳台上看了下,原来是女摊主在找他,女摊主说:"吴大爷,早上您忘记来拿早餐了,我给您送来了。"吴大爷很感动,向女摊主说明原因并道歉,女摊主笑呵呵地说:"是这样啊,那您赶紧趁热吃吧。"吴大爷感动得说不出话来。现在,吴大爷就要走了,他要去和女摊主打个招呼,让人家以后不用再帮他留早餐了。

吴大爷想着,走向早餐车,女摊主笑眯眯地向他打招呼:"大爷,早啊。"吴大爷说:"早啊。"吴大爷喊"早啊"的时候,心里很不是滋味，以后，就不用再买早餐了，女儿家住五楼，他的膝盖经常疼痛，不可能天天爬五楼上上下下，以后，女儿会为他准备好早餐，他只要坐那边静静地吃就行了。楼下的人来人往，楼下曾经或正在发生什么，都和他无关了。

吴大爷和往常一样，买了一份早餐，在付钱的时候，他对女摊主说："过些天我就要离开这里了，以后你不用帮我留早餐了。这几天，我如果还在这里，会自己来买，没来买就是已经走了。"

女摊主边找钱边说："大爷，您要去哪里呀？不回来了吗？"

吴大爷说："孙子要到别处去读书，儿子媳妇要搬家，他们中午都不回家，担心我自己在家不放心，让我去住女儿家。"

女摊主说："这样啊，吴大爷。女儿家也行，有人照顾就好，反正都是自家的孩子。"

吴大爷听了，心里有点生气，想："你这是什么话呢，虽说女儿也是自己的孩子，可嫁出去的女儿终究是别人家的，去住女儿家，会被人说闲话的，再说，我在这里已经住这么多年了，你咋不考虑考虑我的感受呢？"

吴大爷心里这样想，不好意思说出口，反而自我安慰：我这是怎么了，人家一直那么关心我，她这样说也是为了我好，我有必要和人家一般见识吗？事情已经定下来了，也不是我这个七老八十的老头子可以左右的，不如顺其自然，该怎样就怎样了。

吴大爷和女摊主打了招呼，转身走了。他没把早餐带回家吃，而是带到棋牌室和大家边聊边吃。住下来的时间不多了，他要珍惜和大伙在一起的时光。

吴大爷向前走了几步，来到了棋牌室。吴大爷平时到棋牌室是十点，今天九点就到了。棋牌室已经有好几个在下棋了，看到吴大爷，叫了一声，说："老吴，今天这么早啊。"

吴大爷在一张桌子前坐下，吃着三角糕，喝着豆浆。张大爷看得瞪大了眼睛，问："老吴，你可从来没在这里吃早餐，今天太阳从西边出来了?"

吴大爷说:"是啊,再过几天,我就要离开这里了,我提前来和大家告别。"

刘大爷边下棋边问:"离开这里?你要去哪里?一大把年纪了,好好在家待着,还到处跑?"

吴大爷苦笑了笑,说:"我是想好好待着的,可是条件不允许啊,孙子要到别处去读书,儿子媳妇要搬到学校附近去住,他们中午都不着家,担心我自己在家不安全,让我去住女儿家。"

韩大爷正站在一边看下棋,听吴大爷这样说,抬头看了吴大爷一眼,说:"人老了,不中用了,要让别人来安排。要是我们能跑能动,管他们搬到哪,自己一个人住哪都行。"

吴大爷一听,心想,我可不能在人前服软,好歹要为孩子撑撑门面,就说:"你这说的什么话,每个人都有老的时候嘛。我们作为长辈,也要为子女考虑,不能过于自私。现在的年轻人,压力大着呢。好在我几个孩子都很孝顺,女儿一听说,马上就说要接我去住她家了,我不好拒绝呢。"

韩大爷对吴大爷的家底了解得一清二楚,听到后"哼"了一声,说:"孝顺?要是每个孩子都那么孝顺,吴见家就可以住了,还需要去女儿家?"

吴大爷被呛得一口气憋着,心里顿感不痛快。手里的早餐刚好吃完,他趁机说:"五个手指都不一样长呢。"边说边往回走。

吴大爷的心情受到影响,一路上闷闷不乐,心里在怪吴见,这个没良心的东西,老子辛辛苦苦把他拉扯大,现在好了,嫌弃老子了,让我在人前丢脸。吴见出生时,邻居老杨夫妻不能生育,喜欢得不得了,一直说吴见要给他们抚养,要知道这个畜生没一点良心,早就要送出去了。

傍晚,吴大爷在门口浇花时,吴亮亮背着书包回来了。

"爷爷,我回来了。"吴亮亮看到吴大爷,甜甜地叫了一声。

"欸，放学啦。"吴大爷边浇花，边回话。

吴亮亮站边上看吴大爷浇花，问："爷爷，你怎么会喜欢种花呢？"

"爷爷没事做，种点花净化空气，看着也舒服。怎么，你不喜欢爷爷种花吗？"吴大爷问。

"喜欢。"吴亮亮清脆地答道。

"爷爷，我去写作业了。"吴亮亮说。

"去吧。"吴大爷说。吴大爷转念一想，叫住了吴亮亮，说："亮亮啊，爷爷交代你一件事。爷爷不在的时候，你要帮爷爷浇花，别让花渴了，知道吗？"

"知道了。爷爷，你要去哪啊？"吴亮亮问。

"你爸妈没跟你说吗？下学期，你要上高中了，咱家离学校远，为了不让你起早贪黑地赶车，你爸妈在学校附近租了房子，你上学就方便了。"

"爷爷，你可以一起住过去啊。"吴亮亮说。

"你在学校吃饭，你爸妈中午都不回家，爷爷自己做不来饭，需要人照顾，所以啊，爷爷要去住你姑姑家了，唉，爷爷老了，不中用了。"

"姑姑家住五楼，你爬得动吗？"

"爷爷是没力气爬了，爬不动就少出门了。"

"那怎么行？爷爷，你每天都要去外面走走路，活络活络筋骨，身体才会好。"

"爷爷老了，无所谓了。"吴大爷感慨道，忽然感到心里堵得慌。他慢慢吸了一口气，再慢慢呼出去，把心里的一股闷气吐了出去。

"爷爷，我不要你离开这里。"吴亮亮说完，嘟着嘴走进屋，"嘭"的一声关上门。

四

离开学只有一个星期了,这天,吴昂把吴大爷的行李放进后备箱,扶着吴大爷坐进副驾驶座椅。珍珍坐在后排座位上。

一切准备停当,吴昂坐在驾驶座椅,随时准备启动轿车。

大家等着吴亮亮上车。

十几分钟过去了,不见吴亮亮的身影。

吴昂对珍珍说:"亮亮跑哪去了,你给他打个电话。"

珍珍拿过手机,拨打吴亮亮的号码。手机铃声循环地唱着歌,没有人接电话。

歌声停止,珍珍又重新拨号,还是没人接听。

"咦,这孩子跑哪去了?"珍珍奇怪道。

"你没和他说要去大姐家吗?"吴昂问道。

"说了呀。哦,我想起来了,我话没说完呢,他就进房间把门关了。"珍珍回忆道。

"这孩子,不喜欢去他姑姑家吗?"吴昂问道。

"以前不是很喜欢去吗?对了,前几天他问了老爹去大姐家的事,说老爹要和我们在一起,我说没人照顾老爹,大姐家有人照顾,他就不说话了。"

"这孩子,闹的哪门子脾气嘛,这还不是为了他。你去附近找找。"吴昂的嗓门大了起来。

"我再打个电话试试。"珍珍说。

电话接通了,对方静静的,没一点声音。

"亮亮,你在哪?车要走了,你怎么还不过来?"珍珍着急地说。

"妈,姑姑家住五楼,爷爷年纪那么大了,根本就爬不了楼梯,你们都不为爷爷考虑。爷爷和我们住这么多年了,现在你们却要让爷爷搬走,你们好狠心。妈,我讨厌你们把爷爷送到姑姑家,我有和你说过让爷爷留下来,可是你根本不听我说话。妈,你告诉爸爸,我不去姑姑家,我也不读书了……"

"亮亮,你这傻孩子,怎么这样。你可不要做傻事,赶紧回来,我们有事好商量……"珍珍说着,都要哭出来了。

车窗外,一阵凉风刮过,树上"簌簌"落下几片黄叶,在风中凌乱地飘荡……

角　色

接到人事部肖轩墨安排的工作后，燕婷的心里就住进了一件事。肖轩墨通知她第二天早上八点到公司，比平时早半个小时，燕婷是个心思重的人，想着面临的未知事，半夜时分，她醒了过来，快到六点的时候又昏昏欲睡，闹钟提醒她该起床了。

燕婷到这个公司上班才一个多月，公司做视觉设计、广告安装等，业务范围包罗万象，财源广进。对燕婷而言，一切尚处于未知状态。昨天老板在公司群里告知大家，公司接的业务，哪怕自己做不了，仍要想方设法到外面找承包商转包出去，他们赚差价，这年头，没有比做中间商赚差价更好的事了。广告安装涉及对原有广告的拆除，然后刷墙，今天她的任务，是带外请的林师傅到海岛，粉刷一间三十几平方米的房子。

和林师傅约了早上八点在公司会合，燕婷七点四十分就赶到公司。看着这多余的时间，她百无聊赖地刷手机，时间在她滑动手机的指缝间流逝。

八点整，林师傅准时来了，公司财务也来了。财务开车带着燕婷和林师傅去买墙面漆。上车前，林师傅问她："你坐副驾驶，还是我坐副驾驶？"她愣了一下，说："都行。"林师傅说："要不我坐副驾驶吧，买墙面漆的店我熟悉，我来带路。"

财务还没吃早餐，在开车的间隙，咬了一口包子；在等红绿灯的时候，刷了一下手机，林师傅坐副驾驶提醒：左拐、右拐……在财务咬完包子并刷完多次手机后，车行驶到一家店面前。财务把车往前开，车横在此店与彼店门口之间，此店是他们要光临的涂料店，彼店老板站在门口，闷着脸看着车不吭声。

他们下车，财务顺手把早餐袋塞在两个店面之间墙壁的缝隙，彼店老板逮住机会，瓮声瓮气地说："你咋扔垃圾的？"财务说："不好意思，我先放一下，马上就拿去扔垃圾桶。"彼店老板说："什么先放一下，有你这样扔垃圾的吗？我们可是'门前三包'。"此店老板走了过来，蹲下身，捡起垃圾，说："没事没事，我拿去扔。"说着，捡起垃圾走进店内。

店里堆着很多涂料，种类繁多，堆到外面过道上。三人站在门口，财务扯开嗓门问漆的价格，老板娘迎了出来，指着一桶桶的漆说，这个二百多，这个三百多，这个四百多。财务滑着手机，边对着手机里的信息边问："那个18升五合一的多少钱？"老板娘说："470元。"财务转过身，指着手机屏幕对她耳语道："燕婷，他们这边介绍另一家给我，你看，同样这款才430元，这个店是林师傅介绍的，你说林师傅和老板之间会不会有猫腻？"燕婷微微笑了笑，答道："这个我不知道哈。"财务转过身和老板娘砍价："算便宜点呗。"老板娘说："最低450元。"财务说："430元？"老板娘看了她一眼，懒得回答的样子，径自走进屋里。林师傅靠近财务，说："这家品质不错，我经常找他们拿货，450元很优惠啦。"

财务看了下时间，自言自语道："时间不早了，那家虽然便宜20元钱，但跑来跑去不合算，就在这边买吧。"财务下定决心，问了林师傅所需用量，买了一桶18升的，一桶5升的。老板娘从挂钩上扯下一个袋子递给财务，并从货架上取下刷子、桶、刷纸，一个个递过来，说："这些是刷墙必备工具，都要配。"财务接过，一个个问了价格后装进袋子。

该买的都买了，财务结完账，大家把材料放进后备箱。三人上车，财务踩着油门往海岛方向驶去，他们要到轮渡搭船到海岛。

到了轮渡，财务把车停在路边，他们把后备箱的材料全部卸下。财务完成任务后，一踩油门消失得无影无踪。摆在燕婷和林师傅面前的，除了一大一小两桶墙面漆外，还有林师傅带的五斤泥子粉。林师傅把小桶漆放在燕婷面前，说："我拿大桶漆和泥子粉，你拿小桶漆和工具。"燕婷说好，弯腰提漆，提起来的时候，手瞬间坠了下去，燕婷心里一惊，没想到漆这么重，再看林师傅，正提着大桶漆歪着腰往前走。燕婷重新提起漆，歪着腰跟在后面。

这是通往海岛的市民通道，票价8元，有本市身份证或社保卡可在窗口买票通过，若是游客想要到海岛，需在另一个码头买票坐船通过，票价35元。林师傅是外地身份证，没本市社保卡，按规定是过不去的。昨天肖轩墨联系客户，客户说她那边打电话去报备下，林师傅即可通行。

他们把物料放在售票窗口的不远处，燕婷让林师傅看着，她到窗口买票。

因为是市民通道，坐渡轮的人不多，售票员先刷了燕婷的身份证，燕婷是本市户口，很快出票。刷到林师傅身份证时，售票员问："有报备吗？"燕婷说："有。"售票员在键盘上"噼噼啪啪"敲打一阵后，说："没报备，无法出票。"遂把林师傅的身份证退了回来，说："下一个。"

后面的人挤了过来，燕婷退出窗口，站到外面。初升的阳光直射过来，刺得眼睛睁不开，燕婷转了一个身，背对阳光，在项目微信群问客户是否有报备。客户回复说："还没报备，不是说九点半才坐船吗？"燕婷看了下时间，9点15分，她对客户说他们已经在售票窗口，麻烦帮忙报备下，客户说马上打电话去报备，让他们稍等下，过了一会儿，客户在微信群里说："可以了。"燕婷回复:"好的,谢谢。"然后重新到窗口排队、买票,一切顺利。

燕婷提着小桶漆和工具袋走在前面,林师傅提着大桶漆和泥子粉在后面,他们要去过安检。

安检人员看到他们这阵势,把他们叫到一边,询问、检查,一通操作后,对他俩挥了挥手,示意可以通行。他们夹杂在人群中上了轮船,乘客不多,走快点儿尚能抢到座位。燕婷在靠门最近的空位上坐下,林师傅进来的时候,近的座位已坐满,便在她对面落座。

船缓缓前行,蓝色的海面上泛起一道道波纹,游客有的凭栏远眺,有的闭目养神,更多的是低头刷手机。燕婷打开手机,看到老板发来信息,是她在群里回复客户"好的,谢谢"的内容截图,两个显眼的红色箭头直指"谢谢"两个字,同时发来三行字:"以后和客户沟通,尽可能加个'哈',例如,把'谢谢'改为'麻烦您了哈',因为'谢谢'实在太冰冷了。"燕婷瞬间感受到来自老板的冰冷,原本平静的心变得低落,她勉强回复道:"嗯,好的。"

十几分钟后,船缓缓靠岸,海岛到了,燕婷看了下时间,快十点了。她提着漆和工具走上岸,漆很沉重,每一次迈步都很费力,想着时间不早了,她歪着腰加快步伐。走了一百多米后,人已是气喘吁吁,她放下漆,回头找林师傅,稀稀拉拉的人群中,没看到林师傅的身影。她用眼神在四周寻找了一遍,还是没有。

燕婷站在原地等,刚好有个电话进来,她接了电话。在通话过程中,她看到林师傅从前面一步一挪缓慢走来。林师傅走到她身边,放下漆,她的通话刚好结束。

林师傅指着漆,说:"太重了啊,没办法提啊。"

燕婷无奈地说:"重也要提。"

林师傅说:"还有多远啊?这么重怎么拿?看看有没车,雇个车过去哇。"

燕婷四周看了下,前方有一个人拉着一辆板车正在行走,她正在犹豫是否要问问,板车进入小巷消失了。

林师傅叹了口气,拿起不锈钢刷墙伸缩杆,从大桶漆手提处中间穿过,说:"这样吧,我们两人一起抬。"

燕婷觉得不可理喻,生气地说:"哇,你一个大男人,这桶漆都提不动?"

林师傅也生气了,说:"你来提看看。"她用手去提,纹丝不动。

林师傅的嘴唇翕动着,顺手把泥子粉递过来,妥协地说:"不然这个你一起拿,我把漆扛在肩膀上走。"看来也只有这样了,燕婷左手提着小桶漆,右手提着泥子粉和工具袋,歪着半个身子往前走。

刷墙的地方燕婷和设计师来过一次,小巷纵横交错,她已认不清来时的路,心里不免焦虑。正在这时,客户打来电话,问还没到吗?燕婷说,快了快了,心里却是一团乱麻。

燕婷慌乱地在小巷中左冲右突,逮住人就问到某某地方怎么走,问了几个人都说不知道。她看着时间,内心焦虑,无头苍蝇似的看到人就问路,终于有个貌似知道的,给她指了路,她左拐右拐走进一个庭院,才发现并不是目的地——那个人指错路了。

林师傅跟在后面不堪重负,最后终于忍无可忍,把漆从肩膀上卸下来放地上,埋怨道:"你怎么搞的,路都不知道。这么重,我走不了了啊。"燕婷没时间理睬林师傅,继续抓住人就问到某某地方怎么走。大家都摇头,她继续问,终于有个大叔知道地点,跟她说怎么怎么走,她听得稀里糊涂。这时候,路边走过一群人,男男女女,大叔说:"喏,他们就是那边的,你跟他们走。"燕婷喜出望外,问从身边经过的一个女生:"请问您是要到某个地方吗?我们可以跟您一起走吗?"女生麻木地摇了摇头,仓皇离开。

客户又打来电话，问："怎么还没到？"燕婷内疚地说："不好意思，我们走错路了，马上就到。"燕婷挂了电话，向指路大叔求助："大叔，我们赶时间，您可以帮我们带下路吗？"大叔说："我哪里有办法啊。"燕婷束手无策，悲伤与绝望涌上心头，提着漆走到门口，望着眼前纵横交错的小巷，不知道哪条路是对的。正踌躇间，却见指路大叔不知道从哪里拉来一辆推车从后面追了上来，说："漆放车上，我带你们去吧。"燕婷眼神一亮，心里一股暖流在涌动，忙不迭连声地对大叔说"谢谢"。林师傅站在不远处停歇，见此亦喜出望外，快走几步，把大桶漆放在推车上，再放上小桶漆。

大叔推着车走在前面，健步如飞，他们跟在后面小跑，三人在小巷中左拐右拐。边拐着，大叔边向燕婷介绍位置，燕婷嘴里"嗯嗯"应着，脑袋却像一团糨糊。几分钟后，熟悉的建筑物出现在眼前，哎呀，是它，就是它！燕婷顿感心花怒放。

大叔走进庭院，熟门熟路地和里面的人打招呼，然后卸下漆转身就要离开，燕婷急切地问大叔怎么称呼，大叔说他姓王，燕婷发自内心地对大叔连说几声"谢谢"，心里默念道："王大叔，谢谢您，我会记您一辈子的，祝您一生平安。"

第一次和设计师到这里踩点的时候，客户指定二楼的一间办公室说要刷墙，燕婷和林师傅说了声："在二楼。"遂提着小桶漆和泥子粉走在前面，"咚咚"上到二楼，林师傅提着大桶漆跟在后面。

这是坐落在海岛的一家单位，客户有间办公室要做氛围布置。氛围布置一般是把所要表达的图案、标语、文字等相关内容体现在PVC或者亚克力展板上进行展示，起到宣传的效果。室内的氛围布置一般是体现在墙壁上。在更新时，要先把墙面旧的广告清除、刷墙，再装上新的。

燕婷第一次和设计师来的时候，除了认路外，更重要的是和客户对接。在公司待了一个多月后,她基本了解了工作流程:到客户所在的位置进行踩点,了解客户的需求,量好尺寸、做好记录,回公司让财务报价,客户认可价格后,设计师设计方案发客户审阅,方案定稿后,再下单制作物料并安装到指定位置。

方案设计是比较磨人的环节。设计师把设计方案发客户审阅后,客户先是自行审阅一番,从自己的角度提出修改意见,改了几遍后,再让领导审阅。客户把领导的意见反馈给设计师,再进行几次三番的修改,有的方案修改几遍后就能定稿下单制作,有的却需要反复修改。

燕婷和设计师第一次来的时候,屋里有桌椅、书柜,书柜上摆放了一些书籍。设计师交代客户办公室的所有物件都要清理出去,这次再来时,里面已是空荡荡。

还没来的时候,客户在微信群催得急,说要尽快粉刷墙壁,上面要来检查。老板交代燕婷现场要和客户对接好,尽量一天之内刷完墙。待林师傅看完现场后,燕婷问一天是否可以完成,林师傅说,今天要清除铁钉、杂物,要补墙面,等补的墙面干了才能刷墙,最快明天完成。

燕婷在公司群"艾特"老板告知工作流程,老板说:"客户比较着急,说领导要来检查什么的,你可不可以和林师傅商量下,加加班,今天刷完呗。"

燕婷向林师傅转达老板的意见,林师傅说:"今天没办法哇,墙面第一遍补完,要等干了再补第二遍,第二遍补完,估计都到下午三四点了。关键是,补的墙面没那么快干哇,要等补的漆干了才能刷墙哇。"

燕婷再向老板汇报,老板让她和客户沟通。燕婷找到客户,说明现场情况,客户边低头刷手机边说:"可以啊,这个你们内行,你们需要怎么做就怎么做。"燕婷在心里想,并没想象中的急嘛。

昨天晚上，肖轩墨安排工作的时候，说："刷墙估计要一天，你充电宝带着，看下带个书什么的，或者中间时间你也可以去逛逛。跟单一天补贴100元。"燕婷问："午餐需要帮林师傅埋单吗？"肖轩墨说："需要。"燕婷又问："用餐标准是多少？"肖轩墨说："餐补15元，如果你和林师傅一起买了，餐补就去掉，海岛物价比较贵，你自己看着办好了。"

林师傅拿起抹泥刀清除墙角上的贴胶、木条，墙上的铁钉、广告纸等，不一会儿，地板上有了清除下来的杂物。燕婷到外面找扫把，没找到，问边上的人，说一楼有。她"咚咚"跑到一楼，在角落找到扫把和畚斗，拿到楼上，打扫清除下来的杂物。

林师傅说："我待会儿来扫吧。"

燕婷说："没事。"她很快扫完地板，把垃圾装进畚斗。

林师傅拿起抹泥刀在墙面上敲打，白色碎屑落满一地，燕婷拿起扫把想扫，林师傅说："还会有啊，待会儿一起扫好了。"

燕婷放下扫把，林师傅指着镶嵌在墙角的一根塑料管，问："这个是之前装电线用的，要留下来吗？"

燕婷也不知道要不要留下来，心想还是问下客户。客户还在走廊刷手机，她如是问，客户说："这个我也不懂，你自己决定好了，要保证室内有电就行。"

燕婷进屋转达客户意见，林师傅听了后自言自语道："那这个没用了啊。"

燕婷说："没用就清掉呗。"林师傅啪的一声清掉塑料管。

接着，林师傅又指着墙上的挂钟，问："这个钟要拆下来吗？"

燕婷反问："不拆下来刷墙会有影响吗？"

林师傅就把挂钟拿下来，又指着墙上的钉子，问："这个钉子要拔掉吗？"

要不要拔掉呢？她也不懂。

林师傅说："墙刷完后，他们是不是还要挂时钟，如果要，钉子就留着；如果不挂，钉子就拔了。"

燕婷又到外面找客户，找了一圈没找到，正想自作主张，看到客户在一楼，她"咚咚"下楼问客户，客户说："时钟还要挂啊。"

燕婷又上楼，跟林师傅说钉子要留着，林师傅就饶了那枚钉子一命。墙壁全部清理完成后，林师傅用泥子粉修补墙壁，补一下，停一下，补一下，停一下，燕婷看在眼里，急在心里，心想，你倒是快点呀，这样磨磨蹭蹭干什么呀？但她不好意思说出口，只是绕着弯问，这个墙壁补完接下来要做什么？林师傅说，等它干了还要再补一遍。

燕婷和林师傅有一搭没一搭地闲聊，林师傅比她小几岁，老婆孩子都在这边。因为积分不够，两个孩子无缘进公办学校就读，只能上民办学校，一个孩子一年的学杂费要两三万。

燕婷问林师傅："你收入不低吧？"

林师傅说："马马虎虎，每月都有一两万的收入。"

燕婷想起自己一个月四千多的工资，羡慕地说："挺好的哈。"

林师傅说："唉，有什么好，我都不想做这行了。"

燕婷问："为什么？"

林师傅说："整天接触这些漆，对身体伤害很大。"

燕婷问林师傅有没缴医社保，缴了医社保，看病有保障，老了有退休金。林师傅说："没有啊，做我们这行的，打一枪换一炮，很少人去缴医社保，这医社保一个月要五百多呢。"燕婷说是。

林师傅刷了一会儿墙壁，拿起水杯喝水，透明的水杯里浮现着些许切片的西洋参。燕婷笑了笑，对林师傅说："你很懂得养生嘛，喝西洋参水。"林师傅有气无力地说："是啊，做我们这行的，高危行业啊，要保养身体啊。"

这时，从外面走进一个年轻人，手里拿着一张宣传海报。燕婷一看，这分明是她的同行嘛，同行就是冤家，莫非他是来抢业务的？她和"冤家"保持距离，不与其说话，"冤家"却站边儿上看林师傅干活，有一搭没一搭地和林师傅闲聊。燕婷很想暗示林师傅，不要跟他聊，有什么好聊的嘛。林师傅并不知晓其中的利害关系，和"冤家"聊得火热，燕婷看着心烦，索性走出屋子。

"冤家"和林师傅聊了一会儿后，走了。过了一会儿，林师傅从屋里走了出来，对燕婷说："第一遍补完了，要等补的地方干了再补第二遍，我把空调打开了，这样干得比较快，我们先去吃饭吧。"燕婷看了下时间，快十二点了，这时间咋过得这么快呢？她担心林师傅吃饭时挑贵的下单，那她回公司就不好报销了，为了让林师傅把握分寸，她嗫嚅着说："我们公司的餐标是15元。"

林师傅说："15元就15元，不行就我请你呗。"

燕婷连忙推辞："不用你请。"

说完，她和林师傅下楼来到美食一条街。他们边走边看贴在店门口的价目表，海岛的东西果然贵，一碗面条35元、45元，15元能吃什么呢？面对刺眼的价目表，燕婷的眼神不敢直视，粗略浏览了一遍，就赶紧移开视线。燕婷心里嘀咕，老板平时勤俭节约，吃了这样三四十元的一碗面，她回去报销都会感到难为情。

林师傅走在前面，燕婷走在后面，两人边走边看路边，经过一家沙茶面店时，林师傅走进去，问："沙茶面一碗多少钱？"店小二回答道："25元。"林师傅退了出来，两人继续往前走。

越往前走，却只有几家套餐店，墙壁上的菜单写着"45元起"。他们匆匆而过，走着走着，来到一条人迹罕至的小巷，不见有餐饮店，他们只好沿着来时的路返回。

林师傅边走边说："我们买碗泡面回去吃算了。"燕婷于心不忍，说："再看看吧。"接着自言自语般念叨："大家都知道海岛物价高，超过15元也没事吧，20元25元应该也可以的吧。"

他们走过了几条街，没找到一家便宜的店，林师傅又说：

·角 色·

"要不我们去买几个包子打发下算了。"燕婷急忙说:"不要啊,吃点热乎的吧。"两人又继续往前走,前面的店小二在门口招呼:"来啊,沙茶面,25元起。"她支棱的耳朵捕捉到了信息,对林师傅说:"就这里吧。"

两人进店,坐下。店小二在前台喊:"两位客官,请先埋单。"

燕婷拿出手机要付款,林师傅说:"要不我付吧。"

燕婷急忙说:"不用不用。"

林师傅说:"你回去可以报销吗?不能报销就我请你吧。"

燕婷说:"可以报销,不能报销也没事,算我请你。"

不一会儿,店小二端着两碗沙茶面过来。燕婷拿筷子搅了下,一小撮面条,一片瘦肉,两个丸子,两根青菜,两块鸭血。"这样25元,杀猪啊。"她心里嘀咕道。

两人埋头吃面,不一会儿吃个精光,林师傅放下筷子擦了擦嘴巴,说:"不好吃,太甜了。"

吃完面,两人回到施工现场,林师傅进屋,对着坑洼的墙壁又补了一遍漆,说:"墙壁至少要等一两个小时才会干,我们出去走走吧。"难得到海岛一趟,燕婷本来是想出去走走的,可是,那是一个人的行走,现在,他?一个刷墙师傅,叫她和他一起出去走走?他们这样一男一女走在街上,路人会怎么看?会知道她是甲方,他是乙方吗?

燕婷心里不悦,回应道:"我不想去,你去吧。"林师傅不罢休:"外面风景不错呢,难得来一趟,为啥不出去呢?走吧。"燕婷不想和他一起去,似乎又找不到合适的理由,只得说:"我懒得走,你去吧。"林师傅还是不罢休:"一起去走走吧。"燕婷心里更加反感了,说:"昨晚没睡好,没精神,不想去。"林师傅并不识趣,继续问道:"为什么没睡好?"燕婷心里想,这个人烦不烦啊,咋问个没完没了,真把自己当回事了。她不耐烦地回答道:"这不今天有事吗,怕睡迟了啊,所以很早就醒了啊,醒了就不敢再睡了啊。"林师傅无话可说，自己走下楼。

燕婷打开手机看电子书，不一会儿，林师傅回来了，嘟囔着说："外面也没什么好看的。你知道吗？我差点也走迷路了。"燕婷微微笑了笑，没搭腔。林师傅径自走向办公室，站在门口问客户有没有可以午休的地方？客户说有，林师傅要了一块纸皮，客户带他到一间活动室，简单交代几句就走了，林师傅铺上纸皮躺下休息。燕婷在外面的桌上趴了一会儿，起来刷了下手机，老板在工作群里"艾特"她："你QQ上线，我传一本画册资料给你，要做一个策划案。"她对老板说："我没在公司，在海岛。"老板回复："嗯。"

过了一会儿，老板又"艾特"她："你和林师傅交代清楚就行，不用一直待在那边。"燕婷心想不对呀，老板这样说，莫非以为我赖在这边是为了赚一天100块钱的跟单补贴？我才不在乎呢，要不是肖轩墨安排我在这儿，我早就回去了，谁愿意待在这儿呀？士可杀不可辱，我得向老板解释清楚，想到这儿，她赶紧在群里回复道："昨天是说让我待在这的，我才没马上回公司。"老板说："嗯嗯，没关系的哈。"

老板既然这样说，现在、马上、立刻，她要离开海岛回公司了，她有了逃脱的快感。林师傅午休刚起来，燕婷交代几句后，在林师傅惆怅眼神的注视下走向轮渡。

从小巷走出来时，燕婷留意了周边的建筑，琳琅满目的店面，等走到外面的大路，她试着返回去重走一趟，却找不到回去的路了，燕婷心想：真是邪门了。她本想再试一次的，想着从海岛到公司搭公交车要一个多小时，老板在QQ群里又催得急，她就不敢再尝试了。

燕婷来到轮渡，通过安检后走上了客轮。船在海面上无声地航行，蔚蓝的大海一望无际，几只海鸥在海面上盘旋。阳光再次直射进来，她看着海岛越来越远，越来越模糊，直至消失。

第二天上午,肖轩墨对她说:"燕婷,海岛那边,林师傅下午可以刷完墙,你有空过去吗?要让客户现场验收下。"海岛,又是海岛!要不是刚入职那会儿,老板告诉她要配合其他同事的工作,她真想拒绝。

她对肖轩墨说:"让客户自己验收不行吗?"

肖轩墨说:"客户验收我们要在场。"

燕婷说:"我手上的活儿比较急,恐怕去不了了。"

肖轩墨说:"要不我在群里和老板说下,你去回复下,这样我们和老板也有个交代。"

燕婷还没答复,公司微信群马上跳出肖轩墨发出的一行字:"下午刷墙可以完成,是否要叫燕婷去海岛和客户一起验收?"

燕婷敲着键盘回复:"我在赶方案,客户要得比较急,林师傅在现场,可否在项目群和客户说下,让她们直接过去验收?"

老板说:"可以,让客户自己去验收,但是你要和林师傅交代清楚。"燕婷回复道:"好的。"

肖轩墨在微信群里"艾特"了客户,请对方去验收,客户回复:"这个你们要自己过来验收,我们不内行。"肖轩墨回复:"麻烦您去看看墙壁刷得怎样?有没有需要补刷的,我们刷墙师傅在现场。"林师傅急着走人,打电话问是否可以离开,肖轩墨让林师傅去叫客户验收,并拍现场视频发给她。肖轩墨把视频转到公司群,老板看了后,在群里回复:"可以。"

刷墙之前,客户催得火急,说上级要来检查,请务必尽快安排人去。墙刷完后,财务发了报价给客户,刷墙的全部费用两千多元。客户在群里说,你们这是天价啊,前段时间,我们刷了一间比较小的屋子,才一千元。一千元!燕婷想起昨天和林师傅闲聊,她问过公司付给他多少工钱,林师傅说一千元,还说在海岛一千元算便宜了,换别人都不愿意来。客户说一千元,那不只够付给林师傅的工钱?这不连450元材料钱都收不回来?还有人工成本呢。

几个设计师都在项目群,大家看着客户的言论,谈论客户的苛刻。客户在群里哇哇叫,说费用太高,超过预算,上级审批无法通过,要财务改报价。财务按照客户的意见一次次改了报价,老板在群里低声下气地解释。

客户女一号说:"你们报价要实在点,你们经常接单,我们也经常做。"

客户女二号说:"就是,你们赶紧把最低的价格报给我们,我们发给领导审阅,彼此不要在这浪费精力。"

财务当然不可能按照一千元报给客户,就在原来报价的基础上删了又删,降了又降。此时,看到客户在群里发的信息,财务对着报价单唉声叹气:"改改改,再改下去连成本都不够了。"财务在公司群问老板要怎么处理,老板已被客户整得心力交瘁,再没心思折腾这件事,让财务和设计主管商量决定。财务就把报价发给主管,嘴里喊道:"军哥,你看看报价这样可以吗?"主管军哥正专心致志设计方案,看也没看就叹了口气,说:"唉,可以啊,就这样吧,发给客户吧。"财务把价格降了又降的报价单发到群里,"艾特"客户审阅,群里静悄悄的,如一池平静的湖水。

忽一日,客户在项目群发了一行字,大意是说,她们拿尺子去量了下,刷墙的实际面积并没那么多,财务在报价单里多报了20厘米,客户要求财务按照实际尺寸重做报价。

第二天,老板在公司群里让大家退出海岛那个项目群,说公司因为这个项目亏损比较大,以后不和海岛的客户合作了。

几天后,到了要发工资的日子,财务让大家填写项目奖金。按照公司条例,海岛的跟单燕婷有50元的项目奖金,燕婷想了想,放弃申请了。财务在审核的时候给她发来微信:"燕婷,海岛刷墙跟单,你有50元项目奖金可以申请。"燕婷回复道:"那单公司没赚到钱反而亏钱,项目奖金我就不申请了哈。"

人到中年

一

天阴沉沉的,一场暴雨蓄势待发。看着阳台上黑压压的衣服,她愁肠百结。虽说夏天衣服干得快,但连续一个星期的雨天,每天都要换洗衣服,阳台上挂的衣服已遮挡了房间的光线。

她决定搬出烘干机。一厅两室的房子,客厅被茶几、电视柜、鞋柜占满,为了节省空间,她把烘干机收进原装纸箱里,粘上胶带,置放在阳台的储物架上,只有连绵不绝的雨天才搬出来使用。

烘干机的安装要有人帮忙。她看着在卧室埋头写作业的女儿欣欣,欣欣课业繁重,每天学习到十一二点,她不忍心打搅;她又看着靠在床上刷手机的丈夫,想让丈夫帮忙,但想起一直以来,每次叫丈夫帮忙,他都无情地拒绝,甚至还指责她。她终究没有开口。

烘干机的支架安装完毕,她把外罩从支架底部套上,拉拉扯扯。外罩卡在支架上,拉了这边那边又卡住了。她束手无策,喊欣欣帮忙,欣欣过来拉扯了几下,又去写作业。看着欣欣始终惦记作业,她决定向他开口。事实上,她已断定会遭到拒绝,但还是想试试。

一

"老公,过来帮我。"沉闷的天气,电风扇吹出热风,她肢体摆动的同时,汗一行行在身上滑动。闷热的天气下烘干机安装不成功,她已是烦躁不堪,但还是好言央求他。

床上的那个男人,一动不动,黑暗中,闪现手机屏幕的一点亮光。

欣欣听了,放下作业过来帮忙。许是长时间没有使用,忘了如何安装,两人费了好大劲,面前仍是一个烂摊子。

欣欣又跑去写作业。

她的心里,火一点点往上冒,但还是努力控制情绪,她再次向丈夫开口:"你过来帮我下。"

床上那个男人仍然无动于衷。

欣欣又跑出来帮她。

烘干机似乎要和她作对,外罩拉扯到半中间卡住了。

欣欣又进房间写作业了。

她的熊熊烈火终于喷薄而出,化成犀利的言辞:"叫你帮下忙都不肯,你到底是不是这个家的成员?是不是男人?没见过你这么冷漠的男人,我就是随便叫个路人,人家都不会拒绝,你连路人都不如……"那一刻,她的心冰冷到极点。

欣欣闻到了火药味,又走出来帮忙。

那个叫"丈夫"的男人听到她的抱怨,瞬间从床上跃起,横扫了床头柜上的罐子,地板发出了玻璃破碎的声音。他没有走进客厅,而是径直走到阳台,重重地关上玻璃门。

二

她伤心欲绝,心里的火刺刺地燃烧着。连日来的委屈、抑郁,在这一刻有如山洪暴发。

这样的日子,她觉得自己受够了。

她想着自己每天勤勤恳恳、任劳任怨、忍气吞声地活着，整个身心都在这个家，他对她却仍有诸多不满。

每天回到家，等待她的是他的指责，一切关乎芝麻蒜皮的小事：你不要把犹犹豫豫的性格传给欣欣，欣欣长大会一事无成；跟你说过多次了，太小的垃圾袋不要套；沙发的靠垫多久没洗了……他犀利的言辞时刻在摧毁她的激情与自信，让她感到生活了无生趣，每天睁着一双无神的眼睛，迈着疲沓的脚步，四十岁的年龄，却是一副垂暮老太的状态，行尸走肉般地生活着。

离了吧。她下定决心。与其过这种死水一样的生活，不如一个人过日子，清净、自由。想到清净、自由，她突然很向往，与吵吵闹闹的生活相比，此时的她，多么渴盼一个人生活。

在欣欣的帮助下，烘干机终于安装成功。她把阳台上的衣服取下一半，挂到烘干机里，拉上拉链，插上插头。电机发出声音，烘干机开始工作。

她去洗了澡，又洗了衣服。一个多小时后，烘干机停止运转，她拉开拉链，把衣服一件件拿出来，衣服散发着热气，散发着洗衣液的香味。她把阳台剩下的衣服全部取下来，挂进烘干机里，再一次拉上拉链，插上电源。

十一点多了，明天还要上班，她刷了牙，上床躺着。旁边的他，背靠着她，躺在床铺的边缘，不知是有意还是无意，空调被条状地横在中间，把他和她隔开。她见多不怪，背靠着他，同样躺在床铺的边缘。

她越想越气，辗转难眠，委屈地抽噎起来，她担心被另一个房间睡觉的欣欣听到，索性起床，走进厨房，关上门，哭个天昏地暗。

哭了一夜，眼睛红肿。在昨晚，她已下定决心，要和他离婚，但是在离婚之前，一定要给婆婆打个电话，以说明并非自己的错。他的母亲她的婆婆，对她还不错，每次两人怄气，都是在说他的不是。但他的脾气就那样。哭了一宿，她的心已趋于麻木，自信已无动于衷。

他一大早起床，洗漱后出去了，给婆婆打电话的机会来了。离上班还有一个多小时，她足够把昨夜的事前前后后诉说一遍。

她拨通了电话。

她很少给婆婆打电话，一大早打电话更是没有过，早起的老人已在厨房忙碌，敏感地问有什么事。开始她还会故作轻松和婆婆聊，当婆婆问有什么事时，她终究没有控制住，"哇"的一声哭了出来。

她的哭声吓坏了婆婆，婆婆的语气紧张、焦灼，问她发生什么事了。"妈，我要和洪平离婚。"她说。洪平是他的名字。

"发生什么事了？你不要哭，你这样哭我心里很难受，你慢慢说，妈妈为你做主。"

于是，一五一十，竹筒倒豆子般，她把积郁许久的委屈、怨恨一股脑倒了出来，最后抛出了结果：离婚。

婆婆宽慰她，并说马上要从遥远的老家赶来，要狠狠地骂他一顿。她赶紧阻止婆婆亲自赶来的想法，只要求婆婆有空给他个电话。

三

与他相识，整整 23 年了。23 年，他们走过甜蜜的恋爱期、恩爱融洽的新婚期，及至现在，许是相处的时间过于长久吧，他们相互厌倦，经常吵架、生闷气。

她经常回味往事，和他的相识，他对她的爱。可是，往事已如烟。

记得那年，她 23 岁，大学刚毕业，对他一见钟情。她主动和他联系，向他表白心迹，刚开始，他对她爱搭不理，甚至拒绝了她。她不罢休,用一封封充满浓情蜜意的情书向他表白。人家说男追女,隔层山;女追男,隔层纸,有一定道理。最终,他被她的真诚感动,接受了她,爱上了她。

他对她的疼爱,让同学嫉妒。有好吃的,留给她吃,就连吃甘蔗,都帮她削好,一小块一小块塞进她嘴里,吃完了,伸手过去接甘蔗渣;对她说话,亦是轻声细语,温柔有加。

记得那时,他失业在家,萎靡不振,是她省吃俭用资助他。这样的状态,持续了半年,许是她的温柔感化了他,他重新振作起来,找了一份销售工作。

记得那时,为了推销产品,她陪他敲开了一扇扇大门,但是,要打开市场真难啊,即便敲开了人家的门,也敲不开对方的心,有的是刚听到他开头说的几句,就关上了门;有的隔着防盗门和他对话;有的算是客气了,让他们进门,还倒水给他们喝,但是一听到他们说明来意,就毫不留情地拒绝了。

她无法忘记他们过的是怎样困顿的日子,看到喜欢的衣服不舍得买,好吃的不舍得吃。而他,几站的路程不舍得坐公交车,徒步前行,每天在路上奔走,皮鞋底都走穿了,最终,花了十几块钱换鞋底,继续走。

他们顺其自然地结了婚。他家境一般,无法给她富裕的生活,但是有什么关系呢?只要两人相爱,每天的日子都是幸福的。

他们租住在普通的民房里,没有厨房,没有煤气灶,没有厨房用具,他买来一个电饭锅,饭煮熟后,她把饭盛出来,锅底粘锅,她就用铁勺子刮,再在电饭锅里放水,熬着白菜叶子,放几片瘦肉。菜熟了,两人吃得津津有味。锅里只有几片瘦肉,他把夹起来的瘦肉放到她碗里,她心疼他在外面奔波劳累,把瘦肉又夹了回去。生活虽苦,她却感到甜蜜。

他是克服了多大的困难才做成了第一单业务,许是经验的累加,许是他的坚持与执着感动了上苍,从那以后,他慢慢打开市场,事业逐渐明朗。

这之后,欣欣出生了,为了照顾欣欣,她辞职了。两人的重心,转移到了欣欣身上。节假日,他们带着欣欣出去游玩,虽然他对她关心少了,但她仍觉得幸福。

之后,欣欣慢慢长大,学业越来越重,三人一起出去游玩的机会越来越少。不是没有机会,是他拒绝了。面对她多次的请求,他总是说,你和欣欣去玩吧,我上班整天外面跑,节假日就想在家休息。他真是这样做的,就连他们公司组织出去旅游,他也不参加,宁愿在家待着,捧着手机,看着永远也看不完的网文,刷着永远也刷不完的视频。

他的工资越来越高。他们有了房子、车子。

他的事业处于平稳状态,接触的客户层次越来越高,但是,对她的挑剔也越来越多。

他回家吃饭的次数越来越少,每次在家吃饭,他总皱着眉头说:"这菜怎么吃?不会做菜就去看看菜谱,做什么事都要用心,不要应付了事。"

"家这么乱也不收拾,整天不知道在干什么?"他说。

他频繁出去喝酒,只要有人打电话,他就出去。她担心他的身体,好言相劝,他不高兴地说:"你少操点心,不要什么都要管,自找没趣。"

有时,她实在无法接受他的观点,会辩解一两句,他的脸马上拉下来:"要不是我,你早饿死了,还敢这边嚷嚷。"他甚至对欣欣说:"你妈妈没工作,要是你跟了她,不饿肚子才怪。"

她以陌生的眼光看着他。她没上班不就因为欣欣还小吗?请保姆不也一样要花钱吗?她辛辛苦苦这么多年,到头来落不到一句好。

她终于看清了自己在家中的地位,经济上不独立,就连眼前这个自己视为最亲密的男人都这样对她,让她感到心冷。

于是,在欣欣上初中时,她决定出去找工作。

一连几天,她都在电脑前投简历,有几家单位让她去面试,她去了,没下文。一家小广告公司让她去面试,老板三十多岁,和她聊得挺默契,也答应了她的薪资,而她的高学历和之前丰富的工作经历却让老板退却了,老板一直在犹豫她会不会待长久。年轻的老板一直觉得,自己的庙太小,担心她待不住。她内心在呼喊:"我愿意我愿意。"是的,只要能走出这个家,她对工作要求真的没那么高。最后,老板对她说,在她和另外一个年轻的女生之间,将做出选择,下午会给她发短信。在与老板接触的短短一个多小时,她已窥探出老板优柔寡断的性格,预感到她将面临一个失望的结局,她的内心煎熬着,不时地看手机,等待手机上信息的传入。下午五点多,果然收到信息了,老板告诉她:"很抱歉,经过再三考虑,我决定选择那个女生。"

她好懊恼,有被人甩了的感觉。可是,生活还要继续,她继续投简历,继续面试,最终,应聘到了一家公司。

多年没上班,她的确需要适应。一个月后,她适应了,然后每天按部就班上班、下班。上班以后生活充实很多,最关键的是,经济独立了。

她以为自己的努力会改变他的态度,在一次饭桌上,聊着聊着,他又不高兴了,说:"就你,一个月赚那几个钱,还想养家糊口。"她只觉心里的伤口,正遭受一片片撕扯,鲜血淋漓。

她经常在想,一个曾经对她那么好的男人,为何会变成今天这个样子。怪谁呢?是生活给他的压力吗?她知道,他工作压力大,干着求人的活,每天对客户强颜欢笑,陪吃饭,陪唱歌。客户家的水管坏了,他去修;灯管坏了,他去换;朋友来了,他抢着去埋单……他人前马后干着伺候人的活,却又经常遭受客户蛮横的挑刺,应对客户各种无理的要求。他很早就说过要辞职,可是，上有老下有小，他无法迈出那一步。理解了他的这份苦，她也就经常迁就他，可太多的迁就使她的内心却越来越憋屈，特别是他这种恶劣的脾气，身上似乎长满了刺，碰都碰不得，让她感到这个家给予她的压力、压抑。每天下班，她再不像以前一样盼着赶紧回家，而是在外东游西逛，差不多了才回到家。回家之后，和他说不上两句话，就又被他呵斥。

四

下班，走在回家的路上，她猜测此时的婆婆是不是正在给他打电话。要是这样，她要走慢点，免得到家时，他们正在通话，他和她都会难堪，甚至他不会给她好脸色看。想到这里，她故意放慢脚步，快到家时，拐到边上的超市逛了几圈。

实在逛不下去了，她鼓起勇气回家。打开门时，欣欣正在房间写作业。

她问："你爸呢？"

"出去了。"

"什么时候出去的？"

欣欣抬头看了闹钟，说："出去一会了。对了，爸爸把饭菜煮好了，说让我们先吃，不用等他。"

她的心里涌起一股暖流。他做销售工作，只要有业绩，时间自由安排。她单位离家不远，中午休息两小时，她回家吃饭。几乎每个中午，一回到家，他已经煮好饭菜，就等她回来一起吃饭了。家里的卫生也都是他在清理。为了减轻她的压力，他的衣服自己洗。平心而论，在这点上她不敢有任何挑剔。可是，他为什么就不懂得"良言一句三冬暖，恶语伤人六月寒"的道理呢？即便享受着锦衣玉食，一听到他那冰冷的语言，感受他那冰冷的态度，她就觉得生活没有滋味。

她走进厨房，拔掉了电饭煲的插头，打开蒸锅盖子，里面的菜散发腾腾热气，她把盖子重新盖上，从消毒柜拿出碗筷，摆放在客厅餐桌上，等他回来。百无聊赖中，她一屁股坐在沙发上，随手拿起几本书，漫不经心地翻着。这些书是他们刚认识时买的，那时候，家里没有电视机，每天晚上吃完饭，他们各自手捧一本书阅读，并经常就书里的情节进行讨论，那是一幅多么让人感动的画面啊。多年过去，他们经历几次搬家，这些书她都舍不得扔。而曾经恩爱、温馨的画面，却早已销声匿迹，并面临破碎的结局，想起这些，她就黯然神伤。

楼梯传来脚步声，他回来了。她很想知道他接到婆婆的电话后有什么反应。门开了，他一如既往，脸上的神色还是那么自然，她悬着的心终于放下，讨好似的走进厨房，端出菜，一趟趟的。为了活跃气氛，她故意和欣欣闲聊，他默不作声吃饭，在她和欣欣聊得热乎的时候，他忽然板着脸说："食不言寝不语，吃饭不要说话。"她愣住了，平时在家里，他难得和她说上一句话，偶尔说一句，他都没好脸色，要么不耐烦地说，这些小事不要跟我说；要不就是说，自己先用脑袋想想。她愤愤地想，难道在这个家里，一句话都不能说吗？只要我一说话，就让他觉得难受吗？他那么讨厌她说话，当初不如干脆找个哑巴结婚？她那刚刚拨开云雾见天日的心灵，再一次遭受阴霾的袭击。本来，她还在左右徘徊，离婚的选择是不是正确的，现在，她终于不再留恋，并坚信，唯有离婚才是唯一的选择。

五

接下来的两天，一切似乎很平静，他很少说话，她也懒得说。第三天，她下班回到家，打开防盗门的时候，客厅上婆婆庞大的身体映入眼帘，沙发上坐着的还有他。婆婆的到来，让她感到意外，给婆婆打电话时，她特意交代婆婆，不需要亲自赶来，没想到，婆婆还是来了。真是难为老人家了。

  婆婆看到她，反而有点不好意思，对他说："刘莉让我不用亲自赶来，她是担心我受累，可是你们都闹成这样了，我能不来吗？我在家也是坐立不安，担心你们真走到离婚那一步，可怜的是欣欣这孩子啊，一个家庭破裂了，对孩子影响有多大你们想过没有？哪对夫妻过日子没个争争吵吵的？老头子在世时，我们还不是一样，他的脾气固执，我又是急性子，那时候孩子多，缺吃少穿，我们经常吵。我虽说是急性子，可是一想到他有心脏病、高血压，也要让着他啊，有什么办法？后来老头子走了，想吵都没人吵了。俗话说，夫妻间的吵架，都是床头吵架床尾和，没有隔夜的恩怨，所以啊，小吵小闹你们都不要放在心上，要是什么事都斤斤计较，这日子还怎么过？"婆婆说着说着，或许是想起了逝去的老伴，眼圈也红了。她坐在一旁，静静地听着婆婆的诉说。婆婆说的这些道理大家都懂，可是过日子是两个人的事，要两个人相互扶持、相互理解才行，单一个人怀有满腔热情又有什么用呢？

  为了躲避这个尴尬的局面，她站起身，对婆婆说："妈，我去做饭了。"婆婆"嗯"了一声，对他说："洪平啊，不是我说你，你从小脾气就不好，急躁、不考虑后果。你年轻那会，和我吵得几天不跟我说话，现在年纪大了，脾气也要改改了。你也不想想，在你落魄的时候，刘莉无偿地帮助你，那时候她的工资也不高，省吃俭用把剩下的钱寄给你。你们现在过上好日子了，要更恩爱才对，怎么能闹到这个地步呢？做人要有良心啊。你爸那么早就走了，你说要是你们离婚了，我走了后到那边怎么跟你爸交代？老头子会骂我没把家当好啊。"刘莉在厨房择菜，竖起耳朵听从客厅传来的说话声，婆婆的这番话，真是说到她的心坎上了，她轻轻地抽噎着，不让自己哭出声来。

六

期中考试成绩出来了，欣欣从年级第八名退到了第八十名，排名一出来，几个老师相继给她打电话，班主任在电话里对她说："欣欣这段时间上课总是不专心，很容易分神，听其他同学说，她和一位男同学在谈恋爱，你们家长要多关注孩子的成长，多关心她，别让孩子过早谈恋爱，影响学业。智能手机一定不能给孩子，很多同学拿手机聊QQ，玩游戏，谈恋爱，家长一定要引起注意，一旦观察到孩子有什么异常的举动，要及时制止。"

老师的话让她心头猛然收缩，她想到了欣欣平时的举动，欣欣每次进房间就把门反锁，她几次故意悄无声息地用钥匙打开门，发现欣欣神色慌张地放下手机。她心里疑惑，但出于对孩子的信任，她只关心地问欣欣在做什么，欣欣说她在查资料。孩子的课程越来越深奥，很多知识她都不懂，刚开始，在没给欣欣智能手机之前，欣欣一天好几次跟她拿手机查资料，她觉得太麻烦，况且欣欣的成绩一直在前十名内，她松懈了，给欣欣买了部智能手机，从此乐得清净。后来，几次碰到欣欣在玩手机，她才有所警惕，问欣欣到底在做什么。刚开始欣欣不吭声，后来说是在和婷婷聊天，她疑惑地拿过手机一看，QQ上果然写着婷婷的名字。婷婷的妈妈和她是好朋友，她就没放在心上。

事情暴露是在有一天，她在菜市场门口遇到婷婷的妈妈，两人聊了一阵后，她对婷婷的妈妈说："欣欣这孩子从小就和婷婷有说不完的话，这段时间经常和婷婷聊QQ。"婷婷的妈妈疑惑地否定道："不会吧，我们家婷婷没智能手机啊，她一直用老人机。"她听了，心凉了。嘴上说："是吗？那可能是我看错了。"心里却猫抓似的。

匆匆和婷婷妈妈告别后，她回到家，菜扔在厨房，拿起手机登录欣欣的QQ号,QQ是她申请的,但是被欣欣改了密码,这个难不倒她,她重新设置密码,很顺利地登录了。

她找到名叫婷婷的QQ好友,翻开聊天记录,看到对方发来的信息:"你说,中考后,如果我们没在同个班,你还会喜欢我吗?放学后,我在老地方等你……"她再也看不下去了,浑身发抖,似乎听到了内心鲜血滴落的声音。一直以来,欣欣在学习上都很自觉,从来不用她操心,她对欣欣也很信任,对欣欣的一举一动从没用心去关注,没想到这孩子学会骗人了,难怪成绩倒退。她看着闹钟,恨不得欣欣马上出现在她眼前,让她一顿臭骂。

门铃准时响了起来,她打开门,欣欣进来了,脸上漾满笑容。一看到她的表情,欣欣马上意识到了什么,把笑容收了回去。她开门见山,板着脸对欣欣说:"有本事啊你,谈起恋爱来了,还把男生的QQ改成婷婷的名字,还骗我说是和婷婷聊天。快说,那个男生是谁?"欣欣低下头,不说话,任她责骂。末了,欣欣对她大声吼道:"你和爸爸只知道吵架、吵架,你们谁关心过我?只有他在关心我。"欣欣说完,哭着跑进房间,门重重地关上了。她跌坐在沙发上,头脑一片空白。

七

欣欣的变化让她再一次辗转难眠,她想起了自己小时候,家里孩子多,家庭困难,父母经常为了经济上的问题吵架。父亲脾气古怪,节俭,对母亲念念叨叨,母亲无法忍受,两人经常吵得天昏地暗,家里鸡飞狗跳,他们几个兄妹躲在里屋不敢出来。有几次,父母吵得很凶,把她吓得哭了起来。每次一吵架,母亲就抱怨外婆给她包办的婚姻,至今,几十年过去了,那种情景却一直刻在她的脑海里,挥之不去。她和他虽然是自由恋爱结婚,谁承想走着走着，她也陷入了父母曾经经历过的吵架旋涡，难道这是每个平凡家庭的必经之路吗？她理解在这种家庭环境中成长的孩子内心是有多抑郁、无奈、自卑，曾经的她一直想逃离家庭，却没任何能力，今天，她却让欣欣生活在她曾经想极力逃离的家庭氛围里。她感到自责。

她想到了离婚之后的生活。离婚，是对原有家庭的抛弃，真的离婚了，她并没有再婚的想法，对欣欣，她相信会一如既往地赋予她母爱，至于以后会不会有什么变化，她不敢保证，她能做到的，只有处理好眼前的事，化解眼前的苦恼，逃避眼前的生活状态，而之所以逃避，是担心继续这样下去，她会发疯、会抑郁，人生苦短，她想为自己活一次。

可是，孩子终究是无辜的，她把欣欣带到这个世界，就要对欣欣负责，这是一位母亲最基本的责任，她不能逃避这份责任。假如离婚后欣欣判给他，他有可能再寻找意中人，他再婚之后，谁知道他的老婆会怎样对待欣欣呢？从多年的经验来看，对欣欣肯定是个伤害。欣欣能判给她当然最好，可是，缺失的家庭，父亲不在身边陪伴，对欣欣同样是一种伤害。她何尝不想给孩子一个温馨、有爱的家庭，可是，这关乎两个人的态度，并且在很大程度上取决于他对她的态度，他对她好，她心情自然如鲜花般灿烂，反馈给这个家庭自然是积极、温暖的态度，而现如今，他那样的脾气，谁能受得了呢？既然改变不了他的脾气，她只有改变现有的生活现状。

她的思绪飘忽不定，思想一直处于摇摆的状态。她其实不喜欢折腾，只喜欢过安静的生活，每天重复着同样的生活基调，不想做任何改变。而离婚，意味着一切都会发生变化，他不再是她老公，每天晚上，她不会再看到他走进家门，这个家，将支离破碎，她和他，将奔往不同的人生轨道。也许时间倒退十年，她凭借年轻的心态，会勇往直前选择离婚，可是现在不一样了，她已

一角色一

进入不惑之年,人生最美好的年华已然逝去,她即便想再婚已是没半点优势。她忽然感到内心很疲惫,疲惫于与他的对立,疲惫于被情感缠绕,她有如一只泄气的皮球,整天没精打采,没有了反抗的勇气和意识,只想顺顺利利地把日子过下去。她想起在一本书上看到的,是毕淑敏的文字:"发出声音永远是有用的,因为它们可能会被听到并引发改变。"她心里忽然有个亮光在闪现,她决定做一件事,那就是给他发个信息,求饶也好,妥协也好,低姿态也好,只要他能回到从前,能找回从前的那个他。想到这,她打开微信,找到他的头像,给他写了一段话:"哎,亲爱的,我们不要再吵架了,好吗?这样吵下去双方都难受,小时候我就是在父母的吵架声中长大,留下的阴影至今无法抹灭。欣欣慢慢长大,我们不能给她这样的生活环境。以后,我少念叨吧,虽然我也没想到有时无意中说的话会引起你那么强烈的反应。亲爱的,毕竟,曾经的我们那么恩爱。不要再吵了,好好过日子,好吗?"

她并不奢望,这 149 个文字能带来什么变化,就当作最后的挽留吧,以示弱的低姿态,尝试着唤醒他内心的回归。假若他真的不改变,一如既往以原有的态度对她,她只有挥挥手,不带走一片云彩,不再有任何留恋。

她回到家,看到他坐在沙发上喝茶,他们很默契地不去谈论微信上的内容,他如平常样,脸色平静。她尝试着和他说话,他语气平和,少了以往的尖锐。她不相信他真的变了,以警觉的一颗心偷偷观察他,一天,又一天,她以期许的心态盯着他的一举一动,品味他说出的每句话,是不是和以往一样的蛮横、不讲道理;对她,是不是一如既往地呵斥、暴戾。一切,却平静得让她不知所措。

第二天,他对她说:"明天是周六,我们带欣欣出去走走吧。"她诧异,几乎不相信自己的耳朵。车刚买回来那会,她确实坐过几次他开的车,这之后,几次她要出去办事,请他帮忙接送,他都是这样回应她:"不如你打车去,我接送并没比打车便宜。"她反驳,说:"依你这样说,我们就不用买车了,你每次出门打车就行了。"自那以后,她再不主动提出让他开车接送。

而如今坐在车里,她有一种久违的幸福感,一家三口一起出去游玩,已是遥远的记忆,她从不敢奢望,还会有这样美好的时光,特别是那段时间以来,她天天受他的气,心里固执以为,他们的关系只会越来越糟,从不敢奢望,在她的前方会隐藏着一条充满鸟语花香的道路,在静静地等待着她。今天,她似乎看到了曙光。坐在车里,她其实不知道他的方向盘将开往何方,何方才是他们停憩的港湾。他事先没说,她也没有问。

"到喽,下车吧。"他把车停在车位上,转身对她和欣欣说。她打开车门,走出来,一棵硕大的榕树矗立在眼前,榕树枝干遒劲有力,树叶如伞盖,撑起一方阴凉,树荫底下三三两两的人,或坐或站,聊天,嗑瓜子,嬉戏……榕树本身没什么变化,周围的建筑物却已今非昔比。他环视四周,转身对欣欣说:"欣欣,你知道吗? 23年前,我和你妈妈的第一次约会就在这里。"她眼眶湿润,说:"是啊,时间过得太快了,记得第一次见面,你唱了一首歌给我听。"说完,她轻轻地哼了起来:"我能想到最浪漫的事,就是和你一起慢慢变老……"

他们甜蜜地度过了一天时光,晚上,她久久无法入睡,在回味他今天的转变。多年波澜不惊甚至争争吵吵的婚姻生活,让她有多久没感受到他的关心,她已经忘记了。

第二天是星期日,如平常一样,她六点多就醒来。难得的周末,她本想多睡一会,想了想,还是起床做早餐。熬稀饭、煎荷包蛋、微波炉烤花生……她手脚麻利地忙完这一切,一顿丰盛的早餐已摆在餐桌上。

她走进卧室,看到他已经起床,靠在床上,她温柔地叫他吃早餐。门外传来了敲门声,一声、两声、三声……她以为是敲她家的门,让欣欣开门,欣欣轻轻地拉开门,叫了一声"叔叔",又关上了门。她知道了,是对面敲门的声音。敲门声还在继续,却始终没人开门,她对欣欣说:"对面阿姨可能没听到,你和叔叔说,让他到楼下按门铃,阿姨在里面就可以听得到。"欣欣说:"是阿姨故意不开门。"自从他们搬过来后,对面时不时传来争吵声,欣欣已经见多不怪。她"嗬"了一声,说:"你好像很懂的样子。"敲门声越来越密集,声音也越来越沉闷,可以感觉到,男人加重了力气,这招果然见效,她听到了对面木门打开的声音,却没听到开防盗门的声音。对面的男人说:

"把门开下。"

"为什么打你几个电话都不接?"

"我没听到。"

"没听到?你经常说没听到,你就是故意的。"

"好了,把门开下,进去再说。"

"就是不开,你不是不想回家,那就别进来。"

……

外面声音越来越小,听不清他们说了什么,过了许久,传来防盗门打开的声音,木门"嘭"的一声关上了,门外归于寂静。

她微微笑了笑,低头刷手机,朋友圈在转发一篇《油腻的中年猥琐男的二十个特征》,她偷偷地看了看他,想对照他身上的标签。

她却看到他板着一副脸,说:"人家吵架,有什么好笑的。"

她讨好地说:"好,不笑了。吃完饭我去买菜、做卫生。"

"那个沙发靠枕外套,我没说你就不会去洗,都一年没洗了。"

"我待会去洗。"

"那个沙发坐垫,多脏了也从来没洗过,什么事都要我说。"

"嗯,我待会一块拆了洗。"她有点不高兴了。

"每次买回菜都堆在地上,菜沤在袋子里,菜叶都烂了一半。"

"每次都是中午下班回来买的,中午休息时间短,来不及整理。"

"葱没洗就放进冰箱,沤在那边,全都烂掉了。"

"这都什么时候的事了,你说了后我不就改了吗?"

"你看电视柜上的那些书,一年、两年,一直堆在那边。"

"放那里不是挺好吗?收拾了也没地方放呀!"

"我放给你看?"

"你够了,一大早好心好意叫你吃早餐,你就在这边絮絮叨叨。我又没闲着,每天早上六点起床,晚上洗碗、洗衣服,每天都忙到十点多睡觉,我闲过吗?"

她越想越气,她努力在改变自己,整天忙得像陀螺,他为什么就看不到她的一点好?为什么在他的眼中,那些芝麻蒜皮的小事可以一而再再而三地唠叨个没完没了,这日子还有盼头吗?

"你离我远一点,不要在这边唠叨。"他大声吼道。

"你才离我远一点!以后不要在我面前唠叨,我受够了。看得下去你就看,看不下去就散伙,有什么了不起的。"她再也不想忍受,压抑在内心的熊熊怒火再一次燃烧起来,她边咆哮,边摔了一个玻璃杯,玻璃杯砸在地板上发出清脆的声音。

她想起了那篇文章——《油腻的中年猥琐男的二十个特征》,她回忆里面列出的几个特征,觉得有必要添上其他一些特征,添什么特征呢?她努力地思索着。

我本温柔

一

林宗文提着菜进家门时,已是晚上八点半。

平时,林宗文一般是七点多到家,今天在单位加了会班,回家迟。下班前,林宗文在进行检修的过程中,发现5号造球盘有一个回转轴承螺栓出现松动,林宗文感到事态的严重,为了防患未然,他同时排查了其他螺栓,这一查果然查出了有二十几个松动的螺栓。林宗文马上带领班组成员加固螺栓,直到晚上八点多,造球盘的回转轴承的螺栓才全部加固完成,林宗文以强烈的责任心,避免了可能发生的设备故障。

林宗文打开房门,看到女儿欣欣正埋头写作业。他边急匆匆走进厨房,边问道:"欣欣,你妈妈还没回来吗?"

"没呢!"欣欣头也不抬,淡淡地答道。

林宗文走进厨房,量了一罐半的米,淘洗了两遍,把米放进电饭锅,盖上盖子,按下煮饭键,转身到水池洗菜,五分钟后,点火炒菜。

林宗文在钢铁厂的维修部上班,负责设备的检修工作。钢铁厂离家有三十几公里,单位有班车接送。每天早上,林宗文六点起来准备早餐,六点五十分把欣欣叫起床,等欣欣吃完早餐上学之后,他匆匆忙忙吃了早餐,随后背起背包,走到路边搭厂里的车上班。

每当叫欣欣起床时,林宗文总会看到老婆雪花安静地躺在床上,香甜地沉浸在睡梦中。大部分时间,雪花陪女儿一起睡,每次林宗文叫欣欣起床时,总会不自觉地看一眼睡梦中的雪花。雪花的鼻翼微微地翕动着,姣好的脸庞更添一丝妩媚。每次看到雪花的睡姿,林宗文总忍不住想低头亲下雪花,可是不行,女儿欣欣在边上呢。

雪花比林宗文小很多岁,或许是老夫少妻的缘故,林宗文对雪花简直可以用"溺爱"来形容,虽然"溺爱"一般是指大人对孩子的过度宠爱,但是林宗文对雪花的感情,用这个词来形容却也不为过。

时间退回十几年前,林宗文从技校毕业,分配到钢铁厂当一名维修技术人员,每个月领着固定工资。由于生性腼腆,林宗文缺乏主动追求女孩子的勇气,曾有单位政工部的女孩子看上他,想约他一起看电影,林宗文却惶恐地拒绝了。眼见和他一起进厂的几个同事纷纷结婚、生子,林宗文却仍是一人吃饱全家不饿。转眼,林宗文已过了而立之年,就在这时,有好心人介绍雪花和他认识。林宗文第一次和雪花见面,是作为大龄青年的身份出现的,那时,雪花才二十岁出头。二十岁出头的雪花高中毕业没考上大学,赋闲在家。雪花的父亲酗酒,甚至变卖家里值钱的东西去换酒喝,当有人提出要介绍雪花给林宗文时,雪花的父亲想到的是林宗文有固定收入,那么,到时跟林宗文要几块钱买酒喝岂不是轻而易举,于是,雪花的父亲当场答应了这门婚事,并和雪花表明了自己的态度。雪花在读书阶段没学到多少知识,倒是学会了涂脂抹粉,高中就开始和男生谈恋爱。彼时,雪花见到林宗文时,一眼看出了林宗文的老实。雪花想到每次向父亲要钱,都好像要了父亲的命一样,父亲从钱包里掏钱的艰难样,使雪花感到极度不舒服，但是没办法，在家里，母亲是没有发言权的，自然更没有掌控家庭经济的权利。每次拿钱，雪花都在怨自己不会赚钱。当看到林宗文的老实样时，首先想到的就是结婚后，由她掌握家里的财政大权，到时，花钱都是自己说了算。因此，第一次见面，雪花对林宗文表示出了热情、主动，走路时主动牵了林宗文的手。林宗文何时受过这样的待遇，诚惶诚恐之余，喜欢上了眼前这个小自己十几岁的女孩。落花有意流水有情，两人毫无悬念地陷入热恋中，没过多久，雪花的肚子鼓了起来。

这之前，林宗文省吃俭用花了几万元买了一套单位的集资房，虽然只有五十几平方米，但是也算是有房一族了。眼见雪花的肚子越来越大，林宗文更加努力工作，他知道接下来家里的开销会越来越大，孩子出生后，一家三口的吃喝拉撒都靠他，不努力工作不行。因此，只要有机会，林宗文就主动申请加班。说起来林宗文还是一个文学爱好者，有空的时候喜欢写点文字，写完直接扔一边，也不去管那些文字的去向。结婚后，林宗文看到单位的宣传员经常收到稿费，他写作的兴趣空前高涨，一有空闲就埋头写稿，在宣传员的指导下向外投稿，稿费时不时地向他飞来。

婚后，林宗文每次领完工资，都主动交到雪花手里。他知道雪花喜欢管钱，自己又不买什么，雪花管钱他乐得清闲。孩子出生后，他明显感到了生活的压力。孩子的开销本来就不小，再加上雪花的日常开销——生完孩子之后，雪花更懂得打扮，每次出去逛街，总不忘为自己买化妆品或衣服。于是，经常是才到当月下旬，雪花就喊没钱了。刚开始林宗文还忍着，没钱的时候更加拼命写文章想多换点稿费，等他发现连续几个月都出现这种状况时，他不禁急了，对雪花说："咱这样的家庭收入要懂得合理开销，不该花的钱不花，非必要的东西不要买，花钱要有计划，你这样花钱如流水，日子还怎么过下去？"雪花听了，不高兴了，说:"我这样还叫乱花钱吗?在我们同学中,我是最节省的了,你没看我们班莲子,那个花钱样,我看都会把你吓死。唉!怪就怪我找了个没钱的老公!"每每听到雪花的叹息声,林宗文就没了脾气,他只怪自己不能赚更多的钱交到老婆手上。

半小时后,餐桌上摆满了三样菜:西红柿炒蛋、辣椒炒豆角、一条红烧淡水鱼。林宗文装好饭,对欣欣说:"欣欣,手洗下过来吃饭。"欣欣"嗯"了一声,却并没马上动身,仍然埋头写作业。等林宗文准备好了碗筷,看到欣欣没动身,不禁又喊了一声:"欣欣,吃饭了!笔先放下。"欣欣这才慢腾腾地站起来,懒洋洋地走进卫生间洗手,再懒洋洋地走到饭桌,在椅子上落座,她看了看桌上摆的几样菜,嘴里嘟囔着:"又是这些菜,没胃口。"

"吃吧,乖。你也知道,爸爸下班才赶着买菜、做饭,匆匆忙忙的,也没时间弄太多菜。爸爸答应你周末再煮好吃的,啊!吃吧。"林宗文边说,边夹了个蛋放在欣欣碗里。欣欣这才不情愿地吃了起来。

林宗文正要往嘴里扒饭,门铃声响起,不用看也知道是雪花回来了。他站起来打开门,雪花走了进来,脸上毫无表情。林宗文看着雪花,说:"饭熟了,吃饭吧。"说完,他一手接过雪花手上的包,拿进房间挂好。当再一次坐在饭桌前时,林宗文忍不住问了一声:"下午去哪了,这么迟才回来。"林宗文其实是在没话找话,因为一直以来,雪花总是踩着饭点回家,林宗文甚至怀疑雪花是不是长了千里鼻,在外面就可以闻到家里饭菜的香味,要不每次回家吃饭的时间都会把握得这么恰到好处?雪花看都不看林宗文一眼,只淡淡地说:"去练瑜伽了,哎呀你不知道,我们那个瑜伽老师,身材太好了,我一定要好好跟她学,也练出她那样的魔鬼身材。欣欣,你说对吧?"雪花说完,看了欣欣一眼。

欣欣面无表情，只配合似的"嗯"了一声。林宗文想说什么，喉咙动了动，终没开口。

饭吃完，雪花打开电视，斜靠在沙发上看电视。林宗文收拾碗筷到厨房洗碗，欣欣仍然回到书桌上写作业。二十分钟后，林宗文洗好碗筷，走进小房间打开电脑想写一篇文章，想了许久，却想不出要写什么。许久，他才发现自己不自觉地在电脑上敲下了几个字，定睛一看，却是"瑜伽"两个字。

二

"爸，咱打车去吧。"出门之前，欣欣看着外面火热的太阳，嘟着嘴说。

"我们坐公交车来得及，走吧，一下就到了。"林宗文带上欣欣的电子琴，径自走了出去，在门外等欣欣。

每个周六下午，林宗文都要带欣欣到少年宫上兴趣班。第一节上电子琴课，第二节上英语课。外面的培训机构很多，也有离家近的，但是收费都很贵，林宗文选了离家较远的少年宫报名。少年宫属于半公益性质，收费比外面低很多，为了省钱，林宗文在少年宫报兴趣班。

父女俩一前一后向前走，外面热气逼人，火辣辣的太阳暴晒大地，走几步就满身汗。欣欣戴着一顶帽子，背着书包，跟在林宗文后面。不一会儿，额头上冒出了几滴细细密密的汗珠。林宗文从袋子里掏出毛巾帮欣欣擦汗。

雪花生完孩子后，在家带了几年的孩子，孩子上小学后，她干脆撒手不管了，每天不知道在外面忙什么。一年级开始，周末都是林宗文带着欣欣上兴趣班。林宗文看到别人家的孩子学了钢琴，他知道以自己的家境，钢琴是学不起的。且不说一架钢琴至少要两三万，单单培训费用，每周一节课，每节课几百元就是一笔不小的开销。后来，林宗文打听到少年宫有电子琴班，一期五百元，每期上12节课，就帮欣欣报了一个。欣欣用的电子琴是林宗文外甥女以前用过的，林宗文不必花钱买琴。

另外还报了一个英语班，林宗文知道自己在英语面前等于一个文盲，雪花更不用说，家里没人可以辅导欣欣学英语，有必要在外面报一个班。英语班上了一个学期后，欣欣的英语成绩果然有所提高。

"欣欣，这次期中考，你总分排第几名？"林宗文边走，边问欣欣。

"第二名。"谈起自己的成绩，欣欣脸上有了笑容。一直以来，成绩是她的骄傲。虽然推行素质教育以来，上面明令不能给学生的分数排名，学生考试成绩也是用ABC来分等级，但是老师仍然会在私底下为学生排名。而排在前几名的学生总是感到很自豪，同时他们成了其他学生学习的榜样。

"晚上回去和妈妈商量下，明天我们一起去吃牛排，好吗？"林宗文看到欣欣在烈日下还要到外面上课，于心不忍，心下一动，想着要好好犒劳一下欣欣。欣欣听到"妈妈"两个字，刚才兴奋的神态立刻消失得无影无踪，她有如被霜打的茄子，落寞地低下了头，喏嚅着说："别指望妈妈了，她不会陪我们的。"

林宗文顿时无语。想想也是，欣欣上小学以来，雪花从不过问她的学习，读好读坏都没她的事。学校每个学期开一次家长会，雪花也从不参加，都是叫林宗文去。周末经常有家长组织一些活动，雪花也从不带孩子参加，每次都是林宗文带欣欣参与。因此，在欣欣的潜意识里，总是觉得自己和父亲更亲。

"欣欣啊，好好学习，争取以后考个好大学，考了好大学，就有一份好工作了，就不用像爸爸这么辛苦了，知道不？"林宗文每次和欣欣在一起，总不忘给欣欣灌输好好学习的理念，欣欣要么回答一声"嗯"，要么来一句："爸，我知道了，你都说过多少次了。"每次林宗文听到欣欣这样回答，总不忘再唠叨一句："你这孩子，爸爸这不是为了你好吗？"林宗文明知道他的唠叨未必能起多大作用，却总是不忘苦口婆心、见缝插针地叮嘱欣欣一定要好好学习。

欣欣是林宗文的骄傲。维修部几个同事，孩子也都是上小学，有的和欣欣同个年段，每次考试，欣欣成绩总是排在最前面。一次休息时，高个子同事跟林宗文开玩笑，说："宗文，看你人也不聪明，怎么生了个这么会读书的女儿？"林宗文听了，"嘿嘿"地笑了笑，戴眼镜的同事听了，在旁边揶揄道："没看人家林宗文的老婆雪花，年轻貌美，基因好，生的孩子会差到哪里去？"林宗文听了，心里不免得意，回应道："那是，谁让你们那么早结婚？和我一样晚点结婚，说不定也能找到一个年轻漂亮的。"高个子同事听了，不屑地说："我们才不稀罕呢！这么漂亮的老婆，天天不着家，有什么用？"林宗文内心的伤口被别人揭开，顿感无地自容，他的脸上一阵红一阵白，这时候，他恨不得扇自己几个耳光，恨自己上次和同事一起吃饭时，多喝了几杯酒借酒浇愁，说出了自己的苦恼，把雪花不着家的家事一股脑兜了出去。维修部的工作枯燥无味，每天面对的是机器设备，同事在劳累的工作之余，总是喜欢插科打诨开玩笑打发时间，每到这个时候，总是拿林宗文来说事。面对同事没有恶意的玩笑，林宗文索性不掩饰自己的情感，总是沉重地叹气说起雪花的情况，叹息雪花只顾自己玩，孩子不管家里不顾，他忙里忙外的分身乏术。同事听了，再也不忍心揭他的伤疤，私底下还在同情林宗文。

公交车来了，林宗文带着欣欣上车，坐了几站后下车，转了19路车到少年宫。19路车线路长，每趟车都是挤得满满的。林宗文叫欣欣站在自己旁边，叫欣欣抓好扶手，每到一站，车里的乘客上的上、下的下，但是车厢内始终还是挤得满满的，不留一点空隙。四十分钟后，少年宫的站点到了，林宗文带着欣欣挤到后车门，费力地下了车，他一摸欣欣的衣服，后背已湿了一大片。林宗文赶紧从包里拿出随身带的衣服给欣欣换上。

欣欣上课时，林宗文拿出随身带的笔记本电脑。这台电脑已经买了好多年了，网速运行很慢，好在林宗文并没想要上网，他只是想利用这两节课的时间写点文字，说不定可以换一点稿费。

三

雪花走进欣欣的小房间，见欣欣已经进入梦乡，她转身来到林宗文的房间。

林宗文正要睡觉，抬头看到雪花走进来，雪花经常是半夜三更才到家，今天这么早回来显然有点反常。林宗文看着雪花，感觉有事情要发生。

"发生什么事了？"林宗文单刀直入地问道。

"没、没什么事，哪能发生什么事呢！"雪花的眼神躲躲闪闪。

"说吧，咱夫妻之间没什么好隐瞒的。"林宗文说。

雪花的头低了下来，一只手摆弄着衣服的花边，低头不说话。

"我答应你，无论发生什么事我都不怪你。"林宗文想了想，咬着牙说。

"你、你说的是真的？"雪花抬起头来，半信半疑地问道。

"看你说的，我什么时候骗过你了？既然是夫妻，我们就要同甘共苦、患难与共。"林宗文从雪花的表情中感到了事情的严重性，他了解雪花的脾气，要是一般的小事，不会是这种神态。林宗文豁出去了，不管怎样，天塌下来他都要顶着。

"那，好吧，我说。"

雪花开始了诉说。雪花说，她看到林宗文上班那么辛苦，一个月才赚几千块钱工资，可是她的同学个个日子都过得那么好，她也想自己赚钱过上好日子。前几天，雪花在莲子的带领下，到一个会所听致富讲座，雪花听了主持人演讲后热血沸腾，相信自己某一天也会发家致富。讲座到高潮处，正当听众个个听得热血沸腾时，主持人对大家说，现在公司正在投资一个大工程，到时这个工程项目会取得很大收益，但是由于这个项目需要很大的一笔资金，因此，公司为会员提供入股的机会，只要成了股东，到时可以按照一定的比例分红。不仅如此，会员入股的钱每月都可以收到可观的利息，入股的钱越多，收到的利息越多，到时候分红也越多。雪花看到周围的人纷纷拿出银行卡刷卡入股，她正犹豫不决时，莲子兴奋地对她说："致富的时刻到了，不能错过这个机会。"莲子说完，马上从银行卡转了十几万元去入股，雪花身上也有一张银行卡，里面有五万块钱，这是林宗文结婚之前存的。林宗文曾多次交代雪花，家里不能没有闲钱，这些钱是留着应急用的，是救命钱，不到万不得已，千万不能动这笔钱。有几次，雪花身上没钱，很想拿出这笔钱来花，想起林宗文说话时的神态，最终忍了下来。想想也是，不管怎么样，身上有个几万块，晚上睡觉总踏实些，因此，这五万元一直原封不动地存在卡里。

在莲子的鼓动下，雪花想着等自己真发了大财，这五万元简直不值一提，等赚到钱后，她也可以在林宗文面前显摆一番，以后他们也不用再过这种紧巴巴的日子了。这样想着，雪花拿出了银行卡准备入股。这时，莲子又开口了，说五万元太少了，干脆入个十万元，到时候不仅利息多，分红也多。雪花愁容满面地对莲子说，自己身上就只有这五万元。莲子听了，"扑哧"一声笑了出来，说，你真的是，你身上不是有张信用卡吗？透支呀！雪花豁然开朗，她办的这张信用卡每个月可以透支五万元。雪花马上拿出信用卡透支了五万元。

就在雪花做梦都想着赚上一笔时，没过几天，莲子打来电话，带着哭腔对雪花说，那个负责人不见了，有可能出国去了，她们入股的钱都打了水漂了。雪花听了，顿感头晕目眩，那可是白花花的银子啊！林宗文一个月才那么点工资，到什么时候才能积攒到十万元？雪花发疯般地要寻找那个负责人，却没半点消息。眼见信用卡还钱的日子越来越近，雪花心急火燎，她四处打电话给昔日同学，请求他们的帮助，同学有的说钱都在股票里，有的说没钱，有的说借给别人了，种种理由最终的结果都是一样，那就是没钱借。雪花灰心丧气，此时她才感受到了人情冷暖，想想在这世上，只有老公林宗文对自己才是最好的，她知道不能再对林宗文隐瞒下去了，她也豁出去了，林宗文要骂就骂，反正事情已经发生了，她没能力偿还这笔钱。

　　林宗文听了雪花的诉说，只觉天旋地转。他怪自己太信任雪花了，五万元存款让雪花收着，多年来的积蓄付诸东流。不仅如此，信用卡还透支了五万元。五万元对别的家庭来说也许是一个小数目，可是他林宗文一个月工资只有三千元，就算不吃不喝，也要存上一年多。何况自欣欣出生以来，每个月他们都成了月光族，哪里能存上钱？

　　林宗文想着那十万块钱想得茶饭不思、辗转难眠。林宗文从小过惯了苦日子，在他的记忆深处，小时候父母经常为钱吵架。林宗文读小学时，家里还是点煤油灯的年代，林宗文总是在煤油灯下写作业，上初中后，家里拉了电灯，夜幕降临时，母亲开了电灯，却总是遭受父亲的责骂，父亲总是向母亲咆哮一声："这么早开什么灯，不用电费啊！"其实已经不早了，屋里已是伸手不见五指，可是父亲仍然舍不得开灯。在这样的环境下，林宗文憋着一股劲认真读书，希望自己有朝一日吃上公家饭。初中毕业后，父亲对林宗文说，家里没钱培养他上大学，让他考个中专算了，早点出来赚钱养家。那时候工人的待遇还不错，林宗文听从了父亲的劝告，报考了中专技校，学了维修技术，中专毕业后被安排到钢铁厂，有了一份固定的收入。正是因为这样，林宗文养成了省吃俭用的习惯，在参加工作的这么多年，自己存了五万元。这五万元是林宗文的精神支柱，晚上没事的时候，林宗文总喜欢拿出银行卡看上一阵，然后上床睡觉。只要看到这张银行卡，他的心里就会踏实很多。和雪花结婚后，他郑重地把银行卡和密码交到雪花手里，并千叮咛万嘱咐要雪花不能拆了这笔钱。没想到，却发生了今天这件事。

林宗文看着雪花，由于心疼这些钱，他脸上的肌肉扭成一片。雪花看到林宗文的样子，自知理亏，她愧疚地对林宗文说："都是我不好，怪我财迷心窍，我对不起你……"雪花说完，嘤嘤地哭起来。

"算了，事情都这样了，再后悔有什么用？"林宗文说。

"信用卡透支的五万元马上要还了，咱们上哪弄这笔钱去？"雪花怯怯地说。

"我想想办法吧，同事个个日子也不好过，要凑满五万真是不容易，唉。"林宗文叹息道。

"这次你帮我想想办法吧，我也会出去找份工作，存点钱慢慢还。"雪花说。

"嗯，赚钱不容易，看来我也要多写稿了，好换点零花钱。"林宗文说。

四

周六，林宗文加班到九点还没回家。

雪花自从被别人骗走了十万元之后，自知理亏，每天循规蹈矩出去上班，下班准时回家烧菜做饭，陪欣欣看书、学习，对林宗文同样嘘寒问暖。林宗文下班回家，再也不用急匆匆地赶到菜市场买菜做饭了。林宗文心里感慨万分，真是有失有得，虽然亏了十万元，但是看到雪花的转变，与之前简直是判若两人，亏了那十万元也算值了。他甚至在心里感谢这件事的发生，让他结婚十几年后终于感受到了家的温暖，感受到了雪花的温柔。再怎么样，钱是人赚回来的，只要人在，赚十万元不是梦。

这天，林宗文给雪花打电话，跟雪花说他要在厂里加班，在厂里吃晚饭，让雪花和欣欣不用等他回去吃饭。挂掉电话，林宗文把注意力回到了眼前的机器设备。

前天，这台铸机冷却水反冲洗的过滤器发生故障，导致铸坯的质量相当不稳定。林宗文他们还是第一次碰到这种情况，由于相关资料不齐全，他们又缺乏疑难杂症的维修经验，这个问题一直无法得到解决。维修部经理看到本厂技术人员没能力解决这个问题，特意请来生产厂家的技术人员。眼下，厂家的技术人员正在诊断限位及控制箱。

厂家派来的这个冯技术员五大三粗，说话粗声粗气。林宗文和几个同事站在冯技术员旁边，屏住呼吸，仔细观看冯技术员的检查操作。只见冯技术员捣鼓了一个多小时之后，爱莫能助地说："铸机发生的故障在现场无法维修，需要把过滤器的控制箱发到我们厂部维修。"林宗文和同事听了后面面相觑，林宗文嘟囔了一句，问道："寄到你们厂维修需要多少费用？"冯技术员淡淡地答道："差不多要五万块左右。"

林宗文一听蒙了：又是五万。他感到自己好像和这个数字很有缘分，再一次和这个数字打上交道。

维修部经理说要和领导汇报后再做决定。此时已是晚上十点了，经理让大家先回去休息。

晚上，林宗文躺在床上辗转难眠，这么多年在这个厂上班，他已经视厂如家，厂里的设备在他眼里有如亲人一样亲切，他想着自己身为维修技术人员，领着厂里的一份工资，现在厂里的设备发生故障，他却没办法解决，没能力为厂里排忧解难，想起来真是懊恼。林宗文这样想着，一直无法入睡，到半夜三点时，他忽然做出了一个大胆的决定。

第二天，林宗文一上班就到经理室，他诚恳地对经理说，恳请给他几天时间找出设备的故障原因，他想自己解决这个难题。经理听了，拍了拍林宗文的肩膀满意地说：“老林，多谢你自告奋勇主动站出来想办法要解决问题，事关重大，我也要和领导汇报下，看领导的意思。”说完，经理走到旁边给领导打电话。

过了一会儿，经理大踏步地朝林宗文走了过来，说：“经过上级领导批准，由你带队处理这件事，维修过程有什么困难尽管说。”林宗文自信地点了点头。对他来说，这是一次大的考验，也是展示自我的一个机会，要是维修成功了，说明他的维修技术有了很大的提高；如果失败了，说明自己还需要多学习。

接到任务后，林宗文马上给雪花打电话，说工作需要这几天吃住都在厂里，要雪花晚上睡觉关好门窗。雪花也交代林宗文要注意休息。

第二天，林宗文组织班组维修人员，根据厂家提供的资料进行技术攻关，看到有不理解的产品说明，他打电话向厂家咨询，经过了四天四夜的反复研究和试验，林宗文最终找到了故障点：原来是控制箱里的角度盘不够灵敏造成的。林宗文马上找到采购设备时厂家赠送的角度盘，角度盘重新更换之后，过滤器恢复了正常的运转，铸坯的质量变得稳定了。

故障排除后，维修部技术人员个个喜笑颜开，经理也给他们带来了好消息，说领导说了，林宗文这种勇于尝试的精神不仅为厂里省了几万块钱，更重要的是，我们的厂要发展，最缺乏的就是这种敢于探索、勇于创新的精神，厂里号召所有员工学习林宗文这种以厂为家、与同事团结一致、共同克服困难、解决困难的精神，厂里决定奖励给林宗文三万元奖金，奖励其他两位技术人员各一万元奖金。林宗文接到这个消息后欣喜若狂，他跑到没人的地方给雪花打电话，跟雪花分享这一振奋人心的消息。

"真的吗?太好了!老公,你真是太厉害了。"听得出,电话那头雪花欣喜的声音。

"是啊,这真是雪中送炭啊。"林宗文高兴地说。

"老公,几天没看到你,我好想你啊!"

"老婆,我也一样想你。对了,老婆,我觉得你越来越温柔了。"林宗文说。

"去去去,我本来就很温柔的嘛。"雪花撒娇地说。

电话这头,林宗文咧开了嘴,露出了两排被香烟熏黄的牙齿,憨厚地笑了。

辞 退

一

现在走过来的是沈护乔。

冬天的夜幕一点一点降临,逐渐吞噬行色匆匆的人们,沈护乔从公交车上下来,穿破夜的朦胧,在夜幕中一点点浮现出来。

再过三天,就是除夕。这三天,有多少人的心怀着期待。一年,一年了,一年的含辛茹苦,一年的忍辱负重,就这样很不容易地熬过去了,终于等来了年终,年终意味着什么?意味着有年终奖!因了心里的这份期盼,到了年底几乎没人跳槽,大家都盼着领完年终奖好过大年呢,心情怎能不雀跃呢?

可是,这份雀跃,已不属于39岁的沈护乔了,岂止没有一点雀跃之心,她的心情简直可以用"糟透了"来形容。

"糟透了"的心情拜她的老板林文片所赐,都道:商人多重利薄情,有白居易的诗"商人重利轻别离"为证。

眼见离过年只有三天时间,林文片却大刀阔斧裁员,沈护乔不幸中枪。

裁员,这个熟悉的字眼,从来只在文字里看到,今天,却真真切切地发生在沈护乔身上。

说起来,林文片的此举也并不突兀,在元旦节前,林文片就召集员工开会，林文片说："公司经营非常困难，明天就是元旦，我诚恳地请求你们，出去找工作。"所有员工沉默着，没人说话。马上就到年底了，这个时候谁会离职？大家傻呀？林文片可不管这些，他继续把话说完，丢下"散会"两字，自己率先离开会议室。等他走远了，会议室喧闹起来，有人嘀咕："元旦都放假了，去哪找工作？"陈金弘接了句："明天人才市场都是我们公司的人。"当时，沈护乔也跟着开了玩笑，那时的她，内心是平静的，不用林文片开口，她也已看到公司的前景，这个公司撑不了，多久了，与其在这坐以待毙，不如另谋出路，海阔凭鱼跃，天高任鸟飞。

元旦出去找工作是不可能的，公司裁员就裁员呗，倒闭就倒闭呗，大家有足够的耐心等林文片做最后的决定。现如今，大家多少有点积蓄，无须迫切找一份工作来维持生活。沈护乔刚参加工作那会，母亲就对她谆谆教诲："好天要积雨天粮。"意思是风调雨顺收成好的时节，要存些粮食，等到天灾没收成的时候才有储备粮食吃。母亲意在提醒沈护乔，工作一帆风顺的时候，要记得存点钱，万一失业了才不至于惊慌失措。沈护乔是乖乖女，听从母亲的意见，平时该花的花，不该花的不花，扣除日常开销，她和丈夫杨简评的工资都放在银行，现在，哪怕失业一年半载，她都能处之泰然。

沈护乔虽然没在元旦出去找工作，但自从林文片开了那个早会后，在上网时，她就开始下意识地到人才网投简历。人才网每天都有很多招聘信息，沈护乔看到一家单位在招聘，就把简历发到对方邮箱。

招聘的岗位工资不高，扣除五险一金，到手的只有四千多，且离家远。沈护乔虽然已经报名，仍在犹豫到时去不去。直到有一天，她接到招聘单位的电话，让她去笔试，她才下了决心："去试试吧。"

一

沈护乔坐了一个多小时的公交车到招聘单位，参加笔试的有二十多人，大部分是年轻人，沈护乔记得招聘启事上写着："本科以上学历，35周岁以下。"沈护乔和几个女生聊了下，她们大多是本科学历。笔试回家，专科学历且已39岁的沈护乔就知道没希望了。

二

沈护乔的办公桌在林文片办公室侧面，平时，沈护乔只要扭头，向右看，透过玻璃隔离门，林文片办公室的情景就一目了然。当然，玻璃隔离门有安装门帘，只要把门帘拉下来，沈护乔就看不到里面的动态了，但是一般时候，门帘都是卷起的。

那天早上，林文片到公司，径直走进他的办公室，他先是喊了陈金弘的名字，后来据陈金弘说，林文片不敢直言说要辞退他，而是委婉地对陈金弘说："过几天，你要出去找工作了。"陈金弘脑袋再不开窍，也听出了弦外之音，他没想到林文片这么绝情，当初他在一家国企待得好好的，是林文片唆使他辞职出来和他一起创业，他果真信了，果真辞职了，和林文片一起创业，一起打拼，为这个公司的创收立下了汗马功劳，每个月拿几千元工资，十几年如一日，循规蹈矩，却很快就要被林文片抛弃了。

每天早上，林文片准时到公司，坐在办公桌前看着员工进办公室，员工不敢迟到，偶有因为路上堵车什么的迟到，开会必被拿来当反面教材。林文片家离公司有点远，早上准时到公司，到十一点多的时候回去，下午很少到公司，有员工瞅准这个空当，业务不繁忙的时候，有的三点多上班，有的四点多下班，参差不齐，呈混乱之态。陈金弘很少迟到、早退，哪怕这样仍被辞退，陈金弘愤愤然。陈金弘想初到这个公司时，他22岁，22岁的他纯洁无瑕，却缺乏社会阅历，那时林文片44岁，无论生活阅历还是社会经验，都可以甩他几条街，林文片口头承诺年终要分红给他，陈金弘信了，随林文片从国企辞职出来，和他一起同进同出，陪林文片走过春夏秋冬，见证公司从幼小婴儿成长为18岁的花季少年，如今，公司在经历一段时间的辉煌之后，犹如年迈的老人，步履蹒跚，再也无法呈现生机。随着生意的日渐衰落，林文片也步入花甲之年，公司养不了那么多人了，必须裁员，陈金弘被"咔嚓"一声裁掉了，他陪公司诞生，而今，公司还在，他却要离开了。陈金弘听了林文片的话后，二话没说，从林文片对面的座椅上站起来，顺手拽了下椅子，椅子发出了很大的响声，员工们侧目，看着陈金弘走出林文片的办公室，走出大门。那个上午，陈金弘再没露面。

至于陈红和刘迪方，林文片是怎么对她们下驱逐令的，沈护乔不知道，她只知道她们低着头从林文片办公室走出来时，脸色苍白。

看她们难受的样子，沈护乔内心被触动了，她猜测林文片对她们说了什么。正当她走神的时候，林文片在办公室喊她了："沈护乔。"林文片经常这样喊员工，只要他想找哪个员工，他就会在办公室喊一声该员工的名字，该员工要是没听到，自有同事帮忙传达，可是，这一刻，平时乐于传达的陈红和刘迪方都当作没听到，沈护乔也无所谓，她站了起来，走向林文片办公室。

林文片说："坐。"沈护乔在林文片对面的椅子上坐了下来。沈护乔和林文片之间隔着一张办公桌，暗红色的长方形办公桌笨重地横在他们中间，林文片两只手肘支撑在办公桌上，眼睛却不敢直视沈护乔，而是看着别处，说："你到公司多久了？"

沈护乔回忆了一下，她想起第一次到公司面试的情景，林文片看了她的简历后，满意地说："工作经验丰富，嗯，公司欢迎你，希望你能为公司创造经济效益。"第二天，她走上工作岗位。

现在，面对这样的开场白，沈护乔心里有底了，林文片是要

角色一

叫她走呢。沈护乔恍若梦中,她觉得到公司没多久呢,怎么就三年过去了?这岁月,真是不经回忆啊。沈护乔不动声色,说:"三年了。"

"你到公司后帮了我很大的忙,特别是在文字上,我有什么文件、信件,你都在帮我把关,很感谢你。"

确实是这样。林文片生于五十年代,初中学历,写稿时经常是当地方言直译成文字,不时会出现错别字。每次林文片的文字呈现在她面前时,沈护乔都好像在面对一堆乱麻,她经常提醒自己冷静、耐心校稿。

现在,沈护乔不动声色地说:"我应该做的,没什么。"

"公司现状你也看到了,没业务。这段时间,公司负债经营,银行贷款还没还。"林文片说。

哭穷,是林文片惯用的手法,公司辉煌的时候,上千万的收入,他只字不提,眼下业务下滑,他故意多次在员工面前哭穷,大家都已经习惯了。

"生意好的时候,财源滚滚来,你咋不说?"沈护乔心里嘀咕着。当然,沈护乔没说出来,她继续保持沉默。

"所以,很抱歉,你要先离开公司。"

"……"

"以后有事,还需要找你帮忙。"

"让我离开公司,有事还找我帮忙?你还好意思说这话?得了吧,咱们就此别过,从此相忘于江湖。"沈护乔在心里说。

林文片沉默,似乎在等沈护乔说话。

都要被辞退的人了,还有什么好说的?沈护乔沉默。

"好,现在你去帮我把这些文件看一遍,有错别字改过来,站好最后一班岗。"林文片说完,在微信上转发给沈护乔一个文档。

"嗯。"

沈护乔离开林文片办公室,回到座位上,清除她在电脑上留下的个人痕迹。QQ、微信在电脑登录后，会留下痕迹，三年，电脑里存了不少，沈护乔都删了。沈护乔不想留下任何痕迹。

　　清除完电脑，沈护乔才重新登录微信，下载林文片发给她的文档。她稍微浏览了一遍，文档有几百页。刘迪方在边上嘀咕："这个林文片真是奸诈，都要把你辞了，还叫你看这么多页文件。"

　　沈护乔听了，原本无所谓的心情忽然抑郁起来。她心不在焉地看文档，才看两行字，就看到好几个错别字，她耐着性子把错别字改过来。

　　十一点多时，林文片拿起包，走了。沈护乔看着林文片的办公室，里面新挂了几幅照片，这些照片是林文片外出讲课、领奖或与有关领导的合影。为了这些照片，林文片有段时间天天坐在美编王凌凌边上，手把手地指导王凌凌版面设计："字大点，再大点。""这张图片放大，再大。"

　　林文片对版面设计一窍不通，他所谓的指导离不开三句话："字大点，再大，再大。""标题字体一定要大，加黑、加粗。""我的照片放大，再大。"林文片患有鼻炎，在说话的时候，他的鼻子不停地打马响鼻，把气从两个鼻孔不断地喷出来，间或伴随着咳嗽。林文片在场的时候，王凌凌不敢吭声，按照林文片的意愿修改，等他走了，王凌凌满脸不悦，发着牢骚，说："这叫什么版面，难看死了。"王凌凌边说，边走向洗手池，用洗手液反复冲洗手臂，林文片在打马响鼻和咳嗽的时候，鼻涕和唾液近距离地落在王凌凌手臂上，王凌凌不堪其扰深恶痛绝。

　　靠近门帘的玻璃门，一棵巴西迎客松绿意葱茏。此前，林文片得知省里一位退休领导要到周边观光，便极力邀请他到公司来，对方答复说："到时再说。"林文片认定对方一定会来，开早会的时候吩咐员工整理好各自办公桌，把可有可无的东西扔掉，桌面一定要整洁、美观、大方。林文片交代完，"咚咚"亲自跑到花卉市场，不一会，就有人送来一棵巴西迎客松，林文片让对

一角色一

方把迎客松放在他办公桌对面，靠近沙发的角落。巴西迎客松舒展着身姿，傲然挺立，据说价格不菲，大家猜测林文片当晚会失眠。

林文片平时很节省，办公室亮度不够，要开日光灯，林文片进自己办公室的时候，开灯，走出办公室找员工谈工作时，关灯；十分钟或者十五分钟后，他回到自己办公室，开灯；过了一会，要出来时，关灯，如此反复。沈护乔几次想提醒林文片，这样反复开关会缩短日光灯的寿命，想了想，终没开口，她就这样每天看着林文片关灯、开灯；开灯、关灯。

巴西迎客松在角落里静止不动，林文片多次电话联系某领导，追寻对方行踪，邀请对方到公司参观。最近，林文片但凡遇到认识的，都热情邀请对方到公司参观。客人来了，在他办公室屁股还没坐热，他马上招呼客人起身，然后带着客人从一幅幅照片前走过，他激情四射地介绍："这是我到某某地做讲座的照片，哇，你不知道啊，现场听课的有六七十人，反响强烈、好评如潮。""这是我最近到北京领奖的照片（交2000元会务费不提、没奖金不提）。""这是我几年前参加颁奖典礼的画面（通过后门获得此奖项不提）……"就这样，林文片邀请了一拨又一拨的客人来参观。而一直以来，某领导给他提供诸多无私的帮助，让他获得不菲的收入，因此，某领导才是最重要的客人，林文片为了迎接某领导的到来，精心布置办公室，极力邀请对方来参观。

时间一天天过去，沈护乔每天看着那盆迎客松，心里在疑惑："怎么不见某领导来？"十几天过去了，某领导还是没露面，有一次林文片走出他的办公室，到员工办公区域，自言自语道："他不来了，直接回去了。"说完，惆怅地看着那盆迎客松。

在以往，林文片前脚刚走，公司马上热闹起来，叫餐的叫餐，聊天的聊天。眼下，因为面临裁员，被裁的员工心情抑郁，没被裁的故作深沉，憋着气不敢呼吸，担心一不小心就触发这个沉重的话题。

沈护乔平时按时上下班，循规蹈矩，自问做这份工作，她问心无愧，没想到还是被裁员了。哪怕是丞相的肚子，恐怕也难以撑船，沈护乔郁郁寡欢。当手机短信提醒这个月工资到账时（公司每个月月底发当月工资），沈护乔忽然做了个决定，她不上班了，虽然还没到中午下班时间，虽然下午还有半天时间，但她就是要任性一回，不、想、上、班、了。

沈护乔收拾办公桌上属于她的东西，不多，几包茶叶，几本书。三年前，沈护乔来上班时，就做好了随时要离开的准备，她的信件、快递从不寄到公司，也不在公司放太多个人物品，就是为了在离开公司的这一天，能够简单、从容。刚才，她听到陈红打电话让男朋友开车过来帮她载东西，她笑了，为自己的未雨绸缪和从容不迫。

沈护乔把随身物品一样样装进袋子，站了起来，前后左右检查了一遍，电脑桌后面、办公桌上、隔壁办公桌上，她都用眼睛巡视了一遍，确认没落下任何东西后，她提着袋子、背起背包，从容不迫地走出公司。

下午，沈护乔没去上班，而是走进一家商场。在逛商场的时候，她留意手机的动静。果然，三点半左右，林文片的电话打过来了，沈护乔关了声音，看着手机屏幕闪亮着，直至没有动静。

沈护乔站在商场的某处，打开通讯录，把"老板"的备注改成"林文片"，改完通讯录后，沈护乔寻思是否有必要把林文片拉入黑名单，这样，以后林文片的电话就打不进来了。沈护乔想了想，把手机放进包里，继续在商场闲逛。

三

沈护乔到家的时候，时间指向七点，桌上摆满饭菜，老公坐在沙发上看手机,女儿在房间写作业。

老公抬头看了她一眼,说:"回来了,吃饭吧。"说完,坐到餐桌前,女儿从房间走出来,入座。

一家人开始吃饭,随意地说话,沈护乔想了想,说了公司裁员的事。女儿抬头看了她一眼,没说什么,埋头继续吃饭,老公愤愤不平:"没给你们一点补偿?陈金弘在公司待了那么多年,一点赔偿都不给人家?林文片真不是人!"沈护乔"嗯"了一声。老公又说:"公司裁员是要给赔偿的,怎么赔偿可以上网查。"

吃完饭,沈护乔默默地收拾碗筷,洗完碗后,坐在沙发上百无聊赖刷手机,却心不在焉,她想起刚才老公说的话,显然,在这场博弈中,沈护乔输了,输得很彻底,被裁员了不说,啥赔偿都没拿到,林文片耍赖不给赔偿,林文片是痞子、流氓。老公的话给她一个信号,她是在乎赔偿的,裁就裁了,可是,公司要给相应的赔偿!这不是沈护乔耍赖,不是沈护乔贪婪,这是劳动法明文规定的!

沈护乔想起有个朋友经历过此事,她拨通了朋友的电话,沈护乔没说她被裁员了,只说一个亲戚在公司上班三年,被裁员了,公司没给一分钱赔偿。朋友说,可以到所在地的劳动争议仲裁院申请劳动仲裁,要求企业支付裁员经济补偿金,工作一年补偿一个月工资。朋友说,现在劳动法很重视员工的权益,去申请劳动仲裁胜算很大。

挂完电话,沈护乔算了下,她的工资平均5000元,三年算下来,可以拿到一万多元的赔偿金,这一万多元也是一笔不小的数目呢。可是想着要与林文片对簿公堂,沈护乔又犹豫了,她性格内向,从来都是人家算好了给她,多少就是多少,她从不去争,眼下为了一万多元,要在法庭上和林文片面对面,必要时还要针锋相对、言辞激烈、指责对方的不是,这对她是一种挑战。

晚上,睡觉前,沈护乔和老公做了简短的对话。

"我算了下,林文片要付我一万多元赔偿金。"

"那就去要呗。"

"可是,我觉得难为情。"

"这是他欠你的,劳动法规定的,有什么好难为情?"

"陈金弘的赔偿金多,他在公司工作十几年了。"

"要不你和其他三个被辞退的同事联系下,一起去上诉。"

"陈红、刘迪方与林文片有沾亲带友的关系,她们可能不会这样做。"

"可以问问陈金弘。"

"嗯。"

一连几天,沈护乔都感到有一股气堵在胸口,胸闷难受,她觉得自己活得太憋屈了,她多次审视自己在公司的表现,任劳任怨,不迟到、不早退,循规蹈矩、遵纪守法,就这样,林文片还是把她辞退了。沈护乔在公司的职务是文案,同为这个职务的还有一个叫林金枝的女生,林金枝年纪轻,脾气暴躁,一言不合就当场发飙,曾经在会议室当着大家的面,当着林文片的面和陈金弘针锋相对,且经常像训一条狗似的,把男生训得体无完肤。那些被训的男生当场不敢吭声。训过后,没几天,林金枝仍然和男生开玩笑,聊到开心处,"咯咯咯"地笑得花枝乱颤。

林金枝初生牛犊不怕虎,做事风风火火。有一次,一份合同需要林文片签字,此时林文片在外出差,林金枝二话没说,拿起笔签上林文片的名字,签完后把合同寄给客户。林文片回来后,开会表扬林金枝敢于独当一面。大家私下谈论林金枝是林文片的干女儿。

除了那几个男生,公司其他同事对林金枝都是敬而远之,陈金弘在公司的资历深,对林金枝的颐指气使不以为然,林金枝怀恨在心,几次在林文片面前说陈金弘的坏话。林文片则看中了林金枝的利用价值,对他而言,林金枝做事有责任心,敢于担起责任,男生做事拖沓,一旦没做好,她把男生训得服服帖帖,公司需要这样的员工,有林金枝在,他林文片可以省心、省力,再说,他年纪大了,精力不如以前,也该学会放手了,以前是还没具备放手的条件,需要操心的事太多,现在好了,老天爷眷顾他,有林金枝帮他处理一切,他乐得放手。现实生活中,如果有条件,每个人都乐于过安逸享乐的生活,现在林文片有这个条件,他更乐于做幕后操手。而为了让公司的业务有序进行,不让陈金弘阻碍公司的发展,不与林金枝起冲突,林文片宁愿把陈金弘辞退,好让林金枝有机会大展身手。

沈护乔开始了在家赋闲的日子,这天,正当沈护乔郁郁寡欢的时候,陈金弘打来电话,诉说了心中的愤懑之情,陈金弘说,林文片把他辞退,没一点经济补偿,且态度傲慢,想起自己十八年的青春年华就此付诸东流,到头来两手空空,他咽不下这口气,他已经到劳动仲裁院提出诉讼了。

沈护乔松了一口气,终于有人走在她前面了。申请劳动仲裁的有效期是一年,那么,沈护乔有足够思考、观望的时间,她想先看看陈金弘的仲裁结果,如果顺利、程序不复杂,林文片爽快给钱,那么,等陈金弘的案件结束后,她再提起诉讼都来得及。要是陈金弘碰了一鼻子灰,仲裁路上荆棘丛生,盘旋曲折,那么,她就算了,说起来也才一万来块,何必把自己搞得那么累呢?

这样想着,沈护乔从沙发上站起来,抬头望着窗外。外面,夜色明朗,明亮的路灯下,行人三三两两,在漫步、低语,他们的脚步从容,他们的脸庞平静,他们的言语柔软,一切显得那么宁静。这就是生活的美好吗?每天波澜不惊,衣食无忧,平静地日复一日,也许,这才是生活的本质吧。

四

　　一段时间的休憩,沈护乔的生活开始变得有规律,她与赋闲在家的几个朋友联系,上午九点和朋友一起出去买菜,然后回家做饭;吃完午饭,午休半个小时,下午两点,女儿去上学,沈护乔跟着出门,到朋友的茶叶店泡茶聊天。女人的话题取之不尽用之不竭,天南地北、家长里短、吃喝玩乐、老公孩子,话题五花八门,每天都能畅所欲言。聊到五点,到公园走路,一个小时来回,六点到家,做饭炒菜,七点,老公、女儿回家,一家人吃饭,各忙各的,生活恬静、平淡真实。

　　沈护乔感到了生活的安逸。上班时,有时要外出她就要早起。对林文片来说,时间就是金钱,每次的节假日,林文片都心如刀割,员工放假,他一样要付工资,他心痛啊,终于等到出差的机会了,他恨不得把丢失的时间补回来,每次都要求员工早上五六点出门。有一次,林文片带队到邻市考察一个项目,六七十公里的路程,林文片硬是要求员工凌晨五点到公司集合。因为担心迟到,沈护乔调了闹钟,而虽然调好闹钟,沈护乔仍然是怕迟到,一个晚上半梦半醒,熬到凌晨四点半,起床刷牙、洗脸,随便吃了个面包,背起包出门。到外面打车时,天还没亮,月光如水,路灯亮如白昼,外面一片寂静,只有环卫工人在"唰唰"地扫地板。沈护乔上了的士,当经过漆黑的路段时,沈护乔下意识地握紧拳头,身体绷紧,她心想,万一司机想侵犯她,或者开往陌生的路,她就跳车。

　　沈护乔心惊胆战地到公司楼下,林文片的车已停在路边,同事一个来了一个还没到,林文片看了下时间,对她赞许地点头,说:很准时。过了一会,同事到了,林文片开车,漆黑的夜寂静、寒碜,透过车的玻璃,两排路灯发出昏黄的灯光,车里的人一路无话,除了林文片开车,其他同事都闭着眼睛,以弥补睡眠不足。半个小时后,到了目的地,时间指向5点40分,周围静悄悄的,林文片不敢与客户联系,一车人在车上等,天空从漆黑变为迷蒙,再由迷蒙转为明朗。到了七点,林文片给客户打电话,对方还在睡梦中,说:"今天周末,你们怎么来这么早啊?那不是一夜没睡?"车内同事心照不宣,你看着我,我看着你。

上班期间,时不时地,沈护乔要经历几次早出晚归,慢慢也就习惯。她最难以忍受的,在于哪怕节假日,林文片都会在早上六七点给她打电话安排任务,且这个任务说得十万火急,迫切需要马上完成,等沈护乔打着哈欠完成任务,发给林文片后,林文片那边却冷了下来,扔在一边,不再提起。

眼下,离开林文片的公司,与他再没任何瓜葛,沈护乔的身心再一次获得自由。自由真好呀,不受谁的监督,不受人管,除了早上要早起给女儿做早餐,要准备一日三餐及家务事外,其余时间沈护乔自由安排。她可以漫无目的地在网上浏览;或者"葛优躺"的姿势看书;或者刷手机。有人说不上班无聊,怎么会无聊呢?这样的生活多自由、多安逸、多痛快。

只是,被林文片辞退,沈护乔终究有个心结。林文片辞退他们,一分钱不给,这公平吗?这样做不是欺人太甚了吗?每每想起这些,她就想去起诉林文片。

这天,陈金弘给沈护乔打来电话,说他已经去劳动仲裁院提起申诉了,要求林文片给予经济补偿。对林文片,陈金弘内心堆积了太多的不满,他说,十八年前,林文片以分红作为幌子,把他从国企骗出来,从那时候开始,他就给林文片打工,一年又一年,分红没有一次兑现的。陈金弘在电话里骂自己是傻瓜,他说不只他骂自己傻,亲戚朋友也都说他傻,跟了林文片这样的人,这十几年是他人生的灾难片,他帮林文片打下江山,自己却年华逝去,青春不再,结果还是被林文片辞退了,这个教训太深刻了。陈金弘说，林文片太小看他了，以为他好欺负，等真的接到劳动仲裁院的电话，林文片才意识到事情的严重性，请中间人来说和，中间人让陈金弘去撤诉，说大家可以坐下来好好谈一谈，没什么解决不了的。陈金弘说，他早看透了林文片这个人，才不上他的当，要是真听了林文片的话去撤诉，日后谈不成不是又要重新上诉？那我才真的就是傻瓜了，陈金弘说我就等着劳动仲裁院仲裁。末了，陈金弘对沈护乔说，等着瞧吧，会有一场好戏上演。你也去起诉吧，有效期一年，不要错过机会。

沈护乔的心蠢蠢欲动，每天，一万多元在她脑海里盘旋，飞呀飞，说实话，沈护乔是在乎那一万多元的，这是她该得的，为什么不拿呢？要说对不起，是林文片对不起她，要让他知道她不是那么好惹的，欠下的迟早是要还的。沈护乔这样想着，有了起诉林文片的想法了。

第二天，陈金弘又打来电话，说林文片把公司搬到他家附近了。林文片现在走路就可以到公司了，还留在公司的几个同事，家都安在公司旧址附近，那时上班方便，林文片下午经常没到公司，他们可以翘班、随性、自由，现在不行了，哪怕林文片没及时到公司，他仍然有可能随时来查岗，大家都绷着神经。公司有个男生，原来是走路上班，现在要搭公交车；一个女生原来半个小时就可以到公司，现在每天都要早起赶公交车。

沈护乔心里竟有点小庆幸，她想，即便没被林文片辞退，公司搬到那么远的地方，每天要搭一个多小时公交车去上班，来回两个多小时，也是路途迢迢。当初选择这个公司，就是因为离家近，按照现在的距离，林文片即便没辞退她，说不定她也会辞职。

"看来，这份工作注定不是我的。"沈护乔的头脑里，想象着几个留下来的同事，公司搬迁后他们上班路的波折。沈护乔忽然有点幸灾乐祸了。

―角色―

  第二天,沈护乔从妹妹那边得知母亲生病了,沈护乔搭上开往家乡的大巴,回家看望生病的母亲。
  沈护乔在家陪伴了母亲几天,要回自己的家了,临走时,她从包里拿出一千元要给母亲,母亲摆了摆手,说什么都不肯收,两人推辞了一番,母亲不高兴了,说:"你现在失业在家,我怎么能要你的钱?"
  沈护乔听了,鼻子一酸,眼泪都要下来了。

无处安放

一

连雨使出浑身劲,拼命往前跑。上中学时,学校每周都有几节体育课,那1000米的长跑,每次她都跑得气喘吁吁,只觉要断了气。为了超过同学,她每天很早起床,家离学校近,她先到学校绕着操场跑几圈再回家,一段时间后,她成为班里的跑步健将,在塑胶跑道上独领风骚。今天看来,她昔日的训练没有白费,远远地把咏文抛在后面。

现在她跑的,是坂仔村的一条土路。坂仔村号称蜜柚村,家家户户种植蜜柚树,时值收获季节,外地大货车在坂仔村的公路上奔跑,发出轰隆隆的声音,车过处,扬起雾蒙蒙的尘土。连雨在奔跑的过程中,偶尔回头偷看一眼后面的咏文,咏文边跑边喊:"你这个三八婆,停下。"连雨哪敢停,要是被咏文追上,难免遭受一顿拳打脚踢,只有跑得远远的,才能逃离咏文的魔掌。

公路两边,整齐地矗立着两排房子。对于这样男追女跑的镜头,村民们早已见多不怪,方圆几里,都知道了她的傻,他的无药可救。

连雨回头,看到咏文越追越近,她一眼瞅见路边有个大棚,大棚里面堆满了金黄的蜜柚,工人们正在包装蜜柚。情急之中,连雨跑进大棚，在高高的蜜柚堆后面躲了起来，咏文跑到大棚外面，无法确定连雨是否跑进大棚，他往大棚里面瞅了瞅，看着忙碌劳作的工人，停住了脚步。他在外面站了片刻，转身离开。

半小时后，连雨从蜜柚堆里探头探脑走了出来，做蜜柚工的都是坂仔村村民，彼此都很熟悉。

一个女工对连雨说："你老公早走了，出来吧。"

连雨走出大棚，四处查看，待确定咏文真的走了后，她来到一户人家，借了辆破旧的自行车，双脚飞快地踩自行车，以最快的速度回到娘家。

连雨走进屋，外面夜色已经笼罩下来，客厅却漆黑一片。连雨无法确定母亲是否在家，扯开嗓门喊了几声："妈。"时常，家里为了省电，哪个屋子有人就只开哪个屋子的灯，连雨已经习惯。果然，从里面厨房传来一声回应："欸。"连雨走进去，母亲正在炒剩饭，看到连雨喘着气进来，母亲把煤气关了，问："怎么这时候回来，咏文又打你了？"连雨哽了下喉咙，说："那个神经病跟我要钱，我之前在厦门打工赚的一万多元钱都被他败光了，再没钱给他，他不相信，追着要打我。"母亲叹了口气，说："妖寿（造孽），嫁了个畜生，自己种下的苦果自己咽。不然，离了吧。"连雨"嗯"了一声，问："有没有吃的？"母亲说："你爸在大棚吃饭，你哥嫂他们也不在家，晚上没做饭，我炒剩饭吃。"末了，又说："你自己去煮碗面条吧。"连雨懒得动手，说："不煮了，我去阿水店里吃水面。"

水面，是坂仔村的特色小吃，阿水家的水面远近有名，坂仔村人吃水面都喜欢到阿水店里。每天，阿水把刚买回来的生面条放入锅里煮。边煮边用筷子搅动，以防粘锅。每次，在开水沸腾时，阿水抓了把盐巴掷入锅里，以防面条粘在一起。

面条煮熟后，再放冷水中过水，然后分成一份份，每份刚好一碗，放筛斗铺开滴干水分。煤炉上的大锅里，盛着猪骨头熬制的清汤，芳香爽口。柜台上摆放着搭配的佐料，五香、大肠、卤蛋、咸肉、丸子等等，依个人的口味加入。

水面之所以有这诱人的香味，香油起着不可忽视的作用，阿水深知这一点。阿水用优质葱头、无杂质虾仁及特级鱼露制成香油。客人来了，阿水在灶台摆好碗，往碗里拨拉些香油，然后把放筛斗上的面条放几份在开水中烫下，捞起来放入碗里，浇上骨头汤，依照客人的需要，佐以五香或卤蛋或大肠或咸肉或丸子，香气诱人的水面做成了。

连雨骑着自行车来到圩上，走进阿水水面店，喊着阿水的名字："阿水，来碗水面。"阿水站在灶台前，在肉丸汤里烫面条，对连雨说："好咧。"转身从旁边的簸箕里拿起一团面条，放汤里烫热，问连雨："加什么？"连雨看了看架子上摆放的佐料。她很想说加个卤蛋，想了想，不舍，对阿水说："不用加。"说完，下意识地咽了下口水。阿水已经烫好面条，转身拿过一个汤碗，把面条放进碗里，加进滚烫的高汤，数了三个肉丸加进去，三个肉丸是包含在五块钱里的，然后对连雨说："好了。"

连雨把面条端到座位上，低头吃起来。阿水经营水面十几年了，水面从一块钱涨到五块钱，阿水也从原先住的瓦片房搬进了五层高的小洋房。

水面入肚，连雨有了踏实感。吃完水面，连雨在掏钱的空闲环顾四周，旁边座位上坐着一个小女孩，小女孩埋头吃水面，边上一个女人静静地等待着。女孩吃了一碗后，嚷着要吃第二碗，第二碗吃完，女孩不罢休，嚷嚷着要把剩下的汤打包带回家。女人耐心地对女孩说："汤没用了，想吃下次来。"女孩不答应，哭着闹着。阿水过来解围。连雨会心一笑，想起了儿子豆豆。她付了钱，骑着自行车回家。

晚上，连雨坐沙发上看电视，和母亲有一句没一句拉呱。十点半，父亲回来看到连雨，说："你又回来了。"过了一会，父亲又说:"嫁鸡随鸡嫁狗随狗,没事不要往娘家跑,外人会议论。"连雨没说话,母亲试图向父亲解释什么,嘴巴动了动,终没有开口。

二

两年前,成绩一般的连雨毫无疑问地高考落榜了,在别人的介绍下,到厦门咏文姐姐的快餐店里打工。也就在那时,认识了咏文,没多久,咏文的甜言蜜语俘获了连雨单纯的心,连雨坠入了爱情沼泽里。等真正看清咏文好吃懒做的品性时,连雨已经怀孕了。

连雨把咏文带回家,家人才知道这事。生米虽然已经煮成熟饭,连雨的父母依然按照坂仔村人的习惯,打听咏文家的情况。那是一个夏日黄昏,连雨的母亲站在马路边拦住了一个熟人,是咏文隔壁家的,连雨的母亲向那人打了招呼,旁敲侧击打听咏文家的情况。但凡有人这样打听的,都是为了儿女的终身大事,对方是个明白人,且跟连雨的母亲认识多年,一五一十说了出来:咏文父亲是泥水匠,东奔西跑干活,咏文从小被他母亲宠坏了,好吃懒做,二十几岁了还在家啃老,甚至经常打骂父母。末了,那个人摇了摇头,叹了口气说:"这样的家庭,女孩子嫁过去要吃亏的。"连雨母亲的心低落到尘埃里,她幽幽地叹了口气,夜色犹如一张网从头上罩了下来。此时的连雨已经又和咏文到厦门打工,连雨母亲谎称她生病住院,要连雨赶紧回家。连雨接到电话后,心急火燎地回到家。

到家后,连雨开始接受家里人及七大姑八大姨的轮流劝说,咏文的表现确实如大家所言,连雨哑巴吃黄连,在众人的劝说下,有了和咏文分手的想法。

几天后,咏文打电话催连雨回厦门,连雨以种种借口推托。

半个月后的某一天，连雨和母亲在家，咏文气势汹汹地进来，连雨吓得要往楼上跑。连雨家住的是毛坯房，两层楼，还没装修，红色的砖块裸露在外面。咏文冲过去，拽起连雨的手往外拉，连雨尖叫着，连雨母亲过来帮连雨，挨了咏文几拳头，连雨母亲瘦弱的身子骨招架不住，眼睁睁看着连雨被咏文拽上摩托车扬长而去。

连雨走了，她母亲却卧床不起，发起高烧，被送进了保健院。连雨的哥哥和几个舅舅愤愤不平，约好一起找到咏文家，咏文躲在楼上不敢下来。哥哥对连雨说："这小子不是人，你和我们回去吧。"连雨摇摇头，低声说："我在这里挺好的。"一行人恨铁不成钢恨女不成凤地看着连雨，连连叹气，转身回家，并发誓以后就算连雨被打死，他们也不会插手。

没多久，连雨生了个儿子，但这丝毫没改变她被打的命运，时不时地，村民们在路上碰到连雨，都会看到她身上的淤青，或脸上或手臂或大腿，过了段时间，淤青消失了，没多久，淤青又出现了。连雨娘家的亲戚也已麻木，当街坊邻居跟他们说起这事时，连雨的父亲说，天要下雨，娘要嫁人，随她去吧。又说，婚姻好比一双鞋，合不合脚让她自己慢慢体会。

每次挨打，唯一的避风港就是娘家，而回来的不仅仅是连雨一个人，儿子豆豆也带回来了。家里多了两个人，要是连雨哥哥没结婚，事情就简单多了。现在的情况是，连雨的哥哥结婚了，也生了个儿子，取名武武，武武比豆豆小三个月。两个孩子在一起经常为了某一件不值钱的玩具大打出手。虽是小孩子的打闹，连雨的嫂子周虹影的脸阴得能拧出水来。大人这边的气还没消，两个孩子却又在一起玩得咯咯笑了。连雨父母担心儿媳妇心里有想法，父亲几次对连雨说："你和咏文的事要自己解决，不要动不动就跑回来。"

周虹影是连雨的高中同学。连雨家离学校只有几百米，上学那会，连雨经常掐好时间，从家里走出去，到教室时，上课铃声刚刚响起。周虹影就不一样了，家在六七公里以外的西坑村，每天天蒙蒙亮，周虹影骑着自行车赶到学校，由于路途远，中午就到阿水的店里吃一碗水面，下午放学再骑自行车回家。高一时，连雨和周虹影没怎么来往，到了高二，班主任安排她们同桌，两人距离拉近了。周虹影中午没回家，有大把的时间在外溜达，溜达久了，觉得没意思，就去找连雨玩。连雨的母亲经常要到蜜柚园干活，回家迟，午饭吃得也迟，经常是周虹影到连雨家时，她家正在吃午饭。连雨的母亲有着乡下人的朴实，看到女儿的同学来了，热情地拉周虹影一起吃饭，周虹影说她已经吃饱了，连雨的母亲说那多少吃一点，说完，把原本装满一碗的米饭倒回去半碗，叫周虹影一定要吃。周虹影盛情难却，勉强吃下去，肚子却撑得难受。这之后，她也学乖了，再要去连雨家时，就不到阿水的店里吃水面了，这样还可以省五块钱。

她们面临高考，学业越来越重，冬天天擦黑才放学。周虹影走在山路上感到害怕。有一次放学迟了，周虹影对连雨说："晚上我住你家吧，你爸妈会不会答应？"连雨也喜欢多个伴，爽快地说："好啊。我爸妈肯定没意见。"那天晚上，周虹影住到了连雨家，和连雨睡一张床。有了第一次，就有了第二次第三次。到了后来，住的次数多了起来。周虹影的父母是明白人，心里过意不去，时不时骑着摩托车到连雨家，顺便带一些吃的，猪脚、排骨，或者抓一只自家养的鸡鸭，拔一些自家种的青菜。这样一来，两家人的关系更加密切。

连雨的哥哥连年，比连雨大三岁。连年高考落榜，在家和父母一起种蜜柚。每天晚上吃饭的时候，三个年轻人谈笑风生。有时候连雨和周虹影作业完成得早，他们三人就到桥头吃烧烤，烧烤吃多了，吃出了感情，连年和周虹影谈恋爱了。连雨的父母看出了端倪，心下欢喜，毕竟周虹影在她家住久了，她的脾气、性格都已了解，对她的印象分还不错，看到儿子对周虹影有好感，连雨父母对待周虹影更是视如己出，嘘寒问暖，时常炖些四物汤给她补身体，连雨几次抗议父母的偏心。高三毕业后，连年和高考落榜的周虹影顺理成章走到一起。

三

连雨在娘家的第三天，哥嫂带着武武回来了。连雨感到娘家非久留之地，决定到厦门打工，可是她的衣服都在婆家。连雨担心回去会挨打，对连年说："哥，我想去厦门打工，要回去收拾衣服，你陪我一起回去吧。"连年答应了。

母亲正在厨房洗碗，听到他们说话，不放心，双手在衣角擦了擦，追着跑了出来，说："我也去。"三人骑着摩托车到了咏文家。咏文家住的是自家盖的三层小洋楼，楼下大门紧闭。连雨说："我婆婆可能带豆豆出去了，那个神经病不知道去哪了，我上楼收拾衣服。"连年和母亲在楼下等着。连雨上了二楼，来到自己房间。房间的窗户紧闭，里面漆黑一片，她走进去想开灯，却听到屋里发出声音。连雨马上意识到咏文躲在房间里，拔腿就跑，后背却一阵刺疼。她尖叫一声继而号啕大哭跌跌撞撞跑出来。连年和母亲听到连雨凄厉的叫声，知道情况不妙，赶紧奔过去，只见连雨后背血红一片。原来，咏文拿剪刀刺向了连雨。母亲掀起女儿的衣服，剪刀扎下去有那么深，鲜血汩汩地正往外流。连年随手从门背后拿了根扁担，气急败坏地跑上楼找咏文算账，咏文却不知道什么时候从后门跑了。连年气得脸色发青，拿出手机拨打110，此时，母亲已经找了件破衣服，因为紧张，母亲的手抖个不停，好不容易扯了块破布帮连雨包扎伤口，他们等不及警察到来，连年启动摩托车，把油表拧到最高，风驰电掣般地带着连雨往保健院奔去。

一角色一

如果说之前连雨对咏文还有点藕断丝连，还想继续忍气吞声，这一幕无疑剪断了她对咏文的情思。侧卧在病床上的连雨回忆起往事，往事悠悠，像雾像雨又像风，曾经觉得甜蜜美好的爱情，现在想来却心如死水，泛不起一点涟漪。在亲戚朋友的指责下，连雨痛定思痛，决定和咏文一刀两断。

康复后的连雨向法院递交了离婚申请，第二天，连雨接到咏文电话，说如果想离婚，就把警察那边的案子撤了。连雨被刺伤的当天，没有等到警察到来，之后警察那边来电话问情况，已经记录在案。连雨被咏文恐吓，担心到时候离不了婚，她家里人也觉得惹不起躲得起，劝说连雨去撤诉，免得离婚出现波折。

婆婆知道是儿子不对，面对连雨离婚的决定也无力劝说，只在空闲时候带着豆豆过来陪连雨几天。几天过后，婆婆再来带豆豆回去时，豆豆紧紧抱住连雨的大腿，哭喊着不肯离开，说他不回去，家里的那个阿姨经常打他。连雨在医院养伤时，就有人对她说，咏文经常和一个女人骑着摩托车在街上穿梭，女人衣着奔放，打扮时髦，双手紧紧环抱着咏文的腰，很亲昵的样子，引来了村民们的驻足观看。连雨下定决心要离婚，咏文另有新欢，她已懒得过问，但儿子被虐待，对她的心灵是一种折磨。刚开始她还不相信，觉得咏文是豆豆的父亲，应该会疼爱豆豆，几次接过豆豆时，发现豆豆身上的淤青，就如咏文曾经留在她身上的淤青一样，出现了又消失，消失了又出现。于是，连雨有把豆豆留在身边的想法。她把想法说了出来，母亲说："你自己都顾不上，要个孩子做啥？带个拖油瓶谁还敢要你？"父亲说："孩子给他们，等你以后嫁了人再生一个。"哥嫂说："你还是现实点吧。"身边的亲朋好友也都叫连雨把豆豆放在婆家。

连雨同样顾虑重重，她初中同学美英在厦门打工时跟一个男人生了个女儿，那个男人不辞而别，美英带着孩子回到坂仔村，媒人很热情，四处帮她介绍，上门相亲的一个又一个，当看到美英身边的孩子时,却一去不复返了。

这段时间,连雨睡觉总是做噩梦,她梦见豆豆被一个巫婆关在小屋里,豆豆声嘶力竭地哭喊,咏文却无动于衷;又梦见豆豆被老虎追着跑,豆豆边跑边哭喊着"妈妈",她伸手要抱豆豆,却怎么也抓不到豆豆,豆豆离她越来越远,最后不见了。连雨几次从梦中惊醒,看着漆黑的夜,外面什么都没有,而她的后背却是湿漉漉一片。

连雨正想着把豆豆接在身边,婆婆带着豆豆来了,随身带来的还有一大包衣服。婆婆不好意思地搓着双手对连雨说,咏文找的女朋友怀孕了,她以后恐怕没时间带豆豆了,还是让豆豆留在连雨身边。婆婆边说,边指着那包行李,说,豆豆的衣服都带来了。连雨不知道说什么好,事情来得如此突然,她没有一点心理准备,但她不能拒绝孩子。婆婆放下豆豆,边走边抹眼泪。

为了照顾豆豆,连雨打消了去厦门打工的念头。但是她不能没有生活来源,为了有一份收入,她想到大棚做蜜柚工。

连雨的哥嫂都在做蜜柚工,吃饭时,连雨问了连年。

连雨说:"哥,你们组还需要人手吗?我也去做蜜柚工。"

连年说:"我们人数够了,你问问别人。"

周虹影在边上听了,说:"你去做工,豆豆怎么办?妈带武武,还要做饭什么的,本来已经够忙了,还要带豆豆,忙得过来吗?"

连雨也有想到这点,但是让她专职在家带豆豆不出去赚钱是不现实的。

母亲看着武武,又看了看豆豆,说:"一个是带,两个也是带,两个还更好带,有伴玩。你去吧。"

周虹影不好说什么。连雨在心里感谢母亲。她想起美英一直都有在做蜜柚工,给美英打了电话,美英说,他们那组碰巧有一个人家里有事,去不了了,如果连雨想去,她可以和组长说下。

每年中秋节到来之际,正是蜜柚成熟季节。随着坂仔村蜜柚名气越来越大，当地有些村民做起了蜜柚生意，他们四处收购蜜柚，谁家有成熟漂亮的蜜柚，价格谈妥后放下一点订金，这家蜜柚就让他收购。主人拿了订金后，蜜柚若是种在山上的，就请工人上山摘蜜柚，蜜柚树高的，要人爬上去摘才行，摘下来的蜜柚放进箩筐，一担担从山上挑到山脚下，再用货车运到山下。山路弯曲，地势险要，只有经验丰富的司机才敢开车上山。即便如此，还是偶尔会有翻车事故，就在前几天，有辆货车从山上翻了下来，庆幸的是，司机只是受了点轻伤。

一车车蜜柚从山上运到大棚，一堆堆的蜜柚堆在大棚里，工人们夜以继日地加班，金黄的蜜柚经过加工包装，装进了礼品盒，运往全国各大城市，甚至出口到国外销售。因此，每年蜜柚成熟季节，家家户户有多余的劳力都到大棚打工，碰到要赶货时，天天早出晚归，中午半个小时吃饭，吃完饭急匆匆赶往大棚，晚上加班到十二点多。差不多半年的忙碌期，可以赚个几万元钱。

每天早上，豆豆还在睡梦中时，连雨就到大棚做蜜柚工。有事情做，日子充实许多，每天绷紧神经，根本无暇胡思乱想。领了第一笔工资后，她当着哥嫂的面给母亲800元，免得被哥嫂说她占便宜，白吃白住。

母亲要带两个孩子，还要洗衣、做饭、搞卫生，忙碌的时候，就让两个孩子在客厅玩。两个孩子有时为了抢玩具，会扭打成一团。豆豆年龄大块头大，武武瘦小，不是豆豆的对手。有一次，连年和周虹影刚进家门，看到豆豆把武武压在身下捶打，周虹影脸色大变，跑了过去，一把拽起豆豆扔在地上，对豆豆咆哮道："你怎么这样坏？跟你父亲一样坏。"豆豆吓得"哇"一声哭出来。连雨刚好也回家吃饭，看到了眼前的一幕，她抱过豆豆，眼眶溢满泪水，为了不让泪水流出来，她没说一句话，默默地抱着孩子进了房间。

摩擦虽然存在，毕竟没有更好的办法，连雨只得忍着。为了讨好哥嫂，在给豆豆买衣服时，她也给武武买了一套；给豆豆买玩具时，也不忘给武武一份。休息时带豆豆出去玩，把武武也带上。

自他们去做蜜柚工之后，一家人难得在一起吃饭。天气逐渐冷下来，蜜柚季节已过，他们也清闲下来。

这天晚上，一家人团聚一起。豆豆和武武在玩一辆赛车，玩了一会，豆豆使了性子，拿起赛车跑到连雨身边，对武武说："赛车是我妈妈买的，不给你玩。"武武说："我就要玩，就要玩。"说完，伸手去抢赛车，被豆豆推开了，没抢到赛车的武武躺在地板上打滚，周虹影把他抱起来，他又挣扎着躺下去。一家人反过来哄骗豆豆把赛车拿出来，豆豆把赛车藏到衣服里面，不肯拿出来。连雨以带豆豆去吃肯德基为诱饵，想让豆豆把赛车拿出来，豆豆还是不肯。武武在地板上哭得惊天动地，嗓子都哭哑了，连雨内心不安，掀开豆豆的衣服想把赛车拿出来，豆豆死死地捂住衣服，连雨一用力，赛车到了她的手上，她把赛车拿给武武，拿到赛车的武武破涕为笑，这边豆豆却哭得异常，嘴里喊着："痛……痛。"连雨一看，原来她刚才暴力抢夺赛车，赛车锋利的边角刮到了豆豆细嫩的皮肤，皮肤渗出了血口子。连雨赶紧抱起豆豆奔往家旁边的诊所，外面，寒冷的风迎面吹来，豆豆的哭声撕扯着她的心，一阵紧似一阵，如刀绞般。每时每刻，她都在想多付出一点，换来豆豆在这个家庭的平等待遇，而事实上，她根本无法不让豆豆承受这样无辜的伤害。

半年后，连雨顺利地和咏文离了婚，娘家成了她休憩的港湾。可是她也清楚，这个家是属于哥嫂的，她是嫁出去的女儿，不可能一直待在家里，这里只是她暂时的停泊点。例如航行的船只，一次远行之后，到达港湾做一次短暂的停留，而停留，是为了面对更远的航行。

四

豆豆上了幼儿园。连雨去接豆豆时,有时候豆豆会问:"妈妈,别的同学有爸爸来接,我爸爸呢?"连雨哄骗豆豆说:"爸爸在很远的地方上班,赶不回来。"豆豆奶声奶气地说:"可是宇宇奶奶说爸爸不要我们了。"连雨听了,心里一阵疼痛,她强装笑脸,对豆豆说:"宇宇奶奶说假话,我们不信。爸爸在很远的地方上班,上次不是还寄了礼物给你?"连雨不希望豆豆幼小的心灵承受太多伤害,有时候会买个玩具回去给豆豆,对豆豆说,这是远方的爸爸寄来给豆豆的。此时,豆豆听了妈妈的话,想起爸爸买给他的玩具,信了。豆豆说:"宇宇奶奶骗人,骗人是小狗。"

连雨才25岁,毕竟还年轻,坂仔村不乏热心的村民要帮她做媒,当然,介绍的不是离婚的,就是大龄青年。即便如此,大家仍然有个共同的要求,就是和连雨结婚可以,豆豆不能跟。为了这事,连雨不知道拒绝了多少男人。

"豆豆不能跟在身边,那不是等于把豆豆抛弃了?我如果这样做,豆豆长大不恨死我才怪。"连雨自言自语。

这天,连雨家来了个媒人,对连雨说:"坑洞村有个男的,30岁,未婚,家里种了一大片蜜柚,在县城有房,有意和你来往。"

这条件听起来不错,男方之所以愿意娶连雨,是因为他家在偏远的山区,女孩子进城当了打工妹,进城之后就想着飞进金窝银窝,她们的眼光把故乡远远地抛在后面,对故乡的男孩(人)拒之千里,使得故乡的男孩变成了老男孩,变成了光棍、老光棍。随着时间的流逝,偏远地区的老男孩渐渐多了起来,娶妻成为一个严峻的问题。有人脉比较广的,四处托人介绍,如果男方条件不错,降低自身要求或许还可以娶上老婆,要是男方家还处于一穷二白的面貌,姑娘们便和你说再见。连雨也知道，眼前这个是目前听到条件最好的，错过这个，以后恐怕再难找到这样的人家了。

连雨犹豫着，父母帮她答应下来，他们抢在连雨前面对媒人说，找个时间带男方到家里坐坐。媒人一听有戏，喜笑颜开地离开了。

媒人走后，连雨忧郁地对父母说："可是豆豆……"

父亲说："趁我们还年轻，在这个家还能说上话，你赶紧奔自个的日子去，豆豆就在这里读书，我们会帮忙照看，以后大了他自己也懂事了。"

连雨说："哥嫂会有意见。"

母亲说："有我和你爸在，他们也不敢说什么。过了这个村就没那个店，现在不好好把握，以后落得一场空。"

连雨知道父母说的句句在理。趁年轻还有人要，等上了30岁，随着美好年华的逝去，她最终会变成枯萎凋零的花朵，无人问津。

几天后，叫赖少伟的老男孩在媒婆的陪伴下来到了连雨家，他的手里提着沉甸甸的礼品：旺旺雪饼两包，花生牛奶一箱，冬笋一袋。为了这次见面，赖少伟连续几天早起，到山里挖冬笋。冬笋一斤卖十几元，之前，他都是把冬笋拿到圩场去卖，这次不一样，冬笋挖回来后，他把冬笋仔细挑了一遍，再小心翼翼地放进袋子里，然后骑上摩托车，赶了十几公里的山路到连雨家，恭恭敬敬地把冬笋连同其他礼品搬进屋里。

第一次见面后，彼此留下了良好的印象。半年后，他们办了结婚手续。

连雨出嫁那天，母亲请了村里最有名的厨师到家里掌勺。坂仔村人有个习惯，家里有孩子结婚，不管是娶进来还是嫁出去，都不上饭馆请客，在自己家里办流水席。在这里，有一支特殊的队伍，那就是乡村厨师，乡村厨师虽不是正规学校毕业，但都有经过拜师学艺，掌握了扎实的掌勺功夫。主家只要跟他说要请几桌，一桌安排多少钱，他马上列出清单，菜品、重量，一目了然。主家再根据菜单到圩场采购，一大早，商家会把菜送到家门口。家门口场地大，大家都喜欢在门口请客，厨师提前用简易的砖块把灶头垒起来，把煤球点燃，大锅架在灶头上，火烧得通红，厨师根据场地大小，计划可以同时摆几桌，大锅里的菜就炒几份。火燃烧着，厨师手握锅铲，锅铲在锅里灵活翻转，菜熟了，厨师边收汁，边喊着放几个盘子，帮忙的人手疾眼快，盘子一字排开，厨师把菜平均分到每个盘子里，送菜的人送到各个桌子。这个锅热火朝天炒着菜，那个锅同样不甘示弱，热气蒸腾，厨师估摸着火候到了，打开蒸盖，蒸好的菜香气扑鼻，清蒸鲈鱼、清蒸鳗鱼、清蒸螃蟹、清蒸排骨等等，一盘盘送往餐桌。连雨是嫁出去的，只需要请自家亲戚，摆个三五桌差不多，为了让大家吃个痛快，母亲同样请了厨师来做菜，把出嫁仪式搞得热闹非凡。

出嫁时辰一到，连雨穿着一袭红裙子，撑着红雨伞，在母亲的搀扶下迈出门槛，走向停在路边的新娘车。坂仔村有个风俗，嫁出去的女儿哭得越伤心越吉利，越能体现新娘的孝顺。连雨的泪水虽包含着对父母的不舍，更多的是对豆豆的牵挂。豆豆跟在连雨后面，哭着要妈妈抱，周虹影跑了过来，要把豆豆抱往别处，豆豆闹腾着，哭喊着，从周虹影的手臂上滑下来，往连雨的方向追去。连雨走进新娘车，关上车门。新娘车什么时辰启动，都是事先算命先生定下的，没有人敢违背。车在既定的时辰缓缓向前，豆豆追着新娘车哭喊着："妈妈，妈妈。"车越走越远，串串鞭炮在耳边炸响，豆豆的哭声逐渐淹没在鞭炮声中。

按照风俗，第三天新郎、新娘要回门一次。连雨回到娘家时，看到豆豆消瘦许多。原本粗壮的孩子显得如此单薄。她不知道，这两个晚上，孩子需要经历怎样痛苦的煎熬，年幼的心灵需要母亲的爱抚,母亲却又离他而去。为了弥补亏欠,连雨想多带豆豆,豆豆却很生分,躲在外婆怀里陌生地看着连雨。一个上午过去了,豆豆才似乎想起连雨是他的母亲,和连雨才逐渐热乎起来,正在热乎劲上,连雨又要回婆家去了,豆豆自然又是一阵声嘶力竭的哭喊。

五

每天早上,连雨母亲带着两个孩子去幼儿园,幼儿园在家附近,十分钟就到了,可孩子的脚步总是那么细碎,一路上走走停停,打打闹闹,往往要走二十几分钟,经常是上课了才到幼儿园。为了节约时间,在出门前,连雨的母亲对两个孩子说:"看谁表现好就抱谁。"刚开始两个孩子都很听话,规规矩矩地往前走,可没走几步,这个停下说脚酸,那个说走不动了。连雨母亲无奈,想先抱起豆豆,在她的心里,总觉得这个孩子父母都不在身边,更需要爱,在抱起豆豆前,连雨的母亲下意识地回头看了一眼,家门口的周虹影正朝着这边看,她只得先抱起武武,等走到拐弯处周虹影看不到的地方,再把武武放下来,抱起豆豆一直走到幼儿园。武武拉着奶奶的手,说:"奶奶,我也要抱抱,我也要抱抱。"连雨母亲嘴上答应着,却把怀里的豆豆搂得更紧了。

吃饭时,只要有好吃的,连雨的母亲就往豆豆碗里夹。母亲当然不敢太冷落武武,可是武武天生胃口差,什么都不吃,刚好为豆豆创造条件,武武不吃的,豆豆全吃了。排骨、瘦肉、鱼,来者不拒,这餐吃了,下餐还吵着吃。周虹影不止一次在餐桌上说豆豆"大吃",大吃是闽南语,胃口太好的意思。母亲听出弦外之音,故意当着大家的面说:"连雨每个月都寄来伙食费。"周虹影说:"像他这么大吃的,交一份伙食费怎么够。"每到这个时候,连年就拿着牙签挑牙齿,装作没听到。母亲的脸黑了下来,沉默不语。

星期六，周虹影带着武武回娘家，她的七大姑八大姨马上围过来，姑妈对周虹影说："你公婆是不是打算把一栋房子留给豆豆？"连雨父母在自家的宅基地上盖了两栋小洋楼，家里就连年一个男孩，周虹影理所当然认为两栋房子以后都是他们的，她回应道："不会吧，那房子以后还不都是连年的？"姑妈笑了笑，说："我看未必，你看你公婆那么疼豆豆，我都看不下去，武武是他们亲孙子，都没那么疼。"周虹影婶婶接话说："豆豆在你家总是个累赘，以后长大了，两个老人真说要把一栋房子给豆豆，你也没话说，房子是老人盖的。与其这样，不如早做打算。"周虹影心里已有了主意。

周虹影回到婆家，晚上，大家一起吃饭时，周虹影说："爸、妈，豆豆还是送回给连雨吧，孩子在母亲身边长大会更好。"母亲看了周虹影一眼，说："当初少伟家就跟我们谈好条件了，孩子不能跟。"周虹影说："此一时彼一时，说不定现在改变主意了？你有空给连雨打个电话，看她什么意思。"

趁周虹影夫妻不在的时候，母亲和父亲聊起这事。父亲叹了口气，说："有空你就给连雨打个电话吧，我也听到外人很多议论，说我们跟外孙亲，唉。人老了，总是希望身边的孩子孝顺点，能伺候我们终老，别搞得以后我们老了，儿子媳妇都不管。"母亲无语，给连雨打了电话，委婉地说了周虹影的意思。

连雨明白这是哥嫂的主意。她和少伟说把豆豆接过来，少伟不高兴地说："怎么没两天就变来变去。"

连雨在周末回了趟娘家，自从出嫁后，只要有时间，她都会回家看豆豆，买一些吃的玩的给豆豆。豆豆看到连雨来了，撒娇要连雨抱。连雨抱着豆豆，母亲早已把豆豆的衣服收拾在一个袋子里，连雨和母亲聊了几句后，带着豆豆到了少伟家。

连雨自感对豆豆亏欠太多，一有空，就带着豆豆出去玩。豆豆来了后，连雨再没办法和之前一样，天天到地里帮忙。公婆和少伟每天早上到果园干活，中午回家吃饭。婆婆一进家门，把尿桶重重地放在地上，说："年轻的时候累死累活，到这个年纪了还有干不完的活，人家某某命好，吃完饭跷着大腿唠嗑。"连雨知道婆婆拐着弯说她。婆婆都这样说了，连雨只有放在心上，尽最大力量帮家里干活。

豆豆在外婆的溺爱下，养成了不好的饮食习惯，餐桌上有好吃的，全部堆到自己碗里，连雨把菜从他碗里拨出来，豆豆就号啕大哭。少伟不高兴地说："这孩子怎么教育的，这么小就这坏脾气。"连雨哄着豆豆，对他软硬兼施，豆豆无动于衷，一定要把好吃的全部归自己所有。为了避免难堪，每次炒完菜，连雨把菜分成两份，一份给豆豆吃，一份给大家吃，并叮嘱豆豆只能吃他眼前的那份。但是按照豆豆的理解，认为自己的菜吃完才能吃另外一盘，于是，每次吃饭的时候，他就张开大口狼吞虎咽，嘴巴撑得鼓鼓的，饭菜还没全部咽下去，他就等不及了，指着桌上的另一盘菜，说："我要吃菜，我要吃菜。"

豆豆的到来，让一家人的关系急剧恶化，公婆的唠叨，少伟的不满，让连雨感到这个家不是属于她的。没有豆豆的出现，可能她在这个家会平静地度过每一天，等到自己生有一男半女，她在这个家的地位将巩固下来。而现在，地大家大，天地再大，却容不下豆豆一个小小的孩子。

某一日，连雨再一次因为豆豆和少伟吵了一架。这样的生活，她已感到厌烦，无休无止地争吵，使她看不到生活的美好，她深感自己犹如一只被困的猛兽，在一阵挣脱之后，倦怠了躯体，疲惫了心灵。她觉得自己不能再待下去了。

一天，连雨和美英聊天，无意中从美英口中得到消息：阿水水面店要招工，还包吃包住。

第二天，连雨带着豆豆走进阿水水面店，连雨对阿水说：

"我想到你这边打工。"

  阿水头也不抬,说:"行啊,没问题。"

  连雨说:"可是,我要把豆豆带在身边。"

  阿水看了看连雨身边的豆豆,沉吟片刻,说:"带就带呗。"

二涛 & 王涛涛

一

时间总是悄无声息，一年又一年慢慢流淌着，等哪一天忽然醒悟过来的时候，才发现，指缝间，美好的青春年华已逝去。有那么一刻，钟孔立呆呆地看着"2023"的数字，心里忽然迫切想知道高中同学的状况。

十七八岁的高中时代，大家懵懵懂懂，一起学习一起憧憬未来，青春的印章刻在稚嫩的记忆里，鲜明而持久，如今想来，却是弥足珍贵。

钟孔立思索良久，觉得有必要开一场高中同学会，让同学会如弥勒佛的大布袋，把每位同学都装进某个酒店里欢聚一堂。

1993年，钟孔立在坂城中学上高中，铁打的学校流水的学生，高考后，原本相亲相爱的班集体分散了，大家各奔东西，上技校的、上大学的、回家务农的、经商的。面对空荡荡的教室，钟孔立哭得眼泪一把鼻涕一把，他伤感地和老师、同学们告别。

两个月后，内心脆弱的钟孔立接到鹭岛大学的录取通知书，通知书冲淡了钟孔立的悲伤，之后，到大学读书、毕业后留在鹭岛工作、结婚生子，过着和常人没有两样的生活。只是这么不经意地晃了晃，岁月的滑轮滚滚向前，从1993年滑到了2023年。

一笛一

这三十年时光中,钟孔立身边的朋友换了一拨又一拨,昔日的高中同学却鲜有联系,直到他脑门被抽动的2023年的这一天。

好在现在资讯发达,手机屏幕点一点,有名有姓的同学就加进来了。钟孔立建了微信同学群,号召同学们大手拉小手,男手拉女手,群里来相会。三天后,基本尘埃落定,48位同学进了47位。

大家聚集在群里,不断发放假礼花、真红包。47双手,犹如47根金箍棒,搅得群里翻腾不已,半夜都不停歇,大家在各自打听彼此现状的同时,不忘插科打诨,男生大胆,女生暧昧,把群聊气氛推向高潮。

叶秀桢高中时每天负责给班级花名册出勤打钩或打叉,作为昔日一名称职的班长,哪怕经过这三十年时光的淘洗,48位同学的名字她仍能铭记在心。甚至这些同学的少时长相、性格特征及课堂表现,她都记得一清二楚,仿佛学生时代就在昨天,叶秀桢在群里谈起某某同学的糗事,一件件罗列,时间、地点、人物,描述得滴水不漏,搞得当事人一惊一乍,原来已在记忆深处落满尘埃的往事,重新被擦洗干净摆上桌面,当事人回忆片刻,惊呼:"天啊,经你这么一说,我终于想起来了,是有这回事。"于是众人起哄,开始杜撰各种风花雪月莫须有的故事,经过添枝加叶,聊天内容变得虚虚实实亦真亦假假作真时真亦假。

叶秀桢说:"昨晚我躺在床上,把同学的名字一个个在脑海中回放,终于想起来了,还没入群的是王涛涛同学。"

这个名字一出现,群里瞬间沉寂。

"同学们行动起来,打听王涛涛的下落,我们坚决不落一个。"钟孔立说。

从群里不时反馈回来的消息可以看出大家的努力,丁国标说:"读高中那会,我去过王涛涛家,昨天我凭着以往的记忆找过去,邻居说,他家早就搬走了,搬到哪里就不知道了。"

吕秀华说:"那时候我们都忙着高考,那件事之后,王涛涛就退学了,他本来就是外地来的插班生。"

杜振华说:"五年前听一位校友说,在坂城见过王涛涛,据说混得不错。"

钟孔立问杜振华:"那位校友还联系得上吗?"

杜振华说:"我们只是在路上遇到,匆匆聊了几句,忘了留联系方式。"

钟孔立沉默。

大家沉默。

一个月后,眼见寻找王涛涛未果,再等下去没有意义,有人建议抓紧开同学会。

首先是时间的选择,每个人都不容易,每天为五斗米折腰,上班的上班,做生意的做生意,在各自的位置上一个萝卜一个坑,同学会只有在节日进行,如此,国庆节是个首选。

时间定下来,接着选酒店,所选酒店要求有客房住,有饭吃。钟孔立联系多家酒店,电话打出去,被告知皆已被订满。钟孔立急了,发动同学、亲戚、朋友帮忙联系。最后,还是叶秀桢有办法,通过熟人把位于坂城的二涛豪华酒店里别人预留的包厢"抢"了过来。

叶秀桢说,二涛豪华酒店在坂城很有名气,她其实很早就想推荐给大家,但是这家酒店消费较贵,她考虑有的同学喜欢经济型消费,但到了这个时候,没得选择了,贵就贵点了,人生苦短,难得放肆一次,还望大家理解。叶秀桢说二涛豪华酒店她去过几次,印象不错。大家听她这样说,想想也是,省吃俭用一辈子,没劲,阔气一回又何妨呢?也就一笑而过。

二

二涛豪华酒店坐落在坂城最繁华的路段。对于这家酒店的老板,坂城人一无所知。而那富丽堂皇的装修,令初次走进二涛酒店很少见世面的坂城人小心翼翼,一进酒店,心里就有一种平民百姓被皇帝召进皇宫的不知所措。叶秀桢记得她初次去的时候,那金光闪闪的巨型吊灯,光滑的地板,精致的摆设令她头晕目眩,她心怯地止步不前。去了几次后,她的心才逐渐坦然,走路才稍显镇定,这样的场所,对于在坂城长大的那些同学,战战兢兢纯属正常生理现象。

聚会的时间到了,钟孔立在出门之前,精心修饰一番,从西装、衬衫、领带到皮鞋与袜子的搭配,都力求精益求精。钟孔立信奉"人着装,佛着扛",在着装上,他牢记"三一定律",定律一:皮鞋、皮带、公文包的颜色一致;定律二:衬衫与西装搭配时,衬衫的袖子比西装的袖子长一厘米至两厘米,衬衫袖子必须露出来;定律三:西装深色,袜子也要选深色。此"三一"着装定律令原本就高大魁梧的钟孔立看起来更明朗大方,身上散发着成功男士的气质。对于他牵头举办的同学会,他同样很注重自己的穿着。

在这一时刻,47位同学从四面八方赶来。叶秀桢变身礼仪小姐站在大堂的签到处迎接大家,每到一个同学,她都惊呼一声:"你一点也没变";"哇,你变化太大了,我都不敢认了";"你变胖了";"你怎么这么憔悴,要对自己好一点"……

47位同学到齐后,菜一盘盘摆上桌,大家却无心吃饭,争着与同学回忆往昔。要说岁月果然是把杀猪刀,原来青春洋溢的少年,在岁月刻刀的雕饰下,尽展风采:有的头发全无,已是"聪明绝顶",有的头上仍如刺猬的毛发坚挺浓密;有的脸上布满皱纹，有的欲与其子女比年轻；有的胖得如弥勒佛，有的瘦如竹竿；有的花枝招展满面春风，有的如一名老妪佝偻着；有的结了几次婚，离了几次婚，有的仍未婚……

大家聊得差不多了，才意识到肚子饿了，这才举起筷子。虽然嘴里吃着美味，揭起短来却也毫不手软，嬉笑怒骂之中，大块吃肉、大杯喝酒，气氛甚是活跃。

大家已然穿越到读书时代，越闹越嗨，不知谁出了主意，倡议摇骰子猜点数，输的同学自暴高中时代糗事一件。众人听罢，拍手称快。

叶秀桢第一个被抽中，她尖叫一声，沉默片刻，不好意思地说："好吧，我先说。"

叶秀桢采用了倒叙的叙述手法，说读高中时她是住宿生，每天中午、晚上都到学校食堂吃饭，有一次，她在食堂吃饭，对面坐着一位男生。吃到一半时，有同学找她，她匆匆离开座位走出去，再回到座位时发现那位男生不见了。她坐下来继续闷头吃饭，发现眼前站着一个人，她抬头一看，是刚才坐对面的男生，男生腼腆地看着她，怯弱地对她说："这位同学，你怎么把我的饭吃了？"她深感无地自容。

哈哈。哈哈。哈哈哈……男生笑得豪放，女生笑得花枝乱颤。

大家继续摇骰子，这下丁国标输了。大家看着这个每次考试总是拖全班后腿的同学，忍俊不禁，不知道他要爆什么料。

丁国标虽然没考上大学，却也是一个在逆境中崛起的励志人物，家里种了一千多棵蜜柚，开了一家蜜柚加工厂，年收入几十万元。丁国标露出被香烟熏黄的牙齿，嘿嘿笑着，说："我很早就学会抽烟啦。不会读书天天逃课，逃课在外面又无聊，就和同学学抽烟。记得第一次学抽烟，我躲在教室后面正吞云吐雾赛过活神仙，结果被教导主任发现了，他站在我面前，严肃地说：'小小年纪抽什么烟？'我低着头不好意思地答道：'贵的买不起，抽的是特烟，一包两块钱。'"

哈哈。哈哈。哈哈哈……男生笑得豪放，女生笑得花枝乱颤。

骰子哗啦啦地响了一阵，同学揭开盖子，几个男生大声起哄："吕秀华、吕秀华。"吕秀华性格外向，言辞却犀利，她说，她人生最大的痛苦就是学习，为了给枯燥乏味的学习增添乐趣，她学会买廉价的化妆品并无师自通地装扮自己，每天在校园招摇过市。高中三年，她把所有的心思都花在身上，从脸到脚的精装。高考毫无疑问落榜，但她坚信三百六十行，行行出状元，毕业后发挥所长，开了一家美容院。大家异口同声"哦"了一声，恍然大悟她能拥有如此娇嫩的脸庞，虽然猜不透她厚厚化妆品下埋藏着雀斑还是黄褐斑，但至少给人带来美的第一印象，当很多女同学把坑坑洼洼的脸部毫不掩饰、毫不留情地展现在大家面前时，吕秀华凭借着娴熟的化妆技术，让不老的神话从梦想变为现实，引来了无数男人竞折腰。

吕秀华说，每次考试桌上的试卷对她而言就是一页页天书，让她苦恼不已。庆幸的是她总结出了几个作弊方法，当然类似藏纸条这种下三滥手段她很是不屑，她发明了把答案写在大腿上，或者刻在矿泉水瓶上等"先进"偷看技术手段。记得有一次，她正掀开裙子抄大腿上的答案，年轻气盛的男监考老师走了过来，当着全班同学的面让吕秀华停止偷看行为，并要吕秀华把答案拿出来。吕秀华慢悠悠地伸手到口袋里掏着，故意带出一样东西掉在地上，监考老师以为是答案，得意扬扬蹲下去捡，竟是卫生巾，监考老师的脸红到了耳根。

哈哈。哈哈。哈哈哈……男生笑得豪放，女生笑得花枝乱颤。

接下来分享糗事的是杜振华，杜振华说，高三最后一个学期军训，教官对同学们说，他愿意和大家比赛跑步，看谁跑得比他快就不用军训。男生们个个摩拳擦掌，争着欲与教官试比高，教官不愧是教官，箭一般向前射出去，把男生远远抛在后面，杜振华奋起直追，渐渐地，教官被抛在他后面，同学们的欢呼声、掌声雷鸣般响起，大家正想看教官笑话时，杜振华却改变跑道，往教学楼跑去。同学们瞪大眼睛看着杜振华的背影，嘴巴张成O字形。之后，大家只知道杜振华是因为内急跑向厕所，谁也不知道杜振华是尿在了裤子上，跑回宿舍换裤子了。

哈哈。哈哈。哈哈哈……男生笑得豪放，女生笑得花枝乱颤。

大家疯闹了一阵，眼见这样下去节目没有结束的可能，钟孔立挥舞着双手喊"停"。他站在主持台前，对大家说："这是我们三十年后的第一次同学聚会，大家久别重逢，兴奋在所难免，但是别忘了，我们还有任务，王涛涛没一点音信，我们一定要找到他。特别是312宿舍包括我在内的七个男生，要记住我们年轻时的冲动，以及这个冲动可能带给王涛涛的伤害。这也是我组织这次聚会的真正目的，身为312宿舍长，我承认这次的聚会我存有私心，我想借这个机会对王涛涛说一声对不起，遗憾的是，我们没有王涛涛的任何音信。"钟孔立的一席话让大家表情沉寂，继而转为凝重。往事的帷幔被钟孔立的手徐徐拉开，关于前尘往事呈现在大家面前。

彼时，他们都在坂城中学上高中，坂城中学录取的是各个城镇的学生，学生离家都有点距离，大部分学生一个月回家一次，钟孔立也不例外。

那时大家的经济条件都不好，每个家庭都是省吃俭用，钟孔立在返回学校时，母亲给他一个月的伙食费100元。钟孔立深知这100元来之不易，回到宿舍之后，把100元小心翼翼地藏在枕头底下。

第二天是星期一，钟孔立到教室上课，中午放学，钟孔立回到宿舍，他放下课本，翻起枕头准备拿钱买饭票，等他掀开枕头时，只看到发黄的床单，100元不翼而飞。钟孔立不相信自己的眼睛，爬上床把整个床铺翻了个底朝天，还是不见那100元，钟孔立眼神涣散思维混乱。着急中，几位同学陆陆续续地回到宿舍，听说钟孔立丢了钱，大家都紧张起来，各自忙活，有人翻枕头，有人开箱子，有人掀草席，结果一个个都惊叫起来："我的钱丢了""我的饭票不见了""我的钱也不见了"……一连串带着绝望的声音相继响起，宿舍乱成一锅粥，大家纷纷猜测谁是小偷。钟孔立冷静地看着大家，拿来笔和纸，登记每个同学丢失的物品，经过计算，包括粮票在内，七个人共丢了658.42元。钟孔立看了看大家，很有把握地说："肯定是王涛涛干的。"大家张大嘴巴看着钟孔立，钟孔立故作神秘地分析道："你们想，王涛涛平时不学好，经常逃课去打游戏机，他哪来的那么多钱？还不是小偷小摸得来的？"同学们觉得有道理，嚷着说要去找王涛涛算账，就在这时，王涛涛回来了，他疑惑地看着大家，钟孔立和大家确认了一个眼神，率先扑向王涛涛，其他同学跟着拥了过去，七个人的拳头雨点般落在王涛涛的身上，大家边打边喊："让你偷钱""让你偷钱"，王涛涛护着头为自己辩解，说他没偷，大家哪里听得进去，直把王涛涛打得满脸是血，趴在地上无法动弹，即便这样，王涛涛仍不承认偷钱，嘴里不停地喊着："我没偷，我没偷。"

从那以后，312宿舍的七个男生把王涛涛彻底孤立了，他们还怂恿其他同学不要和王涛涛来往。没多久，王涛涛从宿舍搬了出去，在外面租房，王涛涛在教室再也不和同学说话，每天一上完课就回去，新学期，王涛涛没露面，听说转学了，大家感到幸灾乐祸。

上大学后，丰富的生活让钟孔立无暇去想这件事，工作之后，不知道从哪一天开始，钟孔立的眼前不时浮现出王涛涛的身影，特别是王涛涛被打后倒在地上那痛苦无辜的表情，经常浮现在钟孔立眼前。钟孔立甚至好几次梦见王涛涛站在他床头对他说："我没偷，我没偷"，每次从噩梦中醒来，钟孔立都是一身汗，他发誓一定要在茫茫人海中把王涛涛找出来……

三

聚会接近尾声，钟孔立起身要去埋单，吕秀华、丁国标、杜振华等几个混得较好的同学纷纷掏腰包，说他们请客。钟孔立不肯，径自走向收银台，其他几个在后面簇拥着，推推搡搡。

"王涛涛。"就在这时，丁国标叫了起来。大家愕然，丁国标跑了出去，追着前面一个人，那个人已拐弯进了电梯，电梯门徐徐合拢的同时，大家分明看到了王涛涛昔日的轮廓。虽然经过这么多年，但那分明就是王涛涛的脸，像，太像了！

大家看着电梯门徐徐关闭，呆若木鸡，酒店里人来人往，没人注意到他们的举动。钟孔立当机立断，说，快，我们从旁边的电梯下去，分几路去找，半小时后在这里会合。大家这才反应过来，几只手同时伸向电梯按钮，边上电梯来了，钟孔立进了电梯，一层层寻找，哪里还有王涛涛的身影。

等钟孔立失落地回到集合地点时，其他三人已在场，他们正激烈地争论着。吕秀华说那个人就是王涛涛，对方虽然理了光头，但那个脸型，那个神态，太像了。杜振华说，是不是王涛涛得知我们开同学会，特意来看我们？但是他为什么不露面，难道他心里一直在记恨大家？丁国标叹了口气，说，他既然不想和我们联系，大家就不要去打搅他了，免得他内心不好受，不如让我们祝福他吧。

大家边说边走向收银台，跟收银员说要埋单。收银小妹明眸皓齿，灵巧的手在计算器上按了按，抬起头说："您好，住宿费和餐饮费一共是47940元，刚才有位先生已经帮你们付了一部分，扣除那位先生付的费用，你们只需要交30945.74元即可。请问谁要付款？"

听到有人已交了一部分费用,大家面面相觑,纷纷打听是谁交的。大家各自摇头。为了算出人均平摊费用,钟孔立在计算器上按了按,计算器清脆地播报:"30945.74÷47=658.42元。"

"658.42元?"这个数字让钟孔立张大嘴巴。过了一会他才回过神来,说:"我来付。我刷卡。"

其他三人显然也听到了这个敏感的数字,跟着呆若木鸡。吕秀华急切地问收银员:"帮我们付款的是什么人?叫什么名字?有联系方式吗?"

"不好意思,对方没留任何信息。"收银员说。

众人七嘴八舌地向收银员打听,收银员一问三不知,大家失望地离开。走出酒店大门,同学们一个个拥抱告别。

钟孔立回到家,一阵阵倦意向他袭来,他脱了衣服,上床倒头便睡。

迷迷糊糊中,电话响了,钟孔立不想接听,把手机调至静音,但手机还在不断振动。钟孔立顺势拿过手机,屏幕上显示:"吕秀华。"

钟孔立按了接听键,耳边传来吕秀华的大嗓门:"钟孔立,我打听到一个消息,我们同学聚会那天,据说王涛涛回过坂城,并在二涛酒店露过面,我还听说二涛酒店就是王涛涛开的,你说邪门不邪门?"

钟孔立觉得难以置信,他不相信地说:"不会吧,二涛酒店的老板就是王涛涛?这么说他一直在我们身边?我们不可能一无所知啊。"

"我也是这样想,据说王涛涛长期在外面,二涛酒店由别人管理。有可能王涛涛不想和我们联系,所以我们打听不到他的任何消息。"

"王涛涛,二涛。二涛,王涛涛。二涛=王涛涛?"钟孔立念叨着,只觉头脑越来越混乱,他疲惫地闭上眼睛,说,"我都糊涂了，明天再说吧。"

四

一觉醒来，天已大亮。钟孔立拿过手机，微信群已有几百条聊天记录，吕秀华正不分昼夜地向大家发布消息。

"干脆我们直接过去，到二涛酒店找王涛涛，看他还不出来。"

"这样不合适，王涛涛如果想见我们，那天他就会露面，为什么他做了好事不留名？就是不想和我们有任何联系。"

"要不大家联名写一封信，向王涛涛道歉，至于他愿不愿意原谅我们，就看他了。"

"这个主意不错，但是信寄到哪？"

"就直接寄到二涛酒店啊，让工作人员转交，他们肯定有办法。"

"我看行。"钟孔立一锤定音，并主动承担写信任务。

钟孔立马上打开电脑写信。信的开头，他想了又想，改了又改，王涛涛？涛涛兄？王老板？阿涛？他字斟句酌……最后，他决定以"涛涛兄"作为开头，既显出尊重对方，读来又亲切。钟孔立敲敲打打，几经修改，终于完稿，信的内容如下：

涛涛兄：

多年未见，一切可好？

近日，我组织了一场同学聚会，你也许不知道，同学会的目的是找到你，我想真诚地和你说一声"对不起"。

还记得吗？三十年前的那天，我无端对你产生怀疑，甚至带头打你，导致你被迫离开学校，离开我们，从此杳无音信。你也许不知道，这么多年，我背负沉重的思想包袱，想着会不会因为当年的无知，对你造成无法弥补的伤害；想着会不会因此让你的人生之路发生改变,如果是这样的话,请原谅我和其他同学当年的无知。

这么多年来,岁月冲刷了我们年少的轻狂,我们亦走向成熟,以往的过错无法挽回,而这么多年,相信我们或多或少都经历了人生的惊涛骇浪,想来,风雨中,这点痛算什么呢?我相信某一天,你能解开内心的疙瘩,不再背负往事的包袱。

这么多年来,不知道你过得怎样?有空给我们几个弟兄打个电话,说说你的近况,我们找个日子,一起痛快地喝几杯。我真盼着这一天的到来。我的电话是:××××××××××,等你来电。

祝你往后的日子,顺利!如意!

钟孔立

××××年××月××日

信写完后,钟孔立以特快方式寄往二涛酒店,看着快递小哥远去的背影,钟孔立如释重负,长长地舒了口气。

接到丁国标的电话,是半年后的一天。丁国标说,他到坂仔镇批发蜜柚,无意中在路边遇到一个拾荒者,拾荒者神态举止与王涛涛相似,和在二涛酒店看到的那个王涛涛很像。丁国标说那天他有要事在身,不方便上前询问,他已请人跟踪那个拾荒者,问钟孔立有没时间亲自跑一趟,可能的话,与那个拾荒者做个交流。

钟孔立的心里"咯噔"了一下,心想世上的事情竟这么巧,这么多年,他没想要寻找王涛涛时,王涛涛好似从地球上消失,没人有他的任何消息。一旦决定要寻找,短短的半年时间,竟相继冒出两个疑似王涛涛的人。为了不错失良机,钟孔立决定亲自跑一趟。

钟孔立到了约定地点,远远就看到丁国标已在路边等候。

两人上车，丁国标马上给跟踪的人打电话，问拾荒者所处的位置，跟踪的人说，拾荒者此时正好在郊外一座桥下的涵洞休息，根据观察，桥下涵洞就是拾荒者的休息点，担心拾荒者到处跑，如果要和拾荒者见面，现在就要赶过去。他们二话没说，驱车直往郊外。

车行驶了半个多小时，来到荒郊野外，郊外的车辆不多，道路宽敞，行人稀少，丁国标边开车边说，为了找到拾荒者的住处，那天他抽空跟踪拾荒者整整一天，他亲眼看着拾荒者弯腰捡饮料瓶，打开垃圾桶拨拉里面的垃圾，从垃圾桶捡吃的放进嘴里狼吞虎咽。丁国标说，他不止一次对自己说，那个人不是王涛涛，王涛涛不会沦落到这个地步。如果拾荒者真的是王涛涛，他作为312室的一员，曾经也挥起拳头打过王涛涛，今天王涛涛的境遇，他要承担一部分责任。他想，如果那个人真的是王涛涛，他会好好和王涛涛沟通，让王涛涛到他的蜜柚加工厂上班，以此弥补内心的亏欠。

桥洞到了，丁国标把车停在路边，和钟孔立一起向桥洞跑去。远远地，钟孔立看到桥洞下用木板搭成的一个简易房子，简易房子没有门，一眼可以看到地板上铺着一张破草席，有一个人蜷曲在草席上，身子弯成一只虾，这只虾的身上盖着一床破棉絮。

"王涛涛，王涛涛。"为了试探对方是不是王涛涛，钟孔立故意大声喊道。破棉絮下的身体动了动。钟孔立再喊"王涛涛"时，对方没任何反应。

"喂，你醒醒，问你几句话。"丁国标走上前掀开破棉絮，摇了摇拾荒者的身体。许久，拾荒者才睁开眼睛看着他们，面无表情。这时，钟孔立才看清对方的脸，与那天到二涛酒店的那个人很像，只不过酒店那个人是光头，而这个人蓬头垢面。

"喂，你叫什么名字？家住哪？"丁国标问。

对方摇了摇头。

"哑巴?"钟孔立很失望。

"不会吧。"丁国标没想到会这样。

丁国标走出桥洞,给跟踪的人打电话:"喂,你在跟踪拾荒者的时候,有没有看到他跟谁说话?"

"丁老板,平时看他只顾埋头拾荒,没看他和谁说过一句话。"对方说。

"靠。"丁国标掐掉烟头,返回桥洞。

"喂,拾荒的,我叫丁国标,他叫钟孔立,我们两个都是坂城中学1993届高中生,你认识我们吗?"丁国标问。

拾荒者看着他们,脸上没任何表情。

钟孔立和丁国标打开记忆的闸门,轮流向拾荒者讲述高中时期的一件件往事,希望能唤醒拾荒者的记忆,希望能从拾荒者口中传出只言片语,拾荒者却脸上麻木,淡漠地看着他们。

"难道我们认错人了?"钟孔立说。

"说实话,我从内心希望不是他。"丁国标说。

"我们回去吧。这个王涛涛,要是让我知道是他,非再揍他一顿不可。"丁国标说。

他们来到停车处,钻进车里,车缓缓启动,钟孔立向车窗外看了一眼,拾荒者正注视着他们,一头蓬松的头发在风中凌乱。

此时,天上下着蒙蒙细雨,像雾像雨又像风,远处一片迷蒙,近处一片迷蒙,世界沉浸在一片迷蒙的烟雨中……

花　语

一

"1束12元，25束300元，我再送5束，就赚满这个月的房租了。"许樱花一边走，一边口里念念有词。她撑着一把花雨伞走在路上，此时，风夹杂着雨向她迎面扑来，为了不让狂风骤雨摧残到她怀里的花，她把雨伞紧紧地靠在胸前，像母鸡护小鸡一样呵护着怀里的花。偶尔有一两滴雨水滴落到鲜花上，更衬托出鲜花的鲜艳欲滴。红艳的鲜花让许樱花想到了天边即将下山的残阳，那一抹浓妆艳抹的红。

对面不时走来行人，看到许樱花怀里的鲜花，都投来了会意的微笑，特别是女孩子，更是向她投来羡慕的眼神。许樱花知道，那些女孩子肯定以为鲜花是某个男孩子送给她的，许樱花在心里对她们说：姐这是帮人做嫁衣裳，你们懂吗？心里却又喃喃着：是啊，这样一个不平凡的情人节，谁会给我送朵花呢？何杰？可能吗？自己对他是有点好感，看他平时对她的态度，难以言说的感觉，他们只是普通的朋友关系……许樱花瞎想着，看到对面两个女孩指着她怀里的花小声耳语，估计又是以为这两束花是男孩子送的吧。许樱花有时想，是不是母亲生下她的时候，就已经未卜先知算到她会跟花结缘？不然，怎么会给她取一个带花的名字?

　　许樱花边走边想,来到一条斑马线前,斑马线上红灯亮着,许樱花停下脚步,思绪纷飞。

　　许樱花上有哥哥下有弟弟,在家排行老二,父母是农民,每天日出而作日落而息,家里并不宽裕。哥哥大学毕业后,在一家事业单位上班,已结婚、生子。许樱花读大学时,家里交不起学费,她申请了助学贷款,今年刚大学毕业。弟弟今年考上民办大学,一年要好几万学杂费,许樱花为了减轻父母的负担,承担起了助学贷款还贷的任务。为了增加收入,许樱花总是找空余时间赚外快。那天,她听同事说情人节快到了,很多花店忙不过来要请临时工,许樱花听了,心里一动。那天她下班后,马上到公司附近的一家花店找兼职,花店老板说正要请个帮手帮忙送花,送一束花抽成12元,一般可以同时送两束出去。许樱花没想到求职之路如此顺利。

　　周日早上,许樱花早早来到花店,按照老板给的地址,送了好几束花给顾客。这几个顾客都是年轻女孩,要么是大学生,要么是公司职员,许樱花打心眼里替她们高兴。昨天开始就有很多人订花,许樱花已经送了20束花,她心想,今天再送一天,就可以赚到几百元钱,这笔收入够她付一个月的房租了!没想到,早上天公不作美,一大早就乌云密布、电闪雷鸣,许樱花冒雨来到花店,老板给她安排同一条线路的两个客户,让她把花送过去。

二

　　幸福小区13栋7#1203室,许樱花手里拿着纸片,一边记着地址一边往前走。预订鲜花的顾客一般住在花店附近,不一会,许樱花看到了"幸福小区"四个字。这是一个封闭式的小区，值班室的保安打量了许樱花一眼，问："找谁？"许樱花拿出纸片递给保安，说："我是来送花的，喏，就是送到这个地址。"保安看了一眼，挥了挥手，示意许樱花进去。

许樱花来到13栋楼，找到了7号梯，在防盗门上按下了门牌号，从话筒里传出一个女性的声音："谁呀？"许樱花说："您好！张小姐吗？我是送花的，麻烦您开个门。"对方没说什么，不一会，门锁"嘀"地响了一声，防盗门开了。她走了进去，防盗门在她身后重重地响了一声，关上了。许樱花走进电梯，按了12楼，电梯徐徐地往上升。许樱花环顾四周，电梯没什么特别之处，唯一不同的是里面的广告，一个妖艳的女郎涂脂抹粉，边上则是某化妆品的广告。许樱花笑了笑，再看化妆品的价格，都在三位数以上。许樱花笑了笑，想，长这么大，自己还从没用过化妆品呢，要是女孩子都像她，化妆品厂估计都要倒闭了。这样想着，电梯停了下来，12层到了。等电梯门打开时，许樱花一脚迈了出去。

许樱花按下1203室的门铃，随着防盗门的打开，许樱花马上感到眼前多了一道墙，她抬头一看，只见一男一女正面对着她，女的二十几岁，披肩长发、瓜子脸，身材曼妙，身上散发出沁人的芳香，男的五十几岁年纪，身材魁梧，油光满面，一看就是属于事业有成的男人。许樱花心想："他们不是父女吧？"这个念头从头脑闪过时，许樱花在心里骂自己："真是土老帽，这年头，老夫少妻的多了去了。"事业有成男一把接过许樱花递过来的鲜花，转身笑眯眯地对女孩说："宝贝，节日快乐！红色玫瑰代表我对你炽热的爱！"女孩接过花，露出了甜蜜的笑容。随后，门嘭的一声关上了。

许樱花还没有完全从刚才的一幕中清醒过来，她理了理思绪，看着手上的另一束花，想到还有任务在身，匆匆坐电梯下楼。

角色

第二束花是要送到一公里外的金鑫小区,这是一个比较旧的小区,开放式管理,外人可以随意进出。小区中间有个很大的广场,之前,许樱花的一个同学住在这个小区,许樱花到过一次,那天晚上,她和几个同学吃完饭到金鑫小区散步,金鑫小区洋溢着热闹气氛,几支队伍在各自的位置上跳着动人的舞蹈,舞蹈者有男有女,女的居多,有老年人、年轻人,而无论年轻或者年长的,浑身都散发着旺盛的激情,那节奏明快的音乐让人听了热血沸腾。许樱花羡慕地看着他们,心里向往着:有那么一天,她可以和心中的那个他,手牵手在这样的小区漫步。

花是送到金国里9梯的902室,这个小区共有四个片区,分别由金国里、金泰里、金民里、金安里组成,取国泰民安之意,当初听同学解释小区名称的来源,同学们都恍然大悟"哦"了一声,对规划者产生由衷敬意。许樱花很轻松地找到金国里9梯902室,没有悬念地上楼,按门铃,门开处,一个年轻的少妇穿着居家服装,边上跟着一个蹒跚走路的小孩,看得出是位年轻妈妈。少妇看到许樱花手里的花,露出了惊喜的笑容,转身对小孩说:"宝宝,看,爸爸寄花给我们了,哦,真是好爸爸!"此情此景,使许樱花油然而生羡慕之情。男方送给少妇的12朵百合花,寓意着心心相印的爱情,连派送费加起来也要两百多了,难得居家过日子的男人还有这份浪漫情怀,看得出,这是一对恩爱夫妻。许樱花曾不止一次地听结过婚的女同学说,婚姻是爱情的坟墓,结婚之前,男人对你甜言蜜语、言听计从;结婚后,变得冷漠有加,爱搭不理,各种坏习惯都暴露出来,那个滋味啊,真是欲哭无泪,只能随着时间的流逝,自己心里先灭了浪漫情怀,灭了对男人甜言蜜语渴盼的心灵之光。许樱花耳边回响起同学说过的话,同时想到爸妈一辈子省吃俭用,从来没见过父亲送一朵花给母亲,而母亲也从不抱怨。在他们各自的心里,肯定也觉得这样的生活方式是最好的,相濡以沫的感情,经历过了岁月的洗礼，彼此再没甜言蜜语，也无须海誓山盟，而只是彼此之间的相互体谅、相互照顾。也是，时间久了，夫妻之间的感情化成了细水长流的陪伴，日复一日，直至终老。

当天晚上，许樱花回到宿舍，正想着如何打发这没有情人的情人节时，电话响了，是同学晓敏打来的，晓敏说，几个同学在南中广场聚会，要许樱花马上赶过去。许樱花靠在床上，懒洋洋地对晓敏说："我今天上班又兼职送花，忙了一天，累了，你就饶过我吧。"说完，她把手机往边上一丢，倒床上昏昏欲睡。过了一会，电话又清脆地响了起来，执着的电话铃声划破宁静的夜空，许樱花故意不接，任由它清脆地响着。电话响了一阵，停了，许樱花正暗自高兴，电话又响了，许樱花不得不接起电话一看，又是晓敏打来的，要许樱花非去不可，说那边同学都等急了。许樱花懒洋洋地站起来，换衣服、打理头发，收拾停当后，照了照镜子中的自己，拎起包走出门。

三

南中广场离许樱花住处不远，搭公交车几站就到了。许樱花踏上公交车，摇摇晃晃到了站点。

许樱花下车，百无聊赖地走向南中广场。远远地，她看到前面围了好多人，她打起精神，好奇地向前走去，听到旁边有人说："好浪漫啊！这女孩子真幸福啊！"许樱花站在广场上，目光深处，她看到前面闪耀着一个很大的屏幕，是 LED 大屏幕，屏幕上写着大大的几个字："许樱花，我爱你！"许樱花顿时蒙了，她心想：这世界真小，居然还有跟我名字一模一样的，这个同名的女孩真幸福，在这个特别的日子可以收获美丽的爱情。许樱花环视四周，没看到晓敏，她无暇顾及那个同名浪漫女孩的故事，掏出手机，正想拨通晓敏的电话。忽然，许樱花周围来了很多人，有男有女，熟悉的、不熟悉的，晓敏、秀芬、李娜……许樱花正发蒙，只见何杰手捧一束娇艳的玫瑰花，单膝跪地，真诚地对许樱花说："樱花，我爱你，在这特别的日子里，接受我的爱吧。"何杰话音刚落，周围的人热烈地鼓掌，不知是谁带头喊道："答应他，答应他。"许樱花羞红了脸，一把接过何杰递来的鲜花，语无伦次地说："你、你、你……"就再也说不下去了。

那天晚上，许樱花很迟才回宿舍。她想自己都是帮别人送花，总是在羡慕别人，没想到，在这个特别的日子她同样收获沉甸甸的爱情，何杰出乎意料地向她表达爱意，使她在这个特别的情人节里成为最幸福的人，那么多人围观，那经久不衰的掌声，那辉煌闪亮的LED大屏幕，这些珍贵的画面，足以让她珍藏一生。许樱花躺在床上，想起了与何杰的相识。

半年前的一天，许樱花去找在手机城工作的晓敏，当时何杰也在现场。当时晓敏介绍说，何杰是他们的优质客户，经常到她的门店买手机，何杰为人爽快，幽默风趣，手机城有几个女孩子很喜欢他，何杰对她们却保持距离，有时在一起也只是客套地与她们说说话。那天，许樱花、晓敏、何杰三人相聊甚欢，许樱花因为有事先走，后来，何杰主动加了许樱花的微信，两人通过微信聊天。隔三岔五，何杰就会找个借口约许樱花、晓敏一起出去玩，或看电影或喝咖啡。何杰幽默风趣的谈吐，细心、体贴的举动给许樱花留下好感，她内心喜欢上了何杰，可是一看何杰，对她好像没什么感觉，许樱花想，可能是何杰喜欢晓敏，不好意思单独约晓敏，拉她一起做伴吧。这样想之后，许樱花再和晓敏、何杰一起出去玩，每次心里都在默默地祝福他们。

许樱花在与何杰的接触中，能明显感觉到何杰优越的家庭条件，虽然许樱花不是拜金主义，但是能嫁入这样的家庭，以后就衣食无忧了，许樱花在心里祝福晓敏。有时候何杰也会对许樱花流露出亲昵的举动，许樱花只是认为何杰在讨好她——

何杰知道晓敏和她是好朋友，讨好朋友能使感情发展更顺利，何杰想必想到了这点。没想到，何杰喜欢的却是她，并且还偷偷联系了她来往密切的几个同学，制造出了如此惊人的求婚之举。许樱花想到何杰的用心，心里甜滋滋的。那束娇艳的玫瑰花插在许樱花窗台上的花瓶，娇艳欲滴的花瓣，使许樱花看到了何杰那颗炽热的心。

晚上，许樱花躺在床上，梳理了这两天送花的情景，在这些订购鲜花的人群中，老夫老妻相互赠送鲜花的比较少，也是，结婚久了，大部分已经习惯了柴米油盐的日子，很少人能有如此的浪漫情怀；有男方送给女方的，一般是结婚不久的夫妻；也有已婚男人送给情人的，但大部分却是恋爱中的男生送给女生，许樱花原本对这些一无所知，她一直以为，鲜花是纯洁爱情、珍贵感情的象征，通过这次送花，她对人世间的情感有了更深一步的了解，而且她明白了，花还是那束花，只是因为赠送的对象不同，使鲜花赋予的花语也有了区别。但是不管怎样，许樱花仍然相信纯洁的爱情，不是吗？她和何杰之间的爱情就可以说明一切！

四

许樱花和何杰确立了恋爱关系之后，两人的来往变得频繁了。两人上班的地方有一定距离，不方便天天见面，他们更多的是通过微信联系。每天回到宿舍，与何杰视频聊天成了生活中固定的内容，两人卿卿我我，总是聊到深夜才依依不舍地道晚安。每个周末，何杰总会约上许樱花，公园、电影院、步行街、书店、精品屋等，都留下了他们亲昵的身影。

周五晚上，何杰跟许樱花说，家里有事，周六不能出来陪她了，要她好好休息。许樱花已经习惯了周末何杰的陪伴，这周何杰无法和她见面，她顿时感到心里空荡荡的。

第二天早上,因为没有其他安排,九点多许樱花还躺在床上。她正想给何杰打电话,手机铃声响了,对方自称是"珍爱"花店的梅老板,是之前许樱花帮忙送花的花店老板介绍认识的,梅老板对许樱花说,她这边有个单要送,碰巧她家里有事,问许樱花能不能帮忙送出去,梅老板答应给许樱花30元的报酬。许樱花犹豫了一下,想着送花的地址离住处不远,反正没事做,不如去赚点外快,就答应了。

许樱花以最快的速度刷牙、洗脸,来到"珍爱"花店,梅老板是一个四十多岁的女人,对许樱花和善地笑了笑,她拿给许樱花一束百合花,告知许樱花送达地址,然后爽快地就给了许樱花30元。许樱花感叹梅老板的爽快,心想事还没做完呢,钱就来了。许樱花默默地记下地址,心情愉悦地赶往目的地。

客户住在"五缘花园",之前许樱花听说过,这片地方可都是豪宅。许樱花先是搭了公交车在五缘花园站下车,按照地址找到了御香苑1102室。

许樱花站在1102室门外,按了墙壁上的门铃。门打开了,一个高大的男人站在许樱花面前,许樱花心里"咯噔"了一下,这个男人似曾相识。许樱花的头脑在飞快地回忆着,终于想起来了,这个男的就是幸福小区13栋7#1203室的那个男人,这人可真有钱,几套房子还都在黄金地段。男人也认出了许樱花,没好气地对许樱花说:"不是交代你们老板亲自送吗?怎么是你来?"许樱花愣了下,她并不知道客户要求梅老板亲自送花,她急忙替梅老板解释说:"梅老板家里有事,叫我帮忙送过来。"男人不耐烦地说:"知道了,你可以走了。"说完接过花就要关防盗门。许樱花扭头正要离开,听到一个熟悉的声音说:"爸,谁呀?"许樱花循着声音看过去,不由得惊呆在原地,这不是何杰吗?何杰也认出了许樱花,高兴地奔了过来,拉着许樱花的手说:"樱花,怎么是你呢?这是我爸,今天是我妈生日,我正想打电话叫你过来参加我妈的生日宴会呢。"说完，何杰转身对男人说："爸，忘了跟您介绍了。这是我女朋友许樱花。"许樱花看到男人狠狠地瞪了她一眼，转身走了。何杰被高兴冲昏了头脑，没有观察到他们两人的表情变化，硬拉着许樱花进了屋。

何杰家很宽，装修典雅、布置精致，许樱花像刘姥姥进大观园一样，任由何杰拉她进屋，并在客厅的沙发上坐了下来。这时，从里间走出一个女人，五十几岁年纪，雍容华贵的打扮。何杰高兴地介绍道："妈，这是我经常跟你提起的许樱花。樱花，这是我妈……"许樱花头脑恍惚一片，她想到了幸福小区13栋7#1203那个年轻的女人：瓜子脸，披肩长发……许樱花再也坐不下去了，她站了起来，结结巴巴地说："阿姨，祝您、您生日快乐！何杰，我还有事，先走了……"说完，许樱花夺门而出，她来不及等电梯，发疯般地从楼梯狂奔而下，身后，传来何杰急促的呼喊声："樱花，樱花……"

分　款

一

　　这几天，土财家发生了一件大事：有一笔巨款降临到这个普通的农村家庭，也就是说，他们要发财了。

　　这笔巨款来自当地政府在对新农村的开发建设中，征用了土财家的田地，赔偿了将近五十万元的补偿款。

　　土财生有三男一女，在给四个孩子取名时，土财以二十四节气作为孩子的名字，三个儿子分别叫春分、清明、谷雨，女儿叫立夏。如今，四个孩子都有了各自的家庭。为了公平起见，这笔巨款先划入土财的账户，等大家讨论出分钱的方案后再分。自从巨款划拨到土财的账户，每天晚上吃完饭，总有某个儿子或儿媳妇带头，招呼大家走进土财寒酸的土坯房里，共同商量五十万巨款要怎么分。在每天定时召开的家庭会议中，土财的三个儿子和儿媳是必定在场的，当然，土财的女儿立夏，因为已经嫁到隔壁村，与这个会议是无缘的。

　　土财作为一家之主，此时显示出了他的权力和地位。三个儿子、儿媳眼睁睁地看着他，等他开口。土财不急，从挂在墙壁的衣服口袋拿出一包红梅香烟，抽出一根，用打火机点燃，在嘴巴里深深吸了一口，然后慢慢地把烟雾从鼻孔缓缓呼出，这才慢悠悠地发话:"这笔款怎么分,让你妈来说。"

听了土财的话,儿子和儿媳们齐刷刷地把眼光投向苦菜。苦菜满头华发,满脸皱纹。刚才土财虽然说由苦菜发言,但儿子和儿媳们知道,苦菜其实是土财的代言人,老两口为了这事,不知道私下讨论多少次了。

苦菜正襟危坐,表情严肃,说:"我和你爸商量过了,就按人头分吧。我和你爸,春分一家,清明一家,谷雨一家,还有立夏,每人一份,平均分配。"

儿子和儿媳们原本表情放松,一听说要分立夏一份,六个人脸色大变,不约而同地叫了起来:"立夏也分?没搞错吧?"言下之意不言自明。

土财看儿子、媳妇反对把钱分给立夏,他缓缓开口,说:"立夏虽然嫁了出去,但田地还在我们家,赔偿款是根据田地大小给的,立夏当然要一份。"坂仔村的村委很早以前就规定,村里的田地十年分一次,在这十年里,娶进来的媳妇和出生的孩子无法及时分到田地,嫁出去的女儿或者病逝的村民的田地也不会马上收回去。立夏出嫁的时候恰巧在这十年内,还没到田地重新划分的年头,虽然人不在坂仔村,但田地还在土财家,之前由土财老两口种植蜜柚树。因此,土财老两口坚持说这钱应该有立夏的一份。土财说完话,头脑中现出了立夏的身影。立夏自从嫁给家徒四壁的芒种之后,生了两个女儿,日子一天比一天困顿,要是能从中分出几万元给她,也可让他们一家的生活有所好转。土财虽然这样想,听着儿子和媳妇们一致的反对声,内心一阵疼痛。

第一次家庭会议不欢而散。

二

一连几天，土财家再没召开家庭会议。只是从第一次会议之后，没过几天，土财和苦菜仿佛又历经了几多沧桑，脸色更加憔悴了。从他们深陷的眼窝、布满的血丝可以看出，两个老人几个晚上没睡好觉了。

这天晚上，土财躺在床上，看着黑乎乎的屋顶，叹了口气，说："真是孩子大了，由不得我们了，本来嘛，手心手背都是肉，我正想着立夏可以趁这机会拿点钱，日子也过得活泛点，看立夏那两个孩子，没有营养，长得就像没有施肥的蜜柚树，枯黄枯黄的，我这心就泛酸。"苦菜听了，也深深地叹了口气，感到悲从中来，泪水不知不觉从眼角滑落。她用粗糙的手背擦了擦眼泪，又不敢让土财知道她落泪，只硬着口气说："趁我们老两口还活着，一定要咬住这个口，现在都帮不上立夏，以后更没机会帮了。"

"我也想帮啊！可孩子们能由我们吗？"土财说。

"钱在我们这，由不得他们。他们要是不答应，谁都别想要这钱。"苦菜很有底气地说。

两个老人不急，总有人急，最急的要数大儿媳梅花，梅花的大女儿小满刚考上大学，民办本科，一年学费、生活费要好几万。坂仔村时兴种植蜜柚树之后，村民纷纷上山开荒种果，春分与梅花属于安于现状的人，无动于衷。随着坂仔村村民的增多，再加上田地被各种征用，分到手的田地越来越少，春分家种的果树少，每年靠给别人打点零工过生活，日子勉强过下去。小满上大学后，春分每个月的1号固定要给小满打生活费1000元，现在都已经5号了，小满早就打了电话回来说没钱了，梅花几次在春分面前抱怨："你家两个老的，什么时候分钱啊！不知道我们需要用钱吗？"春分听了，只顾埋头抽闷烟，不敢吭声。

晚上吃完饭，梅花碗也不洗，先来到清明家。坂仔村村民最早是住在河边的瓦房里，河水一上涨，村民们就要赶着牲口往后面的镇政府大楼躲避，镇政府大楼有个很大的电影院，里面有一个大戏台，平时既可以演电影又可以唱戏，每逢刮台风下大雨，村民们拖家带口地在戏台上铺草席过夜，这里成了坂仔村村民们的避难所。后来，镇政府采取措施，要村民把老房子拆了，允许在地势较高的自家田地盖房。当然，这是20世纪90年代的事了。而作为三四十年代出生的老一辈，每个家庭至少都有三四个子女，有的甚至七八个，他们在盖房子的时候，都是连在一起盖的，几个兄弟都住在同一列房子里，那时大家没钱，先是盖一层楼，等有点闲钱了，再慢慢加盖二层、三层。土财因为有三个儿子，那时儿子也都还没结婚，他东拼西凑、外面欠了很多款愣是咬着牙给三个儿子每人盖了一层毛坯房，自己则在三间房的旁边盖了一间，供他和苦菜居住。后来，三个儿子都成家立业，凭着各自的本事加盖了二层、三层并进行装修，毛坯房成了装修一新的小洋楼，土财不喜欢向儿子媳妇们伸手要钱，儿子和媳妇们也不主动开口说帮土财的房子装修下，因此，老两口依然住在毛坯房里，即便这样，土财和苦菜也感到很满足了，当别人问起的时候，为了保住儿子和媳妇们的名声，他们甚至说，三个儿子都抢着要帮他装修，是他不同意。虽然是毛坯房，比起以前的瓦片房，简直好太多了，至少不怕刮风下雨。

　　清明虽然也是农民，可因为坂仔村是水果村，每年盛产蜜柚、柑橘、甜枣、芭乐等各种水果，清明利用天时地利与人和的自然条件，除了自家种植水果外，同时捣鼓起了水果生意，日子一年比一年红火。清明的老婆纹绣则在镇计生部门工作，三个兄弟要数清明家经济最宽裕。纹绣是文化人，性格温柔，她信奉与人为善。第一次家庭会议后，清明和纹绣虽然对老人家的做法感到有些意外，但过后也就不放心上，纹绣劝慰清明说："二老的意思是也给立夏一份，给就给吧，你也别反对，立夏拉扯两个孩子不容易，都是自家人，肥水不流外人田，你也劝劝老大和老三，就顺了二老的意思。"清明说："我们的事可以自己拿主意，老大和老三我就做不了主了。"纹绣听了，想想也有道理，也就不再言语。

梅花迈进清明家门槛时，清明正剥了个蜜柚在吃，边吃边和纹绣说："今年雨水足，这果肉不但水分多，还很清甜，今年蜜柚价格应该还可以。"纹绣说："农民辛辛苦苦一年，就指望这点收成，价格好才好，你生意也好做。"清明"嗯"了一声，看到梅花走进来，招呼梅花吃蜜柚，梅花开门见山地说："清明，二老的打算你和纹绣有什么看法？我觉得咱三家要联合起来，反对二老把钱给立夏，你说呢？"清明边吃蜜柚边大大咧咧地说："大嫂，立夏也是自家人，别计较太多，给就给呗。"梅花听了，脸红到了耳边，好似清明戳到了她的痛处似的，她嗫嚅道："坂仔村没人这样做，咱家开了这个先例，不妥吧。"她其实是很想反对的，心里想说的话也不是这几句，但想着清明经常让春分和她去大棚打点零工，一年可以额外赚几万元，说话也就客气了些。她看到清明和纹绣都不帮她说话，自感没趣，转身回家。

梅花挽起衣袖正要洗碗，谷雨的老婆翠菊快步走了进来，甜甜地叫了声："嫂子，忙啥呢？"梅花应了一声："正要洗碗呢！"说完，自顾洗起碗来，只客套地说了声："你随便坐。"

翠菊倚着厨房的门框，先往大门那边瞟了一眼，看外面没人，就转过头看着梅花，对梅花说："大嫂，二老的想法，您和大哥没意见吗？谷雨说了，我们三家一定要联合起来反对，二老这样做简直不把他们三兄弟放在眼里，您说是不是？大嫂。"

梅花也不明确表明自己的态度，只说："这是他们三兄弟的事，让他们自个商量吧，咱嫁进来的，也不好意思唱黑脸，他们是亲兄妹，他们说怎样就怎样。"

翠菊听梅花这样说，自觉没趣，蔫蔫地走了出去。梅花看着翠菊远去的身影，心里"哼"了一声。

梅花心里对谷雨和翠菊很有意见。那时梅花嫁进来后，谷雨还是个单身汉，对春分和梅花都很尊重，梅花家的农活忙不开，谷雨二话没说就赶过来帮忙。兄弟之间有些经济往来，谷雨也从不计较，他知道春分要养两个孩子，开销大，能够忍让的尽量忍让。

自从翠菊嫁进门后，梅花马上感到了事情的变化。春分和谷雨哪怕一点点小利益，谷雨都要计较。梅花后来才知道，谷雨是"妻管严"，要是哪个地方吃亏了，回家定会被翠菊臭骂一通，久而久之，谷雨对翠菊惧怕三分。

本来，三兄弟各自过自己的日子，也少有经济往来，并且从这之后，春分不再欠谷雨的情，属于谷雨的，他都给得很清楚，很长时间倒也相安无事。

但是，正因为有谷雨和翠菊的这种性格，表面上平静的湖面终究难以掩饰湖底的暗流涌动，终于有一天，春分和谷雨吵起来了。

谷雨结婚之前，因为春分、清明都已成了家，他们三兄弟的田地是分开的，各种各的地，各收各的款。在给三兄弟分田地时，土财为了公平起见，把田地分成四份，三兄弟一家一份，土财、苦菜一份，立夏的田地也给土财耕种。把田地分成四份之后，土财采取抽签的方式，让三兄弟抓阄，这样就算分到不好的田地，也只能怪自己。

抓阄结果出来了，谷雨的运气最差，分到的田地不仅不肥沃，地里还有很多石头，每年这片田地收成很不好。不过话说回来，不好的田地终究是会有人分到的。谷雨分到这块田地之后，也不好当场说什么，只闷闷不乐地不说话。春分看了，当着梅花的面对谷雨说："老三，这样吧，你没种植经验，我们换吧。"谷雨听了，意外地睁大了眼睛。他知道，春分分到的是肥沃的田地，他担心梅花会反对，偷偷用眼睛斜睨了一眼梅花，推辞道："不用了。"平时，谷雨只要有空，都会到春分的地里帮忙，梅花对这个勤快的小叔子也很有好感，看春分开口了，索性也做个好人，当着大家的面说："谷雨，你哥既然说换就换，别再推了。"谷雨这才答应了下来。

春分换来谷雨的田地之后，第二天就和梅花一起，给这块田地翻土，土翻起来之后，把堆积地里的石头一个个捡起来，再一担担挑到外面去倒。这样连续忙了一个多月，地里的石头才算捡完。春分还不罢休，又花钱买了几车的土来填充，那些土是不可能直接运到地里的，一车车的土运过来，倒在路边，春分和梅花一担担地把土挑到地里。而谷雨本来心里就很过意不去，只要有空就赶过来帮忙。一段时间下来，田地填充好了，春分和梅花却瘦了许多。

春分在这块田地上花了那么多心血，功夫不负有心人，这块田地种出来的蜜柚一改往日的营养不良，饱满肥润的枝叶，硕大的果实。谷雨看到了，原本不安的心才渐渐安定下来。

平静的日子静静地流淌，谷雨也成家了。谷雨曾经不止一次和翠菊说了春分和梅花的好，翠菊总不以为然地说："好什么好，也不想想你帮他们干了多少活？他们还不是想着可以经常利用你这个免费的劳动力。这叫放长线钓大鱼。"谷雨想了想，觉得还真是这样。

没有经济纠纷的日子总是过得飞快。而在翠菊嫁进来的某一年中，发生在春分与谷雨之间的一场浩大的争吵降临了。

起因是谷雨换给春分的这块地靠近学校，政府征用了这块田地用来扩建学校，会有一笔补偿款。当这个振奋人心的消息传进翠菊耳朵里时，当天晚上，翠菊就对谷雨说："明天你去跟春分说，这块田地我们要回来了，这明摆着白花花的银子啊。"换成在几年前，谷雨肯定是一百个不愿意，也不会这样做，但是现在不一样，在翠菊这么多年的影响和教唆下，谷雨从头到尾变了一个人。

　　此时的谷雨听了翠菊的话，心里豁然开朗，他甚至佩服翠菊的聪明。第二天，谷雨直接对春分挑明态度，那块地要还给他！春分看着谷雨，好像不认识谷雨似的，当他确认眼前发生的事是真的，他不客气地对谷雨吼了一声："你没开玩笑吧，那块地换了多少年了，我花了多少心血你又不是不知道，现在和我说要换回去？"谷雨可不是那么好惹的，他对春分数落着以前帮他们干了多少活，他谷雨吃了多少亏，现在他不傻了，也不吃亏了。就这样，春分和谷雨吵了起来，吵到激动处，谷雨发疯般地跑回家拿了一把菜刀就要往春分身上砍，此时，他们的吵架已经引来了很多村民的围观，大家帮忙劝阻，才避免一场血光之灾。春分气呼呼地回到家，梅花也被气得破口大骂，对春分说："那地还给他们，以后就当没你这个弟弟。你看谷雨今天那个样子，简直是丧心病狂，跟这样的人吵下去没意思，还给他吧，我就不信没这块地我们会饿死。"可是春分偏偏咽不下这口气，他坚持不把地换回去。

　　第二天、第三天，一切风平浪静，春分以为谷雨死心了。没想到第四天，法院的人来了，说谷雨让全村人帮他签名证明那块地是他的，要说为什么村民愿意帮谷雨签字呢？谷雨做事是经过深思熟虑的，他买好了中华烟，先叫平时和他比较有来往的人帮忙签字，在求人的时候，烟就递了上去，并向对方诉说春分是怎么欺负他的，当然，春分欺负他的事都是临时杜撰的，就这样，他引诱了几个村民帮他签字，到后面再要找人签字时，他就指着上面已有的签名叫人看，说，你看，某某都帮我签名了，您也帮忙下。其他村民想着大家低头不见抬头见，别人都签名了，自己不签会得罪谷雨，一个个就把名字签了上去。谷雨拿着这份签名表把春分告上法庭。由于他们当初在换地时,并没签任何协议,春分没有证据证明这块地是他的。法院的人说了,要是春分不把地还给谷雨,就要上法庭了,那时,吃亏的就是春分。

无奈之下,春分只有把地还给谷雨,但是这一口气又如何能咽得下,这之后,春分和谷雨形同路人。刚开始,翠菊和梅花不说话,不打招呼,几年之后,由于谷雨和翠菊的为人让很多人反感,翠菊似乎发现了危机,于是厚着脸皮主动和人打招呼、说话,对梅花也是这样,嫂子长嫂子短地叫,梅花不好意思不应答,只好跟着做些表面文章。

三

十天后,第二次家庭会议召开了。这次会议谷雨是发起人。谷雨眼见两个老人表现出的平静,春分和清明又整天忙自己的活,好像也不把这事放心上,谷雨和翠菊急得几夜没睡好。

一家人仍然围坐在土财的毛坯房里,也只有这时,毛坯房才有一些人气。平时,儿子和儿媳们很少走进这间毛坯房,只有孙子、孙女时不时地来串个门。此时的土财坐在靠背椅上,表情严肃,他一字一顿地说:"我还是坚持我的想法,立夏的地还在我们家,这钱要分给立夏一份。春分,你说说看法吧。"

俗话说:长兄如父。春分作为老大,首先要表明自己的态度。春分和梅花早达成了一致意见,就是不当"坏人",要随大溜,看大家怎么决定他们就怎么决定。因此,此时的他只是把这个想法从心里转化成声音从嘴里发出来而已。他看了看大家,也不管谷雨带刺的眼神,说:"二老的决定我没意见,我听从大家的意见,大家说怎样就怎样。"土财听完春分的话,满意地点了点头,心里对这个儿子给予了肯定。轮到清明开口了,清明说:"说实话,这点钱我是不在乎的,可是谁在乎呢?立夏在乎!再说了,立夏是我们自家人,我们不帮她谁帮?"清明说完,纹绣跟着帮腔说:"清明说的是,我赞同清明的做法。"这是不言自明,现在,八个人中,有六个人表示赞同,大家都以为谷雨和翠菊看到这样的局面应该也会答应。没想到纹绣的话刚说完,谷雨"嗖"地站了起来,咆哮道:"你们有钱,你们愿意给,可以,把你们那份给立夏吧,反正我是不给,我们的三份分给我就行,管你们怎样翻云覆雨。"说完,夺门而出。翠菊也跟着站了起来,说:"坂仔村没人像你们这样做,你们愿意给就给吧,以后二老生病啥的,不要指望我们会照顾。"说完,也急匆匆地走了出去。第二次家庭会议再次不欢而散。

清明看着谷雨和翠菊远去的背影,对土财说:"他们夫妻俩就是这样,不给就算了,按照每人的平均数分给他们,我们从各自分的钱里每个人拿一点钱给立夏。"这时,梅花开口了,说:"这怎么行,谷雨也是我们家的一员,要扣一起扣,只扣我们的钱,不公平吧?"说完,头也不回地走了。

晚上,大家吃完饭,各自搬了椅子到门口乘凉。这是坂仔村村民的习惯,坐在自家门口,徐徐凉风从远处飘来,带来阵阵水果的香气,一家人聊聊家常,享受天伦之乐,大家觉得这样的生活很美好。

一阵自行车的声音在门口出现,立夏从邻村赶来了。平时只要有空,立夏都会骑着自行车,前后各带着一个孩子回娘家,看看父母,见见哥嫂。最近因为蜜柚丰收时节,很多蜜柚收购商搭建了大棚,棚底下堆积了如山的蜜柚要包装,立夏忙着到大棚打工赚钱,来的次数也少了。

立夏把两个孩子抱下车,架好自行车,气冲冲地走向谷雨。此时的谷雨和翠菊坐在门口乘凉拉呱,看着立夏走过来,谷雨厌恶地瞟了立夏一眼,不吭声。

— 角色 —

　　立夏站在谷雨面前，指着谷雨大声说："你是不是太过分了？我虽然嫁出去，大家都知道我的地还在这里，现在地被征用，钱当然要分我一份。"

　　谷雨看着立夏，从椅子上站起来，顺势掀翻了椅子。这是他的习惯动作，变了一个人的谷雨只要和人吵架，就会随手摔东西，他觉得这样可以起到震慑作用。为了让别人见识他的厉害，这个习惯动作他熟练地运用，甚至经常在吵到中途的时候，飞奔进厨房拿来菜刀对着人群胡乱挥舞，大家每次看到他疯了似的已失去理智，都不想和他争执，也都退让一步，但在谷雨看来，认为大家都怕了他。

　　谷雨摔着椅子，对立夏说："笑话。嫁出去的人还想回来分钱，你也不到别家去问问，谁像你这样的，不知羞耻！我告诉你，你休想从我这里拿走一分钱。"翠菊也跟着站了起来，说："就是，你先去别人家了解了解，再回来撒泼。"立夏被气得满脸通红，说："你们太无情了，会遭到雷劈的，你们也不想想，当初我是怎样帮助你们的，你们连一点亲情都没有。既然这样，以后我们就断绝关系，不要再来往了。"立夏结婚前在一家幼儿园当临时工，平时空闲时间比较多，那时谷雨的儿子刚出生，立夏帮忙洗尿片、带孩子。孩子上幼儿园之后，立夏每天忙着接送，直到谷雨的儿子上小学三年级，立夏嫁人了才停止。谷雨、翠菊似乎已经把这件事抛诸脑后了，麻木地站在那里，看着立夏气冲冲远去的背影，两人的嘴角露出了鄙视的冷笑。

　　在谷雨和立夏吵架的时候，一大家人都跑过来劝架。土财和苦菜看到这种阵势，直呼"妖秀"。"妖秀"是闽南话，"造孽"的意思。土财被气得浑身发抖，脚都站不稳，纹绣看到了，赶紧扶着土财在椅子上休息，要土财别激动，有话好好说。苦菜边哭边骂谷雨是"孽种"，不骂还好，一骂谷雨马上回过头来指责两个老不死的偏心，不把儿子当儿子，胳膊肘往外拐，嫁出去的人还要分钱给她。把苦菜气得嘴唇发黑，一双手抖个不停。

立夏带着两个孩子回婆家了，这边除了谷雨和翠菊外，都围在老人身边，要两个老的保重身体，不要动不动生气，要是身体有个毛病，苦了自己，累了晚辈。苦菜边抹着眼泪边哭，土财黑着脸一声不吭。许久，苦菜哭声渐渐平息，土财和苦菜一前一后，蹒跚地往土坯房走去，夜光下，两个老人瘦小的身影写满沧桑。

四

第二天一大早，土财和苦菜刚起床，就听到外面传来一阵声音。老两口出来一看，立夏骑着自行车来了。老两口很诧异，急忙迎了出来。立夏表情凝重，走进老两口的土坯房，一屁股坐在椅子上，带着哭腔说："爸、妈，这日子我过不下去了。"苦菜紧张地问道："出了什么事了？"立夏说："芒种前几天小便的时候发现带血，昨天去医院检查了下，是尿道结石，需要手术。我和芒种一年到头就等着柚子成熟季节可以打工赚点钱，现在可好，不但钱赚不到，还要花钱。可是哪有钱手术。"立夏说完，眼泪顺着脸颊滑了下来。

苦菜一边喊"妖寿"，一边看着土财，说："你那边有多少钱？"立夏也知道，二老几乎没什么收入，只靠每年地里几棵柚子的收成过日子，虽然有三个儿子，但以老两口的个性，除非老得没办法干活了，才会向儿子伸手要钱，现在身体硬朗，断然不会向儿子开口要钱。再说虽然有三个儿子，春分自己的日子过得紧巴巴，不用指望会拿钱给他们；谷雨两夫妻是比什么都精，从他们手上拿钱，等于扒了他们的皮，更不可能；只有清明有时想起，会从口袋拿出一两百元给老人家。此时土财听了苦菜的话，答道："我也只有两千块钱，先拿去用吧。做手术可能不够，但没办法了，就只有这么多。"土财说完，从门背后拿过一个叉子，把吊在屋顶的菜篮托了下来，他从菜篮里掏出一个塑料袋，这个塑料袋裹了一层又一层，打开很多层塑料袋后，才从里面拿出一小沓钱，郑重地交到立夏手里。

立夏拿了钱，心里感到一点安慰。钱虽然不多，也是父母的一片心意，欠缺的只有再想办法了。她急匆匆地往外走，边走边说七点半要去做工，要先回去了。苦菜目送着立夏远去的背影，长长地叹了口气，说："这日子过的。"

九点多，土财和苦菜迎来了罕见的客人——同村的炳盛。炳盛和土财年龄相仿，是村里的"公亲人"，村里有谁发生纠纷双方谈不拢的，其中一方会请炳盛到另一方家说和，如果再谈不拢，双方会各退让一步，让炳盛再去说和，直至最后谈妥为止。土财远远地看到炳盛从远处走来，和苦菜说："炳盛很少到我们家，这时候来肯定有事。"果然不出土财所料，炳盛坐在椅子上先拉呱了一阵后，就直截了当劝土财说，坂仔村出嫁的女儿，是不能回娘家分钱的。炳盛劝土财不要破了这个规矩，省得日后落下话柄，让村里人不好办事。土财刚开始还打着哈哈和炳盛应对，后来有点不耐烦了，索性不卑不亢地对炳盛说，他们自家的事自己处理，无须外人插手，至于村里人怎么看、怎么想，他也不想管那么多。最后，土财说要去地里走走，请炳盛下次有空再来。这等于是下了逐客令，炳盛无趣地走了。炳盛走后，苦菜说，昨天看到谷雨去了炳盛家，想必就是请炳盛来做我们思想工作的。土财说，谷雨这畜生，越来越不像话。

晚上吃完饭，谷雨走进二老的毛坯房，冲着二老喊道："钱赶紧分下来，别老捂在怀里。我不管你们给不给立夏，我们一家三口的钱算给我们就行。"不仅如此，还要求第二天一定要把钱分给他，不然休怪他无情。土财看着谷雨说话的语气，这哪里是儿子在跟父亲说话，倒好像在面对他的仇人。土财叹了口气，对苦菜说:"明天去把钱取出来吧,这样下去,我们两条老命都要搭上。"

第二天,土财叫清明开车,送他到银行取钱。毕竟是一大笔钱,他担心自己一个老人家去,万一碰到坏人怎么办。清明开着小车把土财带到银行,陪土财取完款,又带着土财回到家。钱既然全部取了出来,土财拿过算盘,根据人数求了平均数,一家家分给他们。春分和谷雨把钱拿走后,急匆匆地离开毛坯房,只剩下清明和纹绣陪着两个老人家。

清明试探地问土财,立夏怎么办。土财说:"芒种要做手术,需要钱。我和你娘商量好了,我这边拿个两三万给立夏。"并要清明和纹绣不要把这事告诉老大和老三,免得他们又无事生非。清明想了想,说:"爸、妈,你们的钱不要动,留着养老,我再怎么样日子也比老大老三过得好,我这里拿三万块给立夏吧。"

相约在梦里

一

对霄春梅来说，如今她最大的心愿，就是拼命挣钱，给孩子创造好的成长环境。无论如何，老公杜小伟是指望不上了，从目前的状况来看，他不从自己手里拿钱，能赚足他的零花钱就已经很不错了。而霄春梅不一样，母爱的天性促使她要肩负起养育两个孩子的责任，女儿要培养，虽说现在才小学四年级，可马上就上初中了，时间过得很快，到时候，给孩子请家教，孩子上大学等等，都需要不少费用；儿子呢，虽然才一岁半，可那一包包的奶粉钱，一个月也要千把块钱，再加上其他开支。唉！

冬天的晚上，人们早早地睡去了，路上的行人渐渐少了起来。霄春梅看了下时钟，零点已过。店里还有最后一个客人，正躺在洗发床上等霄春梅给他活络筋骨。阁楼上两个孩子刚还在闹腾，此时已是一片寂静，可能已经睡着了。平时幸亏女儿萌萌能帮衬一下，帮忙洗碗、扫地、带弟弟，让霄春梅从中省下不少时间，能专心做生意。

霄春梅开的是一家美发室，一年四季，冬天是最忙的季节。天气一冷，做发型的人多了起来，爱美是女人特有的天性，一到冬天，这些女人如雨后春笋般一个个冒了出来，这个要修剪、要把头发拉直,那个要做陶瓷烫,年底结婚的人也多,要霄春梅上门帮忙做"新娘头"的人也多了起来,做一个发型180元,每次接到电话,霄春梅总尽量抽时间上门服务。无论如何,钱多总不是坏事。霄春梅的手艺好,每天都有好多人排队等着弄头发。因为长期泡水的原因,冬天一到,霄春梅的手开始皲裂,那一条条伤口,就如一条条蜈蚣,攀爬在霄春梅的手上,噬咬着她的肌肤。

棕色的洗发床上,躺着一个满脸络腮胡子的男人。霄春梅一看就知道,这是一个外地客商,到这边来做水果生意。霄春梅的家乡是水果之乡,一年四季有好多水果上市,香蕉、蜜柚、柑橘……也正因为如此,吸引了许多外地客商。而这些外地客商,在劳累一天后,经常上美发室按摩,以活络筋骨。

络腮男平躺在洗发床上,闭着眼睛享受霄春梅柔嫩的手在身上抓捏。霄春梅心灵手巧,按摩的劲道舒缓自如,让人神清气爽。霄春梅柔嫩的手在络腮男肩膀上揉捏,心里却记挂着阁楼上的两个孩子。她想,等这个顾客走后,该上楼看看了。

正这样想着,忽然,一只手在她身上摩挲着,霄春梅吓得尖叫起来,一看,络腮男的一只手在她身上乱摸。霄春梅下意识地站了起来,生气地喊道:"干什么!"络腮男嬉皮笑脸地说:"你们做这行的,不是还可以陪睡吗?陪爷们睡一觉,给你200块钱。"霄春梅气得浑身颤抖,她愤怒地吼道:"滚。"络腮男不但不滚,还顺势站了起来,一步步紧逼霄春梅,色眯眯地说:"你就别跟老子装纯洁了,来吧……"霄春梅心里极度恐慌,又不敢大声呼叫,怕左邻右舍听到了,被别人笑话。洗发床放在里屋,霄春梅跑到外屋,从角落里操起一根铁棍,对络腮男吼道:"你给我滚出去。"

络腮男觉得无趣,悻悻地走了出去。霄春梅惊魂未定,心怦怦地跳个不停,瞬间,一行泪水从眼眶里汹涌而出……

霄春梅看着络腮男远去的背影,忽然觉得浑身无力。她软软地瘫倒在沙发上，用毛巾捂住嘴巴，"呜呜"地哭了起来。外面的马路上，远处的一盏路灯吐露着淡淡的光芒……

霄春梅拿出手机拨打电话，屏幕上显示卢浩宇的名字。在拨电话的同时，霄春梅自言自语：我这是怎么了？这种时候想到的不是给老公杜小伟打电话，当着他的面哭诉一番，寻求温柔的安慰，却想到了昔日同学卢浩宇？一想起老公，霄春梅情绪越发低落了，杜小伟在她心里，已经是靠边又靠边了，她甚至觉得杜小伟根本就没在这世界上存在似的。霄春梅正这样想，耳边一个富有磁性的男声响了起来："春梅，这么迟了给我打电话，有事吗？"

霄春梅说不出话来，只对着手机哽咽着。卢浩宇也觉察出霄春梅的异样，紧张地问道："怎么了？出什么事了？"霄春梅还是哽咽着，过了一会，霄春梅强抑住自己的情绪，低声问道："你在哪？"霄春梅知道，卢浩宇经常出差，全国到处跑。就算他有和她谈心的心境，也不一定有谈心的机会。

"在丽江呢！你是不是碰到什么事了？"卢浩宇关心地问。

"没，没什么，只是一时情绪低落，想找你聊聊。你休息吧，我们改天聊。"霄春梅说完，跟卢浩宇道了声晚安，失望地挂了电话。

二

等杜小伟从外地回来，已是十天后了。在杜小伟面前，霄春梅只字不提夜半惊魂那件事。霄春梅想起同学周小敏说的，她心里有什么事都会跟老公倾诉。霄春梅听了，心里酸酸的不是滋味，她甚至对周小敏产生一股嫉妒之心，嫉妒周小敏找了个好老公。杜小伟走进美发室的时候，把从外面照进来的光线挡住了一半。杜小伟边走进来边吹着口哨。当他看到正推着塑料椅满屋跑的儿子时，高兴地大叫一声："宝贝，来，让爸爸抱抱。"杜小伟平时很少在家，跟孩子自然少接触，此时，孩子看到的是一张生疏的面孔，一转身躲到正忙着给一个顾客烫发的霄春梅后面，双手紧紧地抱住霄春梅的大腿。霄春梅手上一边忙，一边安慰儿子："宝贝，别怕，他是你爸爸。去吧，叫爸爸抱你。"尽管霄春梅心里讨厌杜小伟，但还是尽量不在孩子面前流露，再怎么说，杜小伟毕竟是孩子的父亲，而孩子不能没有父爱！

霄春梅的儿子并不理会妈妈的话，两只小手在霄春梅的大腿上箍得更紧了，同时哇哇大声哭起来。霄春梅一边安慰儿子，一边对杜小伟说："儿子不跟你，算了。你帮我去外面买点菜吧，快晌午了。"杜小伟并不理会霄春梅，一声不吭地走了出去，骑上本田摩托车，一溜烟跑了。

过了许久，再没见杜小伟露面。旁边等洗发的一位顾客看了，奇怪地问霄春梅："你老公咋去那么久了还没回来？"霄春梅店面附近就有一个菜市场，按理说最多十五分钟就应该回来了，可此时，一个小时快过去了，仍不见杜小伟的身影。

"他哪会帮我买菜，估计又到哪赌博去了。"霄春梅答道。别人都说，家丑不可外扬，霄春梅却不，家里有什么事，她都会当着顾客的面说出来。

"你们女孩子，以后找老公一定要睁大眼睛，不要跟我一样，找这样一个好吃懒做不顾家的男人。"霄春梅说这话的时候，轻描淡写，好像这事发生在别人身上，跟自己一丁点关系也没有。

霄春梅十八岁的时候到厦门打工，那时的霄春梅，身材苗条，长发飘飘，很得男孩子喜欢。彼时，霄春梅在一家酒店当服务员，女孩十八一枝花，追霄春梅的男孩一抓一大把，可霄春梅却对同样是服务生的杜小伟有了好感。杜小伟长着一张明星脸，懂得在女孩子面前献殷勤，很讨女孩子喜欢。有一天，下班时间，杜小伟当着同事的面在霄春梅面前跪了下去，诚恳地说："春梅，我喜欢你，嫁给我吧，我保证这辈子对你好。"杜小伟的一番话引来了周围同事的尖叫声,大家怂恿霄春梅答应杜小伟的求婚。霄春梅心里甜滋滋的,她被杜小伟如此伟大的壮举感动得眼泪稀里哗啦地流。自此,他们确立了恋爱关系,并在一个月光明媚的晚上,两人互相表白了爱的誓言——"海枯石烂,永不变心"。随着他们的亲密接触,霄春梅发现,她怀孕了。霄春梅在酒店又待了一段时间后,想起家里的父母还不知道自己找男朋友的事,这事到底是瞒不住的,她决定回去跟父母坦明。

在杜小伟的陪伴下,霄春梅辞职回家了。不出所料,霄春梅的父母一看到霄春梅的肚子,脸马上黑了下来。在农村,还没结婚就大肚子容易遭人议论,霄春梅的父母再一听杜小伟的老家在离这一千多公里的地方,再也没办法保持沉默,要霄春梅马上到医院把孩子做掉。霄春梅想着杜小伟对自己的好,努力跟父母抗衡,父母仍是严厉威逼,非要霄春梅跟杜小伟分手不可,霄春梅失望至极,"咚咚咚"地跑上顶楼,站在楼顶上,泪流满面地对父母说:"你们要是再这样逼我,我就从这里跳下去。"霄春梅的家乡,家家户户的房子都是自建房,一般有三四层楼高,真要从楼顶跳下去,几条命都可能搭上。霄春梅的父母慌了,无论如何,毕竟是自己的孩子,于是,无可奈何地把霄春梅劝了下来。到后来,霄春梅父母也想通了,天要下雨,娘要嫁人,每个人都有自己的命运,随她去吧!

自此,霄春梅在娘家住了下来,而杜小伟再也没到外面打工,在家帮霄春梅父母干农活。慢慢地,霄春梅父母就看出了杜小伟好吃懒做的性格,更让人无法接受的是,霄春梅父亲买回来的香烟,杜小伟一声不吭,一包一包地拿,连声招呼也没打。农闲时候,霄春梅父母希望杜小伟出去挣点钱,杜小伟却是懒散惯了,每天太阳晒屁股了还没起床。霄春梅父母看不惯,在背后念念叨叨,四处说杜小伟的不是。霄春梅听了,心里感到不是滋味,这时的她,才意识到自己在婚姻道路上走错了一大步,都说男儿膝下有黄金，可是杜小伟为了爱情，轻易地在她面前下跪，想来这样的男人其实很不可靠。霄春梅很后悔，可自己已经远离正确的航向，再回头已是不可能了，无论前面是否布满荆棘，她也只有硬着头皮走下去。霄春梅也曾想到离婚，每次看到天真可爱的孩子，她又狠不下心来，何况，家乡淳朴的风气给了霄春梅任劳任怨委曲求全的性格，乡下不比城里，可以三句话不合就离婚，乡下的女人考虑更多的是名声与面子。霄春梅这样想着，拉着杜小伟和孩子再次走上打工之路。可是，带着一个孩子的霄春梅再也不能像以前一样，把全部身心用在工作上，很多时候，孩子需要她照顾。此时的杜小伟也知道自己要出去赚钱了，于是，到附近找了一份临时工，懒懒散散地干了起来。

　　一眨眼，几年时间过去了，霄春梅的女儿也有七八岁了，是可以再生一胎的时候了，如其他千千万万的农村家庭一样，霄春梅和杜小伟不会放弃这样的机会。于是，第二个孩子如愿生了下来。孩子生下来后，霄春梅想着该稳定自己的生活了，于是，到外面拜师学艺学美发，学成后回娘家开了一家美发室。而经过这么多年的磨合，霄春梅对杜小伟早不抱什么希望，她怀着一颗平静的心，勉强与杜小伟生活在一起，对于杜小伟的不思进取、好吃懒做，曾经苦口婆心的劝说没有丝毫效果，反而让霄春梅心如止水，从而麻木了自己的内心。而杜小伟，也一样想远离这个家，于是到外地跑运输，再很少回家。

三

　　霄春梅是在同学会上听说卢浩宇离婚的消息的，她和卢浩宇是初中同学，二十多年前，性格乖巧的霄春梅引起了卢浩宇的关注，年少时的他把一份朦朦胧胧的情思依附在霄春梅的身上，霄春梅一样对卢浩宇有着朦朦胧胧的好感。遗憾的是，卢浩宇学业有成，在家乡某一政府部门工作，而霄春梅却因为榜上无名走上了打工之路，他们就这样失去了联系。有几次，卢浩宇因为工作需要几次到霄春梅家，他看着霄春梅家的那张合影，心里产生一股异样的感情。他曾对霄春梅父母旁敲侧击打听霄春梅的近况，得知霄春梅已经结婚并有了孩子。卢浩宇失望至极，独自一人坐在屋里对着皎洁的夜空把自己灌得酩酊大醉。之后，他闪电式地与一个女孩结了婚，却因感情不和，在痛苦的婚姻维持了六年之后，平静地和那女孩离了婚。卢浩宇心里清楚，也许得不到的才是最好的，或许是自己陷入了这样的怪圈中，以致一直以来郁郁寡欢，他心里似有一个愿望，就是希望能和霄春梅来一场风花雪月浪漫的爱情之旅。这份愿望，折磨着他的内心，使他无法对霄春梅以外的女人有哪怕一点点的动心。

同学会上，卢浩宇看霄春梅还是那么温柔，那么善解人意。虽然霄春梅已经是两个孩子的母亲，但是这不但没使她显老，反而更添了一股风情，于是埋藏在卢浩宇心底的那份往日情怀，又一点一滴地冒了出来。精神找到了寄托点，卢浩宇时不时找机会跟霄春梅联系，聊一些儿时趣事、身边逸闻。霄春梅静静地听，偶尔插上几句。久而久之，接卢浩宇的电话成了习惯，只要几天没听到他的声音，霄春梅的心里就会隐隐不安。这么多年过来了，她已经习惯了杜小伟对她的冷漠，这一成不变的婚姻生活让她感到疲惫与倦怠。而卢浩宇的出现，无疑给她平静的水面扔了块石头，水面上现出多彩的涟漪。

这天，霄春梅到县城办事，出发之前，她跟卢浩宇取得联系。车在县城停下，霄春梅一眼看到在路边等待的卢浩宇，炎炎烈日下，卢浩宇被晒得满脸通红。看到霄春梅走下车，卢浩宇满脸欣喜，他用摩托车带着她穿梭在县城的道路上，他们到了办事地点，卢浩宇锁好摩托车，噔噔地走在前面，找到相关工作人员咨询。当得知办公地点在四楼，他噔噔地又走在前面，霄春梅还没进办公室，卢浩宇已经在向工作人员咨询了，等她进去的时候，卢浩宇已打理好一切，叫霄春梅把表格拿出来盖章。看到工作人员在表格上盖上鲜红的印章，霄春梅的心里涌起一股暖流，再一次感受到有一个体贴的男人在身边是一件多么幸福的事。

办完事情，卢浩宇载着霄春梅去搭车，刚好一辆客车加完油就要回去，于是，霄春梅和卢浩宇站在路边等车，霄春梅撑着雨伞，却看到烈日下卢浩宇脸上的汗珠。那闪闪发光的汗珠，惊悸了她的内心，她情不自禁从包里取出纸巾，温柔地帮卢浩宇擦拭汗水……

他们分开后，两人总是心有灵犀，一有时间就相互联系。而只要一两天没对方的消息，霄春梅就会感到坐立不安。霄春梅有时想着，干脆跟杜小伟离婚算了，她相信卢浩宇会接受她，她和卢浩宇会过上幸福的生活。可是，每次这样的念头一闪念，霄春梅马上又否定自己，不知怎的，她想起了曾经和杜小伟的海誓山盟，特别是两个孩子的轮廓，简直像极了杜小伟，虽然杜小伟不在身边，可两个孩子似乎时刻在提醒她，她是两个孩子的母亲，是杜小伟的老婆。再说，孩子正是需要母爱的时候，把这两个孩子扔给杜小伟，霄春梅做不到。她时常想起自己小时候的事，那时候，父亲和母亲三天两头吵架，家庭时刻充满火药气息，特别是有一次，母亲自作主张抓了一只母鸡送给外婆，父亲暴跳如雷，和母亲大吵了一架，母亲躲在柴火间里，喝下了一整瓶的农药，还好抢救及时，要不霄春梅早成了没妈的孩子了。这事发生后，父亲对母亲的态度好了些，但这段儿时记忆，却始终在霄春梅的头脑中萦绕，从那时起她就发誓，无论以后组建了怎样的家庭，都要好好对待孩子，给孩子一个温馨的成长氛围。

卢浩宇出现在霄春梅面前的时候，已是午夜时分了。这时的霄春梅，送走最后一位客人正准备打烊，一抬头，看到卢浩宇手里捧着鲜花，微笑地站在面前。霄春梅抬起头看到这情景时被吓了一跳，她捶着卢浩宇的胸脯，嗔怪道："你要命啊，无声无息地站在这里，被你吓死了。"卢浩宇"嘿嘿"地笑着，说："我哪舍得把你吓死，你死了我可怎么办？"霄春梅白了他一眼，心里却是满心欢喜，多少年了，她再没听过这么舒心的话，卢浩宇的一句话，撩拨得她的心里甜滋滋的。

　　卢浩宇是专门来为霄春梅过生日的，霄春梅整天忙得团团转，早忘了自己的生日了。记得谈恋爱的时候，总是杜小伟帮她过生日，杜小伟花样多，总能给霄春梅带来惊喜。遗憾的是，自结婚后，杜小伟再也没帮她过一次生日，自此，她终于相信了"婚姻是爱情的坟墓"之说了。她和杜小伟的一场婚姻，让她明白了许多人生哲理，同时把她从一个充满浪漫的女孩变成了一心一意过日子的女人。霄春梅把卢浩宇迎了进来，两人开了瓶啤酒对饮。卢浩宇很细心，不忘带来霄春梅爱吃的花生、无花果之类的零食，两人对饮了一阵，霄春梅想起自己经历过的酸甜苦辣，眼里涌满泪水。卢浩宇也喝得满脸通红，他真诚地对霄春梅说："春梅，我知道你内心的苦，嫁给我吧，我们会过上好日子的……"霄春梅看着卢浩宇，她看到了卢浩宇那清澈的眼神，在卢浩宇期盼的眼神的注视下，霄春梅看到了自己内心的动摇，一直以来那坚定不移的信念，似乎正在一点点地瓦解……

四

　　又是一年的冬天到了，天气转冷，霄春梅又开始忙碌了，她经常顾不上做饭，总是让女儿萌萌在锅里放些水，等水开了煮几包泡面，再敲两个蛋下去，就这样将就着吃。其间，杜小伟回来过几次，按理说杜小伟在外面一个月也有几千块钱工资，杜小伟回来时霄春梅假装跟他说姐姐要盖房子，急着借钱，要杜小伟拿点钱出来借给姐姐，杜小伟撇了撇嘴，说："我哪里有钱？一个月赚这么点钱，都不够开销。"霄春梅生气道："你这样没计划地花钱，也不为孩子想想，我们也要存点钱，以后自己盖房子住。"杜小伟听了，对霄春梅龇牙咧嘴道："盖房子？你想得美，这是你家，又不是我家，别指望我在这里盖房子。"霄春梅不高兴了，声音也大了起来，说："不能在我家盖房子，难道回你家盖去？就你们那鸟不拉屎的地方，家又不成家，拉倒吧你。"恋爱的时候，霄春梅跟杜小伟回去一次，他们下火车后，转了三趟车才到杜小伟家，杜小伟家是那种破破烂烂的民房，村里的年轻人都到外面打工去了，留着老人在家看守房子，杜小伟的家里只有他父亲，母亲早些年因为受不了家穷，跟一个包工头跑了。霄春梅回去一趟后，发誓以后再也不会踏上这条路。此时，霄春梅的话似乎戳到了杜小伟的痛处，杜小伟愤怒地冲了过来，抓住霄春梅的头发狠狠地说："臭婆娘，我叫你乱说话。"霄春梅从来没受过这样的侮辱，以前再怎么样，杜小伟都不会跟她动手，没想到，杜小伟脾气越来越坏，这样的日子还怎么过下去？霄春梅不甘示弱，随手抓起一瓶洗发水向杜小伟扔过去，杜小伟刚要还手，被店里的顾客劝开了，杜小伟抓起一把塑料椅，随手摔了个稀巴烂，头也不回地走了。霄春梅倒在沙发上，抽抽噎噎地哭泣着，对着杜小伟的背影咆哮道："这日子没法过了，我要离婚。"杜小伟好像没听到似的，扔给霄春梅一个厚重的身影。此时，一阵风吹来，路边一棵树上的叶子簌簌地飘落下来，地上现出一片金黄。

霄春梅的儿子正坐在地板上玩耍，看到爸爸妈妈之间发生的激烈争吵，吓得哇哇大哭。霄春梅心灰意懒，面对孩子的哭闹亦无动于衷，年少的孩子发现自己的哭声没引起母亲的怜悯，哭闹得更厉害了。此时，萌萌放学回来，看到家里凌乱的一切，惊讶地睁大了眼睛。她默默地放下书包，把地上的东西收拾妥当，抱起年幼的弟弟到外面去玩。霄春梅看着懂事的女儿，触景生情，泪水淌得更欢了。

霄春梅在床上躺了三天三夜后,终于下定决心,非跟杜小伟离婚不可。她把自己的决定发短信告诉卢浩宇,卢浩宇心花怒放,马上打来电话确认此事。他们约定元旦去办理结婚手续,两人谈了结婚以后的一些事,自此,霄春梅的心才算彻底放松。她同时给杜小伟发了短信,表明自己坚决与他离婚的立场。杜小伟没有回复,霄春梅一点不在乎,在她看来,杜小伟愿不愿意离婚已不重要,重要的是,自己下定决心跟他离婚,这就够了。

霄春梅是在下午三点接到杜小伟的电话的,霄春梅拿着手机,冷冷地等着杜小伟开口说话,电话里,杜小伟哭丧着声音对霄春梅说:"春梅,我,我闯祸了,我对不起你和孩子……"霄春梅听得蒙蒙的,许久,都不知道杜小伟在说什么。她努力让自己冷静下来,才终于听明白了,原来,杜小伟酒后驾驶,在高速公路上逆行开车,和迎面开来的一辆轿车相撞,造成对方一死一伤……

霄春梅感到天要塌下来了,她愣愣地站着,一时不知道要做什么。刚好周小敏在场,急忙打电话向律师咨询,律师说,像杜小伟这样逆向行驶又造成重大伤害的,是要被判刑的。

以前的杜小伟,不管日子多么难熬,都很在乎自己的形象:头发油光发亮,穿的衣服不能有皱褶,皮鞋要擦得锃亮。而此时的杜小伟,简直变了一个人,浑身邋遢,胡子不知道几天没刮了,长成了一片野草。杜小伟一看到霄春梅,"扑通"一声跪了下来,拉着霄春梅的手哽咽道:"春梅,这么多年来,我不但没让你过上好日子,还让你受苦受累,我对不起你。春梅,我知道你想跟我离婚,你也应该过个好日子了,我不会阻止你。可是,我唯一的希望就是你能把两个孩子带大,等我出来以后,我一定做牛做马,加倍偿还对你的亏欠。"杜小伟说完,跪在地板上"咚咚"地磕了三个响头。霄春梅看到杜小伟的举动,想起多年前的一幕,那时候，杜小伟为了跟她求婚，也是跪在她面前，那时的杜小伟，西装笔挺，手里捧着鲜花，在外人看来，是何等的风光。没想到多年以后，在不同的地点，杜小伟再一次向她下跪。

杜小伟进监狱后，霄春梅回到家，重新拉开了美发室的铁门。这段时间以来，因为杜小伟的事，霄春梅已经有一段时间没有营业了，打电话要霄春梅做发型的顾客不计其数，霄春梅跟对方坦明原因。这些都是老顾客，大家在安慰霄春梅的同时，都表示要等她把事情处理好了再找她，按她们的说法，霄春梅此时更需要用到钱，到哪里做不是做？还不如把这赚钱的机会给霄春梅。霄春梅听了后，心里很感动，几年下来，她跟这些顾客已不是纯粹的老板和顾客之间的关系了，她们之间，更融入了姐妹般的情谊。

当天晚上，霄春梅躺在床上，她看了看床头上的挂历，离元旦只剩下几天了，她想起了和卢浩宇的约定，杜小伟出事后，卢浩宇也来过几次，看霄春梅出了这么大的事，再没开口提结婚的事。霄春梅知道，卢浩宇在默默地等她。原来忙于杜小伟的事，冷落了卢浩宇，现在，也该给人家一个交代了。想到这里，霄春梅掏出手机，给卢浩宇发了短信，她说："浩宇，今生认识你是我的福气。你也看到了，现在家里出了这么大的事，说实话，我不能带着两个孩子和你一起生活，这样对你很不公平。再说，现在杜小伟碰到困难，我不忍心在他伤痕累累的伤口上再撒一把盐，此时我和孩子是他的精神支柱，我不愿让他感到悲观失望，我相信他出来后，会好好对我。那么，就让我在这里默默地等待他的归来吧。相信我心里会一直装着你。既然我们有缘无分，那么，就让我每天晚上，与你相约在梦里吧。"

凤凰花开

一

"你的同学杨海莲,记得吗?跟别人跑了,她的母亲发疯似的找她……"母亲从街上回来时,人还在外面,声音先飘进屋。

我所住的这个坂仔镇,一个乡村小镇,人员集中,民风淳朴。我家对面就是本地最集中、最为繁华的市场,在我爷爷的父亲还在世的时候,这个市场就有五天一个集市的习俗,每到集市,很多村民到镇上赶集,他们有时是卖主,有时是买家,两种角色随意切换。当然,对于集市来说,顾客的人数远远大于卖主的人数,这些顾客悠闲地在市场上溜达,看到自家有需要的,就会停下脚步,有骑自行车的村民就会架好自行车;骑摩托车的,让摩托车熄火之后,锁上车头锁,下车与卖家砍价,成交后,重新打开摩托车锁,脚踩油门,摩托车"轰"的一声绝尘而去。

我读初中时,杨海莲和我同班。杨海莲的父亲在镇上的医院上班,母亲在邮电局工作。她父母忙于上班,杨海莲就和她的爷爷奶奶住在一起。那时候,杨海莲的爷爷在市场南一街开理发店,杨海莲几次带我们去她爷爷的店里,她带我们去她爷爷店里的时候,总是选择在集日,于是,我们总能看到她爷爷在忙着给别人理发。每到这时,杨海莲心情就很愉悦,她知道爷爷无暇顾及她。杨海莲就会大胆地对她爷爷说：爷爷，给我几块钱。杨海莲也不等她爷爷回应，自作主张地拉开抽屉，从里面抓出一把零钱，大部分是一块钱的纸币，然后头也不回地走了。杨海莲的奶奶一般不在店里，根本无暇顾及此事。杨海莲的爷爷看了，总是发出一声长长的叹息声，边叹气边摇头，对坐在理发椅上的顾客说：这孩子，不好管了，天天要钱。顾客听了，本能地帮忙出主意，说：你抽屉上锁，她就打不开了。杨海莲的爷爷说：算了，我们两个老的也花不了什么钱，钱财是身外之物，生不带来死不带去，以后走了，这些还不都是他们的，我们小时候生活苦，没钱花，现在好不容易生活有了好转，不忍心看孩子受苦。杨海莲的爷爷说完这些，马上就转移了话题，与顾客热乎地聊着家长里短，哪个村的哪个老人去世了，或者哪个村的哪个年轻人，才二十几岁，摩托车飙得太快，撞死了，听说连脑壳都破了，好惨烈的车祸……杨海莲的爷爷和顾客边说，边发出了惋惜声。

那时候的我们，都是穿着姐姐穿不下的旧衣服，而杨海莲不仅有新衣服穿，还经常带零食到学校吃，因此，杨海莲的身边总围着许多同学，当然，大家都是看中了她的零食。初二那年，我们换了语文老师，我们叫她于老师，于老师同时担任我们的班主任。于老师是不折不扣的女强人，不仅教学成绩显著，她孩子的学习成绩经常是年级第一。也正因如此，于老师对我们要求很严格，字没写好或者作业写完了忘记带，一个字：留。我们班几乎天天有同学被留，中午，有同学已经回去吃完饭又来上学了，那些被留的同学还在教室补功课。于老师对杨海莲很有看法，加上杨海莲成绩差，每次考试总拖后腿，于老师看杨海莲就更加不顺眼。那时候，我们都还穿着打补丁的裤子，甚至吸溜着鼻涕，杨海莲却是在某一个放学的傍晚，找到了路边一个摆摊的，给自己的两个耳朵钻了耳洞。由于路边摊没有合格的卫生标准，杨海莲

一角色一

耳洞钻好之后，耳朵发炎，甚至出现了溃脓，杨海莲的父亲看了，破口大骂，骂杨海莲不懂事，父亲是正牌医科大学毕业生，还是一名医生，杨海莲却干出这事，这不丢大人的脸吗？骂归骂，杨海莲的父亲还是担当起责任，帮杨海莲治疗伤口，这样折腾了半个多月，伤口终于痊愈了。杨海莲很高兴，去买了一副两块钱蝴蝶形状的耳环，一路摇摆着晃进了我们班。

我一直感到杨海莲虽然和我们同龄，但是荷尔蒙却比我们旺盛，她曾几次偷偷和我说，用红纸沾点水，放嘴唇上一抿，薄薄的嘴唇就红通通了，鲜艳、漂亮，简直可以与电视上的演员媲美。听杨海莲这样说，我曾偷偷在几个早上观察杨海莲的嘴唇，果然，她弯弯的小嘴唇上，一层胭脂色覆盖在嘴唇上方，那么自然、健康，没有细看根本看不出来。杨海莲很懂得搭配，鲜艳的嘴唇、漂亮的衣裳，再加上两个亮晶晶的耳环，走路一摇一摆的，让我们羡慕不已。当然，她的这身打扮在第一节课就引起了于老师的注意，于老师非常严肃地批评杨海莲，叫杨海莲不能再戴耳环来上课。当然，于老师不知道杨海莲涂了口红，也就没有进行相应的干涉，至于杨海莲的新衣服，于老师就不好管了。于老师曾经不止一次当着全班同学说，有的女同学年纪轻轻就打扮得像个狐狸精，也不看看人家小梅同学，成绩好，朴朴实实、清清爽爽的一个人，多让老师疼爱！于老师说这话的时候，大家齐刷刷地把眼光投向了我，然后又齐刷刷地把眼光投向了杨海莲，同时眼神里露出鄙夷。杨海莲也不害羞，仍摆弄着头发，一副众人皆醉我独醒的清高。于老师看她实在无药可救，本着解救将要失足女学生的责任，把杨海莲安排和我同桌。于老师希望我的优秀品德可以对杨海莲起到一些潜移默化的作用。杨海莲在受到批评之后，第二天就把走起路来能够摇摇晃晃的耳环换成了小小的耳钉子，这样一来，于老师也没话可说了。

杨海莲和我同桌后，好像没受到我多少影响。只是从那以后，杨海莲开始学会向我讨好了。杨海莲懂得"吃人家的嘴软，拿人家的手短"，今天给我文具盒，明天给我零食。生活在水深火热穷困生活中的我哪里得到过这些恩惠，于是，在每次的考试中，自然而然地向杨海莲敞开了我的试卷。

我家在学校附近，杨海莲去过我家几次，有一次劳动课，杨海莲忘记带劳动工具，担心被老师罚，杨海莲就怂恿我回家带。我禁不住杨海莲美食的诱惑，趁着下课十分钟的时间从学校后门跑了出来，跑得气喘吁吁地回到家，从门口操起一把拖把就要往学校跑，刚好母亲从屋里走了出来，母亲对我从家里带劳动工具一点也不关心，倒是很关心杨海莲的来历，她很想知道杨海莲是谁家的孩子。凭着母亲对方圆十里的深入了解，她觉得认识杨海莲的长辈是很正常的一件事。果然，杨海莲说出她爷爷名字的时候，母亲马上接口道，知道了，你就是菜市场那个理发店杨金聪的孙女。杨海莲点了点头，吃惊道，你也知道我爷爷的名字？母亲就很骄傲地说，当然知道，我三天两头就去街上，那些开店的我都很熟悉……我们也顾不上母亲再次查户口似的盘问，扛着拖把飞奔着跑回学校。

从那以后，杨海莲似乎患了健忘症，每次劳动课都不带劳动工具。她是说忘记带了，其实我知道她是懒得带，知道在关键时刻，可以到我家拿劳动工具，等劳动课上完，由我带回家，她多省事。我有意揭穿杨海莲的阴谋，杨海莲笑嘻嘻地说，好啦好啦，下课请你吃冰激凌。我因为家穷，只舍得在夏天买根冰棒过下嘴瘾，冰激凌从没吃过，听杨海莲这样说，我算默许了她的做法。

二

中考了，我凭着优秀的成绩考上了一中，杨海莲不出意外地名落孙山。名落孙山的杨海莲一点也不着急，倒是急坏了她的父母，在开学的最后几天，她父亲找尽关系，终于让杨海莲加入我们的报名大军，到一中读书。当然，虽然都是一中的高一年段，但到一中后，学校是根据考试成绩编班的，我被编到了实验班，杨海莲被编到了普通班。虽然没在同个班级，但开学不到两个月，杨海莲马上成了学校的焦点人物。杨海莲身材高挑，面容姣好，从小就有往明星发展的趋势，加上杨海莲善于打扮，马上被公认是我们学校校花。课间休息时，我们班的男男女女站在走廊上看外面的风景，经常会看到杨海莲在操场上娉娉婷婷、婀娜多姿地漫步着，每到这个时候，学校的各个角落就会响起悠扬的口哨声，此起彼伏，甚至有高三的男生厚着脸皮大声喊着：喂，杨海莲，交个朋友吧。

一中是重点中学，但仍无法避免一些差生的存在，这些差生是按照片区的划分或者关系户进来的，学校也很为难，唯一的做法就是把这些不求上进的学生都编到普通班，言下之意很明显，你爱读不读的，随便。杨海莲和这些片区内的差生在一起，也就有了共同的爱好，比如上课旷课、睡觉、说话等等，这些都算是小意思了。科任老师也知道这些孩子是来混日子的，上课的积极性也不高，只要求不要闯祸就行了。

普通班的科任老师几乎都和杨海莲过过招，比如帅气的英语老师声情并茂地用英语朗读着：The sheet is as white as snow（床单像雪一样白）时，杨海莲马上会惺忪着一双眼睛，懒洋洋地回了一句：喊，我就不相信你家床单那么白。杨海莲的话引起了大家的哄堂大笑，同时把刚毕业的英语老师整得脸一阵红一阵白；物理课上，物理老师为了解释物理原理，说："你们吃冰棒的时候，冰棒刚从冰柜拿出来，是不是可以看到冰棒上方有一层雾气，烟雾缭绕的样子……"物理老师刚要把话说完，杨海莲又插嘴了，说："我从不吃冰棒，我只吃冰激凌……"杨海莲话说完，大家都紧张地盯着物理老师看，谁都知道，物理老师不苟言笑，让人望而生畏，大家猜测杨海莲将面临怎样的处罚。物理老师没说什么，他的一双眼睛紧紧地盯着杨海莲，脸上写满怒气。大家都看到物理老师紧握着拳头，手上的青筋条条绽出。要是换成男生，想必物理老师早就把巴掌甩过去了，物理老师看来还是有点怜香惜玉，最终忍了下来，只是从那以后，杨海莲再不敢在课堂上捣乱了，碰到不喜欢的课，要么睡觉，要么逃课。

在我们学校的操场上，有一棵长势旺盛的凤凰花，每年的五六月，火红的凤凰花开得很耀眼，花红叶绿，一树的富丽堂皇、娇艳夺目。高二时凤凰花开的那个时节，杨海莲迎来了她的十八岁生日，那天放学后，杨海莲专程来找我。

"小梅，晚上我要在欢乐KTV举行生日party，你也来吧。"杨海莲说。

我一听生日party，心里早做好了去参加的思想准备。不瞒你说，能够诱惑我去参加的，无非就是生日party上的各种美食，长这么大，难得有机会参加这样的盛会。当然，宴会上的美食也是我平时很少吃到的。可是我一听KTV，心里又开始惶恐了。我从来没去过这样的场合，我上县城读书之前，母亲就对我千叮咛万嘱咐，要我不能去这样的场所。

杨海莲见我犹犹豫豫，有点生气了，说："去不去呀！你怕什么，好多人呢！又不会吃了你。"

我仍然胆怯，弱弱地问："有男、男生吗？"

"没男的，叫什么开party？"杨海莲不解地睁大了眼睛。

见我还是拿不定主意，杨海莲干脆帮我做了决定，说："那就这样了，晚上六点半，我们在欢乐KTV门口，不见不散。"

杨海莲边说，边拖着一席长裙走了。

晚上六点整，我换上平时舍不得穿的新衣服，重新绑了下头发，就往欢乐KTV走去。

— 角色 —

欢乐 KTV 离学校有 1 公里路，花 2 块钱三轮车就会把你送过去，可是为了省钱，我选择走路。我几乎以小跑的速度朝 KTV 赶，身边行人、车辆一个个被我抛在身后。当我气喘吁吁地赶到 KTV 门口时，我伸手看了手腕上的电子表，显示 18:29，好险！远远地，我看到杨海莲正伸长脖子朝我这里眺望，看到我走近，杨海莲松了口气，说："你终于来了，走吧，他们都进去了。"

我和杨海莲穿过长长的走廊，走廊里朦胧的灯光发出暧昧的光环。杨海莲带我来到一间包间前，她熟门熟路地拧开包厢的门，里面振聋发聩的歌声传入耳际。包厢里，五个烫着黄色头发的男生正在忙碌着，有的手拿麦克风声嘶力竭地嘶喊着，有的正往杯子里倒啤酒。看到他们，我小声地在杨海莲的耳边问了一声："他们不是我们学校的？"杨海莲白了我一眼，说："叫学校那些奶油小生？太幼稚了吧。坐吧，他们都出来混社会了，都会赚钱了。告诉你，今晚有人帮我埋单，你想吃什么尽管点。"我吐了吐舌头，找了一个角落坐下了。

宴会开始了，各种吃的摆满一桌，杨海莲倒挺照顾我，知道我腼腆，不时地提供吃的到我面前。五个男生打开啤酒，要往我杯里倒，杨海莲说："别，她可是我们学校学霸，不会喝酒，让她喝饮料吧，咱六人喝酒。"五个男生爽快地答应了，各自往自己杯里倒满酒，在碰了杯子之后，仰起头来咕噜咕噜地喝了个精光。

大家喝了一阵酒，其中一个黄毛男生开始点歌，第一首点的歌曲是张洪量的《你知道我在等你吗》。黄毛男生一张开喉咙，其他四个男生就开始起哄了：小萧，看来你有喜欢的女生，说下是谁！嘻嘻……杨海莲也跟着起哄。叫小萧的男生故作神秘地说，这个不能告诉你们……

那个叫小萧的男生第一个唱完，马上有另外的男生接着唱，再接下来，几个男生轮流和杨海莲合唱，清一色的爱情歌曲。

我看了时间，已经接近九点了，再看看杨海莲，喝得醉醺醺了。我站起来提出要回宿舍，几个男生让我先回去，说待会送杨海莲回宿舍。我的心里隐隐有一丝担忧，想着杨海莲既然把我叫来，我作为她的朋友，不应该把她一个人扔在这。我想了想，固执地对几个男生说，不行，杨海莲要和我一起回去，我们学校十点熄灯，到时生管老师会查宿舍的。几个男生听了，终于答应我带杨海莲回宿舍。杨海莲已经烂醉如泥，我把杨海莲的手放在我的脖子上，几乎是架着杨海莲往外走。到了外面，杨海莲似乎清醒了不少，结结巴巴地说："这是哪？我、我喝多了。"我对杨海莲说："我们回宿舍吧。"杨海莲不知道有没有听到我说的话，靠在我肩膀上睡着了。

　　我随手招了一辆三轮车，跟三轮车师傅说："到一中。"三轮车师傅看了看我，再看了看杨海莲，嘀咕道：一个女孩子，还是学生呢，也敢喝这么多酒？我不懂得如何回答，只好保持沉默。到了学校，为了不让门卫看出端倪，我带杨海莲走了后门。后门是老师经常走的通道，没有门卫把守，但是会有被老师碰上的可能。我扶着杨海莲在阴暗角落休息，等四处查看后门没人的时候，飞快地拉着杨海莲进了学校。

　　第二天，在课间操时间，我找到了杨海莲，我盯着杨海莲的眼睛和她说："杨海莲，你别再和这些人来往了，都是些什么人啊。我们既然是学生，就要好好学习，这样才能对得起父母。"

　　"喊，我父母还没这样管我呢，你倒管起我了。我知道自己不是读书的料，早就打算不读了，是我爸逼我到这里的。我的事不用你管，你管好自己吧。"杨海莲说。

　　"你再这样下去，我会告诉你爸爸妈妈的。"我生气地对杨海莲说。

　　"行了，以后不和他们来往了，可以了吧？"杨海莲生气地对我大声吼道，然后头也不回地走了。看着杨海莲渐渐消失的背影，我无奈地摇了摇头，同时在心里做着激烈的思想斗争，要不要告诉杨海莲的父母呢？真告诉她父母，杨海莲会不会怪我……

三

转眼，我们升入高三，繁重的学习把我压得喘不过气来。虽然如此，关于杨海莲的消息仍然不时地传入我的耳际，先是听同学说杨海莲辍学了，然后又听说杨海莲到一家演艺吧上班。在听到这些消息的时候，我笑了笑。人各有志，或许，这正是杨海莲喜欢的生活吧。直到这么一天，从母亲的口中传来杨海莲失踪的消息，我不禁吃了一惊。

只一夜工夫，街上开理发店的杨金聪的孙女杨海莲和一个男人跑了的消息就传遍了大街小巷。据知情人士说，杨海莲在演艺吧上班，喜欢上了一个三十几岁的男人，她父母极力反对，不允许杨海莲与那个男人来往，杨海莲也答应了。在平时，杨海莲固定每个星期打一次电话回去，有一天，杨海莲的母亲忽然想起来，杨海莲有半个月没打电话回家了，杨海莲父母急忙赶到杨海莲平时上班的演艺吧寻找，被告知杨海莲已经半个月没去了，没去的还有杨海莲那个三十几岁的男朋友。杨海莲的母亲听了，当场晕了过去，还好杨海莲的父亲是医生，懂得一些急救知识，才把杨海莲的母亲从鬼门关救了回来。杨海莲母亲醒来后，坐在地板上号啕大哭，拍着大腿大喊造孽，杨海莲的父亲则狠狠地说：有什么好哭的，她心里没我们，还值得你这样伤心，当我们没这个孩子。

杨海莲就这样失踪了，在失踪了大半年之后，她给我打了一个电话。

电话里，杨海莲说："小梅，我当妈妈了，想回家一趟，你可以陪我回去吗？"

我说:"可以是可以,可是平时我要上课啊,你也知道,功课很紧,要不你周末回来吧。"

杨海莲沉默了一会,说:"好吧。"

周六下午,杨海莲到我家找我。当然,来的不只有杨海莲,还有她怀里抱着的孩子。我朝杨海莲的身后看了看,试图看到孩子的父亲,杨海莲身后什么也没有。我把眼光收了回来,看到杨海莲怀里的孩子长得很可爱,正憨憨地睡着,脸蛋红扑扑的,在睡梦中露出轻微的微笑。几个月不见,杨海莲除了变胖一点外,其他倒没什么变化,或许职业的习惯,她懂得打扮,显得有那么几分洋气……我问杨海莲,有回过她家没有?杨海莲嗫嚅着说,担心她父母不原谅她,不敢回去。

然后,杨海莲对我说,原来年轻不懂事,觉得跟自己喜欢的人离家出走是一件很浪漫的事,等跟那个男人到他家之后才知道,那是个鸟不拉屎的地方,条件极其落后,生存的环境很恶劣,喝的水是黄色的,用个厕所要跑到山顶上,厕所里臭气熏天……杨海莲忍受不了这样的生活,试图说服孩子的父亲一起离开家乡,男方说什么也不答应,杨海莲失望之下,独自带着孩子回来了。

我笑了笑,给了杨海莲一个很有哲理的答案:"外面的世界很精彩,外面的生活很无奈。"

杨海莲说,她想和她爸爸妈妈沟通,想住在家里把孩子带大,可是担心她父母不接受,让我帮忙说说话……

我家和杨海莲家隔着一座"绿城大桥",我住在桥的这一边,杨海莲住在桥的那一端。我陪着杨海莲穿过大桥,我们走在路上,偶尔会碰到几个熟人,大家盯着杨海莲看,盯着杨海莲手里的孩子看,边看边悄声议论着。杨海莲故意把眼睛看向别处。我边走边问杨海莲,我们这时候去你家,你爸爸妈妈在吗?杨海莲低声说:听说我走了之后,我妈妈因为想我,精神有点恍惚,整天躲在家里很少出门。杨海莲的话使我的心情越发沉重。

到了杨海莲家门口,杨海莲不再往前走了。她怯怯地跟我说:"你先去看看,我爸爸回来没,他那个人的脾气有时很不好,我有点怕,你先和我爸说下我回来了,看他怎么说。"

我应允了,边喊着"叔叔、叔叔",边走了进去。我们那边的人家,要是家里有人,房门都不上锁的,随便都可以进出。过了一会,我听到里屋传来杨海莲爸爸的声音,问:"谁呀?"

我说:"叔叔,我是杨海莲的同学,我叫小梅,您还记得吗?"在说话间,杨海莲的父亲走了出来,看到我,说:"很久没看到你了,什么风把你吹来了?成绩还不错吧?还是你懂事、听话,我是教女无方啊!"

我说:"叔叔您别这样说,每个人的人生轨迹不一样。"然后我又说:"叔叔,杨海莲带着孩子回来了,就在门口,她想搬回来住,问您同意不?"

听我这样说,杨海莲爸爸原本平静的心被我重新激起愤怒的火花,他涨红了脸,激动地说:"这个家被她整得都不成家了,她还有脸回来,你跟她说,嫁鸡随鸡,嫁狗随狗,我早已没了她这个女儿了……"

我还想往下说,听到门口传来杨海莲的哭声,杨海莲说:"爸,是我对不起你和妈妈,你和妈妈照顾好自己,我走了……"说完,杨海莲抱着孩子,哭着向前跑,再也不回头。

四

又是一个凤凰花开的季节,我大学毕业,分配到了母校当一名语文教师。一个周末,我忽然想起了那棵高大的凤凰树,我不知不觉地来到凤凰树下,高大挺拔的凤凰树上,火红的凤凰花如火焰般发出了炙热的色彩;凤凰树下,落英缤纷,不知是谁用掉落的凤凰花拼出了一个大大的爱心。

我正自站着发呆,有一个细微的声音飘进我的耳际。我回头一看,似曾相识的面容,却一时不敢确定对方的身份。对方试探地问:你是小梅吗?我是杨海莲。

我惊讶地问道:"你怎么会在这里?"

杨海莲说,她听说我分配到了这个学校,很想我又不敢来见我,有好几次,她走进校园站在凤凰树下,回想以前读书的美好时光,回想我劝她要好好学习的情景,内心非常感慨,希望有朝一日会在校园遇到我。

不等我发问,杨海莲对我说:自从那次从她家门口和我分开后,她带着孩子在县城租了一个临时住处,请了一个保姆照顾孩子,自己则找了一家演艺吧上班。杨海莲说,之所以选择在县城住下来,不仅因为这里有她美好的回忆,更主要是离父母近,容易打听到父母的消息。杨海莲说,这么多年的生活使她体会到了为人父母的不容易,她觉得最对不起的是父母。

我问杨海莲:"孩子的父亲呢?"

"他的心里根本就没我们。我们走了之后,他去了广东,听说在那边又有了女人,对我和孩子不闻不问。"杨海莲叹了口气,幽幽地说。

"你也是不容易。"听了杨海莲的诉说,我不禁跟着叹了口气。

"这些都是我自找的。"杨海莲说。

停了一会,我提醒杨海莲说:"这么多年过去了,回去看看父母吧。"

杨海莲说,她在县城住下来后,有捎话回去给父母,她母亲得知她就在县城,精神状态好很多。杨海莲看着我,苦笑了笑,说:"该面对的始终要去面对,你说得没错,我要回去看看父母。"

我趁热打铁,说:"要不,我们现在就回去?"

杨海莲默默地点了点头。

我们的出现并没有使杨海莲的父母表现出太多的惊喜,应该说,他们在心里可能早有思想准备,知道这一天迟早会来;又或者,他们在心里已经多次设想过杨海莲回家的情景。杨海莲的父母坐在我们对面,杨海莲始终低着头,听她父亲的数落,杨海莲的父亲说:"你根本就无法理解我和你母亲的心情,上次你回来,换成哪个做父亲的,肯定会先责备,可是,责备归责备,你难道不知道,我和你母亲内心是多么希望你能留下来的啊,可是,你还是走了……"杨海莲坐在椅子上,泪水如珍珠般,一滴滴地掉落在地板上。当得知杨海莲仍然在一家演艺吧上班时,杨海莲的父亲沉重地叹了口气,说:"演艺吧演艺吧,你只知道每天在舞台上演绎片刻的精彩,有没有想过我们每个人都有责任在人生这个大舞台上演好自己的角色,为自己创造一个精彩的人生!"

绿宝石项链

一

我低着头,默默地收拾行李。此趟出行,从厦门至武夷山,两天时间来回,行李无须太多。外套、内衣、化妆品、睡衣,我边默念着,边往行李箱塞。此时,我的手触碰到了一个冰凉的物体,绿宝石项链!这条链子的链条是由铂金制成,坠子则是一个心形的绿宝石,青翠、温润、仔细抚摸,可以感觉到它的光滑、舒适。

项链是我和周启晨确定恋爱关系后,我们相约到武夷山游玩时,他买给我的。记得第一次和周启晨去武夷山,那时武夷山正下着蒙蒙细雨,我们两人撑着一把油纸伞,手牵着手漫步在一条小街,合唱着《对你爱不完》:把承诺交给你/把微笑当作信/却怎么也抓不住你/对你爱爱爱不完/我可以天天月月年年到永远……

我们就这样悠然漫步,引来了旁人羡慕的眼神。街边满是挂着吊坠的小店,我们信步走了进去,慢慢欣赏。周启晨随手拿起一条绿宝石项链,他看着心形吊坠,捧在手里爱不释手,用富有磁性的声音对我说:"你看,多么赏心悦目的颜色,看到这块绿宝石,我就会想起九曲溪那碧绿的水,那清澈的溪水,在群山的掩映下,就像一块无瑕的绿宝石!"说完,他问了价格,毫不犹豫地掏出1314元买了下来,并小心翼翼地挂在我脖子上。我明白周启晨的心意,这1314的数字,是多少情侣内心的期盼!期盼着能够拥有一生一世的爱情。周启晨的家境并不富裕,平时省吃俭用,这1314元可以说是他一个月的伙食费,但是他却毫不犹豫地买了下来,没有丝毫的不舍。周启晨的举止深深地感动了我,从这之后,这条绿宝石项链就和我形影不离了。直至前几天,在我和周启晨提出分手之前,我把它从脖子上摘了下来,随手放在衣橱里。这次的武夷山之行,我是戴还是不戴?犹豫之间,我把绿宝石项链戴在了脖子上,继续收拾行李。当看着行李箱最终还是被衣物塞满时,我突然头脑一片空白。

要不是嘉丽的电话,我不知道还会呆愣多久。嘉丽得知我将和周启晨做最后一游时,语气中满含忧虑,说:"雨佳,你真决定了?"我"嗯"了一声,嘉丽吞吞吐吐地说:"那随你吧,不过我有必要提醒你,到武夷山要留意周启晨的一举一动,小心他想不开。"我不以为意,故作爽朗地大笑,说:"嘉丽,你想多了,就周启晨那性格,他不会做出那样的事。"嘉丽"嗯"了一声,听得出,她在担心我们的此趟出行。

就在上周,再一次的约会时,我把约会地点选在了家附近的公园,此时的公园正在举办菊花展,红色、白色、黄色等各色菊花,装扮成多种形状展现妖娆的姿态,那开放的花苞,有如章鱼的爪子,蜷缩着、伸展着,遒劲,有力,引来众多游客观摩、拍照。而我把分手的地点选在这里,其实有我的用意,我努力想通过周围热烈的气氛缓解我们分手的尴尬,希望周围欢快的喧闹声能冲散我们分手的不快,化解我们的痛苦。当我俩走到一个游客稀少的景点时,我吞吞吐吐地对周启晨说:"我们分手吧。"本以为周启晨听到这话以后,会发疯般地向我咆哮,指责我,骂我,抱着我,甚至向我下跪,乞求我不要离开他,不要和他分手。但事实证明，这只不过是我的臆想罢了，什么都没发生，周启晨只是淡淡地说："我早就猜到有这一天，确实，我也觉得我没办法给你幸福，分了也好。"周启晨的话使我很想抱住他来一场声嘶力竭的哭泣，向他表明其实我还是爱他的，我不舍得和他分手，我想继续和他来往。但或许是他的淡定或者麻木感染了我，我也跟着淡淡地"嗯"了一声，然后我们继续走在菊花盛开的人行道，任由游客从身边来来往往，我们只是默默地走着，一路无话。

接下来的几天，我和周启晨之间再没电话联系，出于内心的不安，我在微信上和周启晨聊了几次，蜻蜓点水似的，点到为止，周启晨也只是淡淡地回应几句，很忙的样子，五年的恋人在这一刻却形同路人，我不由感到悲伤。

和周启晨提出一起到武夷山游玩，是我鼓了很大的勇气才说出来的。我试图通过这一举动弥补我对周启晨的愧疚，缓解我内心的不安。我们在武夷山开始了恋爱，同样在武夷山结束我们的这段恋情，也算是有始有终。武夷山见证着我们的开始与结束，这不是很好吗？周启晨毫不犹豫地答应了，或许他也是这样想的吧。

二

厦门往武夷山的动车上，我靠窗而坐，周启晨坐在我旁边。要是在以往，我肯定是头倚靠在周启晨的肩膀上，他呢，则搂着我的肩膀，我们可以一路亲昵地说一些永远也说不完的话。可是今天，我再也不好意思把头靠在周启晨的肩膀上，而他，似乎是为了避免尴尬，一路上捧着手机，在页面上不知疲倦地输入一行行文字。要是以往，我肯定会凑过去看他是不是在和哪个美眉聊天，或者野蛮地夺下他的手机，让他老实交代。记得有一次，我们在外面散步，周启晨低着头在手机上写着什么，我二话没说一把从他手上夺过手机,他也不生气,只静静地看着我,我拿过手机一看,只见他正给我的微信发信息:雨佳,我真希望我们能这样一直安静、甜蜜地走下去,只有你和我,直到天荒地老。我眼圈红了起来,抓紧了周启晨的手。

厦门到武夷山,三个多小时的车程,我却似乎感到度过了漫长的三天,不对,是三年。偏偏在这样尴尬的境地,我们前面坐着一对情侣,男方用手摸着女方的脸,女方趁机靠在男方胸前,两人亲昵地说着悄悄话。动车在行驶,两人一路举止亲密,周启晨干脆眼不见为静,闭目养神。我则羡慕地看着他们,直至他们回过头来看我,我连忙把我的视线从他们的身上移开,放眼看着窗外飞逝的景物。

动车靠站了,周启晨主动拉走了我的行李箱,我刚要伸手去接时,他摇了摇头,只轻轻地吐出"不用"两个字。他就是这样,每次和他一起出门,都是他大包小包扛着,手上拉的,肩上背的,把自己缠绕成一辆小型拉车,却始终不舍得让我拿一点东西。这一次,我顺了他,他两只手拉着两个拉杆箱,背上又背着一个行李包走在前面,我则跟在他后面,看着他那高大的背影,他那宽阔的后背、乌黑的头发、矫健的步伐,所有的这一切,曾经是那么熟悉。想到或许以后再也见不到周启晨了,我的内心涌起一阵伤感。

看到我没跟上,周启晨停下脚步,回过头来看了看我,微笑着说:"快点跟上哦,不然把你丢在这里了。"我看着他笑,随即小跑着跟了上去,顺手从他手上接走行李箱,这次他没有拒绝,拉杆箱顺利地转到了我的手上。

大家都以为,是我和周启晨主动提出分手的,我应该不会有失恋的痛苦。不!那是大家不理解我。那天和周启晨在公园提出分手,回宿舍后,我的心就开始隐隐作痛,我倒在床上昏昏欲睡,感到生活没什么滋味,我在宿舍昏昏沉沉地躺了一天一夜。

第二天醒来，我继续骂自己、恨自己、打自己，感觉这样还不够惩罚自己，我甚至用刀割手臂，当看着血从手臂上流出时，我的思想却是麻木的。嘉丽不放心，赶过来看我，当看到眼前的一幕时，嘉丽不择言语地骂我，并掏出手机要给周启晨打电话。在我的一再要求下，嘉丽才放下手机，扶着我走到外面拦了辆的士，把我送到医院包扎伤口。在医院，嘉丽又狠狠地骂了我一通，说分手是我自己提出来的，作践的又是我自己，嘉丽表示不理解。她说，想爱就痛痛快快昏天黑地地爱啊！让世俗观念现实生活见鬼去吧。我没说话。嘉丽也是说着好听，其实她比我还现实，比我还势利。

我和周启晨是大学同学，记得那是大学新生报到的第一天，我拿着行李找到宿舍，嘉丽已经先到宿舍并整理好行李了。看到我进来，嘉丽热情地接过我的行李，并帮我整理好床铺。这时，我的电话响了，一个男生先是自我介绍，说他叫周启晨，是我的同班同学。周启晨解释道，在他报到签名的时候，看到我的名字在他前面，心想一定是个漂亮女生，偷偷就记下了我的电话号码，周启晨在电话里邀请我一起吃饭，我嘀咕着"哪里来的冒失鬼"，以要整理行李为借口，委婉地拒绝了。

挂掉电话，我转身对嘉丽说了我的奇遇记，嘉丽"咯咯"地笑了起来，开玩笑地说周启晨有眼无珠，"嘉丽"这名字难道不比"雨佳"好听吗？看看，三千"佳丽"，这么美的名字怎么就不会引起周启晨的注意呢！我们就在这样的玩笑中相互打闹，从而拉近了距离。自此，嘉丽成了我的好朋友。

当然，我也只把这个陌生电话作为生活的点缀。第二天到教室上课，我按照安排好的座位落座，班主任开始点名了，当点到周启晨的名字时，我承认我是竖着耳朵捕捉回应的声音来自哪里，当听到身后一个男生以响亮的声音回答"到"时，我一转身，看到一个戴着眼镜的男生，阳光、帅气。男生悄声对我说："嘿，我们真是有缘，这样都能前后桌。"我下意识地给了他一个白眼，不再理他。

第二天发生的事，我怀疑周启晨是有预谋的。当我在食堂端着饭菜在座位上落座时，一抬头看到周启晨在我对面坐了下来。我正想换个位置，其他位置却已被坐满。我不禁装出无所谓的样子说："你什么时候成狗仔队了？跟踪我？"周启晨大笑着解释道："你可别冤枉我，你看，除了这里，哪还有空位？我这叫无奈。"我假装生气地站起来，说："既然有人感到无奈了，我还是走吧。"周启晨瞬间抓住我的手，说："开玩笑呢！这就生气了？我跟你说啊，这叫缘分，缘分知道吧？"

在我的心里，其实也相信缘分。要是没有缘分，周启晨怎么不找别人打电话而找我？要是没有缘分，在教室我们怎么会坐在前后桌？吃饭的时候又怎么会碰到一起？不管有着怎样的开始，总之从这之后，我和他之间有了频繁的接触，之后，就完全以恋人的身份进进出出。

三

我的家境并不好，两个哥哥在上大学，弟弟还在读高中，都是需要花钱的主儿。家里就靠父母种植两百棵蜜柚树的收成维持生计。因此，当我收到录取通知书时，我看到的不是父母喜悦的眼神，而是满脸的忧愁。两个哥哥上大学时，父母已经借遍了所有的亲戚，而弟弟一学期几千元的学费，始终成为家里的负担，我知道，父母不可能有多余的钱供我上大学了。

可是这大学我是肯定要上的，这是我努力了12年的结果。当听说可以助学贷款时，我的内心犹豫不决，我担心被同学知道我的家庭情况，担心在学校会抬不起头来，而当想到只有助学贷款才能完成我的学业时,最终,我说服了自己。

助学贷款批下来了,我申请到了一年六千元免利息的贷款,当然,这六千元是远远不够的,但是多少缓解了我经济上的尴尬。大学四年,我省吃俭用,以勤工俭学的方式完成了学业,其中的甘苦可以一笔带过。毕业后,我和周启晨到厦门找工作,一方面为了节省房租,另一方面因为我们的感情已经牢固,接下来面临的就是谈婚论嫁,我们住到了一起。在简历投出去的第三天,我收到了一家公司的面试通知,并顺利步入工作岗位,而周启晨应聘到岛外的一家公司上班,我们就这样分开了。

从岛内到岛外有很多公交车,但是要转车,路程又比较远,跑一趟需要不少时间。平时我们两人都忙着上班,周六要加班,我们见面的次数越来越少,只能通过微信聊寄相思,虽然如此,每个月我们总会抽时间相聚。在一起的时候,我发现,周启晨哪怕才刚领了工资,仍是很节省,舍不得买吃的和穿的,穿的衣服还是在校时候穿过的,鞋底已经磨得没有了齿痕,他还是舍不得扔掉。我几次对他说,不要那么节省,要照顾好自己,该花的要花。周启晨笑了笑,说:"我不是挺好的吗?"周启晨的工作比我忙,每次都是我搭上公交车,跨过大桥,到岛外去见他。

半年后的一个周末,周启晨却主动来找我,我和周启晨第一次走进咖啡屋,我点了一杯拿铁咖啡,周启晨点了一杯卡布奇诺。我装作很小资的样子,轻轻地搅动着咖啡,然后舀起一小汤勺往嘴里送,我边喝咖啡边关心地问周启晨的工作情况。

周启晨说他对这份工作还算满意。中途,周启晨从口袋里拿出一沓钱,诚恳地对我说:"这是我的工资,一万块钱,你拿去还贷款吧。"我愣住了,瞬间明白了周启晨省吃俭用全都是为了我啊!我把钱推向周启晨,说:"我自己有钱。"我知道,对于刚毕业的大学生,公司不会给我们太高工资,这一万块钱都是周启晨省吃俭用节省下来的。周启晨执意不收,说:"不要以为我不知道，毕业后，你的助学贷款就要开始还利息了，本金也要在这两年内还完，这钱你收下，早点把贷款还清，这样我也心安。"说实话，我之所以没和周启晨说这些，是不想让他为我操心，但他还是从嘉丽那边打听到了我助学贷款还款的情况。事实也确实如周启晨说的一样，为了早点还清贷款，这几个月来，我也是省吃俭用，手上已经存了一万多块钱，我正想着早日把贷款还完，没想到周启晨心思如此缜密，处处都在为我着想。在周启晨的一再坚持下，我收下了钱，再向嘉丽借了几千元，凑足了还贷金额，把助学贷款还清了。

这件事让我感触很深，我想：漫漫人生旅程中，如果能找到像周启晨这样一个可以同甘共苦的对象，"执子之手，与子共箸。执子之手，与子同眠。执子之手，与子偕老。执子之手，夫复何求？"。

四

我们放好行李前往景点，第一个要游览的景点是爬天游峰。天游峰号称武夷山的第一游览胜地，海拔408米，在五年前的那次武夷山之行，我们已顺利地爬上了山峰，眼见四周云雾弥漫，在微风的吹拂下，白云有如大海的波涛，在山壁间汹涌澎湃，连绵起伏地在山顶上缭绕。我和周启晨站在天游峰上，看着眼前变幻莫测的云景，似乎我们正在天宫中遨游，又似乎已经置身于蓬莱仙境，那一刻，我深深地陶醉了。我赶紧拿出手机，请旁边的游客帮我和周启晨在写有"天游峰"的那块大石头上拍了一张合影。今天，我们还想再一次登临峰顶，感受"一览众山小"的意境。

在攀爬过程中，我忽然想起了嘉丽说过的话：要留意周启晨会不会想不开。是啊！周启晨会不会因为我们的分手而想不开呢？虽然当我提出分手时，他是那么平静、淡定，一如他平时的性格，但是我无法窥视他的内心。嘉丽的话提醒了我，我不得不提防周启晨会突然从这峰腰往下跳。为了避免悲剧发生，我以有恐高症为借口，紧紧地挽住周启晨的手臂，要他来保护我。周启晨似乎没发现我的心思，只顾欣赏周围的景色，当向上攀爬的人过于密集时，他带着我来到旁边空旷处稍作休息，让我欣赏山脚下有如巨龙蜿蜒盘绕的九曲溪。九曲溪上几只竹筏悠然荡漾，竹筏上的游客穿着橘红色的救生衣，他们可能在体验山谷的回音，齐声地在大声呼喊着，果然，山谷马上回音了，于是，游客发出一阵爽朗的笑声。我和周启晨听着响亮的回音，跟着会意地笑了。我们一路往上爬，顺利地来到山顶，俯瞰着山脚下：翠绿的青山，碧绿的溪水。此时此刻，我所有的烦恼都被这优美的景色冲刷得无影无踪，我多想时间就此停留，所有的凡尘往事，所有现实中必须思考的问题都不再出现，就只剩下我和周启晨相守着，一生一世。

"不坐竹排，等于白来。"九曲溪的竹排虽然以前坐过一次，但是既然来了，就再次感受下。我和周启晨从天游峰下来，到九曲溪码头乘坐竹排，艄公撑着竹篙，竹排在溪流中缓缓流动。九曲溪那透心凉的溪水清澈见底，我坐在竹排上，身穿救生衣，脚踩在竹排上，水细细地从竹排缝隙涌进来，我索性脱掉鞋，将脚泡在水里。此时，正午的太阳从天上直照下来，却也感觉不到热，清冽的溪水带来阵阵沁人肺腑的气息，再沐浴着两岸的绿意，化解了我内心的忧愁。

竹排靠岸了，周启晨拉着我的手迈上岸。这时，"扑通"一声，我顿时意识到有东西掉入溪里了，回头看时，已不见了踪影，只留下水面上泛起的波纹。我下意识地用手一摸，原来是挂在脖子上的心形绿宝石项链不见了。我和周启晨分手的同时，他买给我的绿宝石项链跟着丢了，难道这就是冥冥之中命运的安排？在预示我和周启晨之间爱情的终结？周启晨听到声音，跟着转过身来，看到我脖子上空荡荡的，他马上明白了，说了句："我去把它找回来"，就要跳进水里寻找，被我惊叫着拦住了。溪水深不见底，我不希望周启晨去冒这个险，我对周启晨说："算了，掉了就掉了，大不了再买一条。"周启晨没说什么，默默地和我一块离开。

走出景区，为了不让周启晨的心情受到影响，我提议再去买一条绿宝石项链，周启晨答应了。我们沿着旧时的记忆，摸索着走进一条小街，经过了五年的时光，小街有了一些变化，但整体的风格还是依稀可辨。为了不漏掉一家店面，我和周启晨分工，我负责看左边的店面，周启晨负责右边的店面，如果碰到有专卖饰品的商店，我们两人会合，一起进去买项链。

眼见我们已经走了一半的路程，昔日的饰品店却荡然无存，我的内心开始紧张。说实话，虽然我和周启晨已经提出分手，但是我却不希望绿宝石项链就这样从我身边消失，我想珍藏这条项链，珍藏我和周启晨之间纯洁的这段感情。在寻找的过程中，我们也看到了几家饰品店，一堆堆琳琅满目的项链中，却难觅一模一样的绿宝石项链，直至我们把这条小街都走遍了，我和周启晨空着双手，失落地叹了口气。

五

周启晨有着优秀男人所具有的品质以及责任感，他对我的好发自内心，我和周启晨的感情更是没说的，我们是大家公认可以一直走下去的一对。我也承认，如果我们一直停留在大学求学阶段，不受外界的干扰，我和周启晨会携手白头到老。

可是，当我们大学毕业后，情况有了很大的变化，现实生活对我们的影响让我始料未及。先说说我吧，我瞒着家人和周启晨谈恋爱，大学毕业后，母亲不止一次跟我唠叨，说辛辛苦苦培养我本科毕业，要我为自己的未来考虑，以前的日子过得太苦了，以后的幸福掌握在自己手中，不要再过苦日子了，找一个经济条件好的嫁了。母亲为了让我听她的话，用心良苦地在我面前回忆我读大学时困苦的家庭状况。母亲说，父亲没日没夜地在地里干活，需要一些营养来补充身体，那天早上，父亲起了个大早去买猪脚，父亲担心去迟了猪脚被卖光了。父亲早早来到肉摊，看到肉摊上摆着好几个猪脚，父亲满意地翻翻这个，看看那个，再经过仔细比对，买下了最小的那个猪脚，这并不是因为最小的猪脚好吃，而是花的钱少。父亲让摊主把猪脚砍成一块块装袋，回到家后，父亲把猪脚放在洗菜盆里，找来刀片仔细地刮着猪脚上的毛。那天地里没活，父亲有足够的时间摆弄猪脚，等父亲把猪脚上的毛全部刮完之后，半个小时过去了，父亲开始烧猪脚。我家的炒菜锅并不像城里人用的那种电磁炉锅或者煤气灶，而是父亲用废弃的红砖在门口砌的一个土灶，父亲用树枝点燃火，往灶里添加柴火，柴火是父亲从水果园里捡回来的枯树枝。父亲为了节省开支，有空就到果园捡树枝，自家的、别家的。彼时，坂仔村大部分村民已经开始用电磁炉炒菜，像父亲这样烧柴火的很少，因此，村民乐得父亲把他们果园的枯树枝捡干净。父亲在锅里放油，油热后放了点白糖，让白糖完全熔化成糖浆之后，往锅里放入猪脚翻炒，炒到差不多加入酱油、料酒、八角等一些配料，然后父亲坐在灶前，专心地往灶里添加柴火，父亲的眼神那么专注，一丝不苟地烧火，慢慢地，猪脚的香味从锅里飘了出来，父亲继续烧火，一个多小时后，父亲打开锅盖，看到了锅里粉嫩嫩的猪脚，父亲咽了下口水，舍不得吃上一口，把猪脚装进碗里，用盖子盖住，父亲要等母亲和弟弟到家再和他们一起享用。

　　当母亲从地里回来时，一眼看到了锅里烧得油光发亮的红烧猪脚，母亲对父亲发了脾气，母亲说："这样你也吃得下去？

也不想想，三个孩子在学校过的什么日子？他们可是餐餐的萝卜干豆腐乳啊！"父亲听了，愧疚之情油然而生，那天晚上，父亲饭也没吃，离家出走了，母亲担心父亲想不开，发疯般地寻找父亲，最后在自家的果园里找到父亲，父亲点着旱烟在果园里长吁短叹埋怨自己不争气，母亲劝了半天，才把父亲从果园里劝回来。

母亲说，家里类似这样的事情太多了，没人喜欢过节衣缩食的日子，这叫没办法，而这些他们从不告诉我们，每次打电话，母亲说得最多的一句话就是：该吃吃，你们正在长身体，不要太节省，没钱再给家里打电话。母亲虽然这样说，我和两位哥哥其实心知肚明，家里的情况我们非常了解，因此，再没钱我们都想办法克服。聊着聊着，母亲趁机问了我有关周启晨的家庭情况，母亲问周启晨家里有几个兄弟姐妹，问周启晨的父母从事什么职业？我跟母亲实话实说：周启晨家里还有一个妹妹在上大学，周启晨的父母和我的父母一样，是可亲可敬老实巴交的农民。母亲说："人如果没有钱，哪个会亲你？哪个会敬你？我问你，如果你和周启晨结婚，你是随他回去河南老家还是留在厦门呢？如果回河南老家，他们那个鸟不拉屎的地方，你一个本科生能找到用武之地吗？如果留在厦门工作，你和周启晨的工资追得上一路飞涨的房价吗？厦门一套房子几百万元，你们就算不吃不喝，一辈子也买不起一套房子呀。"

母亲絮絮叨叨地说了许久，末了对我说，隔壁林婶的远房外甥刚本科毕业，他父母已经在厦门岛外买了套新房给他，林婶刚才来为她外甥做媒，要我问你的意思，你好好考虑下吧！到了此时，我才明白母亲的真正用意，我考虑了三天三夜，在这三天三夜，不乏亲朋好友对我动之以情晓之以理，要我现实一点，不要明摆着的好日子不过，如果真要执迷不悟，就等着以后过叫天天不应叫地地不灵的穷苦日子吧。

是的，我不想再过苦日子了，我听从了母亲的话，与林婶的外甥见了面。见面之后，林婶的外甥回话说对我很满意，大家都是一个地方的人，知根知底，就先定亲。面对他家的要求，我答应了，我和他说，给我几天时间，等我从武夷山出差回来再说。我当然没有和他说我是和周启晨一起去武夷山玩，而是以公差为借口。他爽快地答应了。

六

晚上，我和周启晨在外面随便吃了碗面条，心事重重地走进酒店客房，明天我们就要回去了，这一别，从此大家就各奔东西了。我想了想，从包里拿出一张银行卡，对周启晨说："这卡里有一万块钱，密码是你的生日，还你上次借我的，收下吧。"

周启晨惊讶地看着我，过了一会，才缓缓地吐出几个字："我不会收的。"我张了张口想说什么，看到周启晨坚决的样子，我知道他不可能收回去。我了解他，他说不收说再多也不会收，我只得把银行卡重新放进包里。

夜深了，我和周启晨靠在床上，无话。周启晨从包里拿出一本书，认真地看着。我等周启晨睡觉，倦意似一股股海浪，一波又一波地涌了上来。最后，我看时间不早了，就催促周启晨睡觉。周启晨只是轻轻地"嗯"了一声，仍然专注地看着那本书。我躲进被窝，时间静静地流淌着，12点、1点、2点，灯光下依然现出周启晨看书的身影。最终，我难以抵挡睡神的袭击，昏昏沉沉地睡了过去。

一觉醒来时，外面灿烂的阳光从窗户倾泻进来，洒满了地面。我翻了个身，身边空荡荡的，周启晨呢！我惊叫着起床，周启晨没在房间。当看到周启晨的行李包还在时，我长长地松了口气，心想他可能出去找好吃的了。记得以前我和周启晨住一起时，每天早上都是他先起床，刷牙、洗脸，然后出去把早点买回来放在桌上。当我起床时，他已经去上班了，锅里留着他买回来的热腾腾的早点，以及满是温馨的留言，写得最多的是这句话：佳，我去上班了，早餐在锅里，记得吃哦，爱你！下面是大大的"晨"的草书。

想到他可能是出去找吃的，我反而一点也不着急了，我慢腾腾地起床，刷牙、洗脸，等我忙完这些时，周启晨还是没回来。我拿出手机，拨了周启晨的号码，手机铃声却在房间响起。他出门没带手机！该不会是想不开吧？顿时，我感到浑身的毛孔竖了起来，我在心里默念着：启晨，你在哪？启晨，你可不能想不开啊……我一边想，一边抓起手机打开门就往外面冲。

奔跑中，我和对面走过来的一个人撞了个满怀，我抬起头正想道歉，一眼看到周启晨一身湿漉漉地站在我面前。周启晨看到是我，笑容满面地对我说："看，这是什么？"我不相信似的睁大眼睛：绿宝石项链！项链绿得那么无瑕，有如一汪深潭！那碧绿的颜色，绿花了我的眼。我再看周启晨一身湿漉漉的衣服，顿时明白了——他是下水找绿宝石项链去了。我捶着周启晨责怪他："你好傻，你真到水里去找项链了，要是出事可怎么办？"周启晨没说什么，轻轻地哼起王铮亮的《相爱一场》：相爱一场 / 人生有多少时光 / 相爱一场 / 都成为遗失的过往 / 可笑的倔强 / 撑着不承认绝望 / 心碎得很漂亮 / 又怎样……

送　婚

一

天空似乎蒙着一层薄纱，雾蒙蒙的。节令虽然已入冬，南方的天气还是温暖如春。

再过三天，就是张巧英出嫁的日子。这几天，张巧英的亲朋好友纷纷上门来贺喜，大家最直接的方式就是包红包。在坂仔镇，随喜红包一般是200元或320元，取双数，当然，关系好的另当别论。昨晚睡觉前，张母叮嘱张巧英，这几天要早点起床，把家里收拾干净，好迎接客人。即使母亲不交代，张巧英自然也知晓。

张母在一家幼儿园打工，负责买菜煮饭做卫生。家离幼儿园有两三公里远，有的家长赶上班，孩子早早就送到幼儿园，园长要求张母七点就要到幼儿园，张母答应了。年纪大了，睡眠浅，闲着也是闲着，有事做时间好打发，张母这样想。因此，对张母来说，已习惯每天早上六点半出门。

早上，张巧英从衣柜里取出一条粉色连衣裙穿上，站在镜子前照了照，又从衣柜里拿出丝袜，小心翼翼地往上套。丝袜薄如蝉翼，一不小心很容易划破。这几天总有客人来，张巧英每天都要精心打扮一番，扑粉底、涂口红。张巧英虽已29岁，但身材娇小,皮肤白嫩,看起来比实际年龄小。

打扮完毕,张巧英看着镜子中的自己,感觉良好。张巧英29岁还待字闺中,张母忧心忡忡,张巧英的几个高中同学,早早地就把自己嫁了,孩子都满地跑了。张母见了,心里更加着急,多次催促张巧英找个人嫁了,张巧英被催得心烦,也想早点把自己嫁出去。

张巧英家不大,小两房,六十几平方米,不一会就收拾得干干净净。张巧英忙完正坐进沙发,门口传来呼唤声,张巧英一看,是老同学苏晓琳。看到苏晓琳,张巧英满脸笑容地迎了出来,把苏晓琳迎进屋。三年的高中生涯,张巧英和苏晓琳形影不离,结下深厚友谊。两人高考同时落榜,更是惺惺相惜,无话不说。苏晓琳结婚早,嫁了本地一个杀猪的,结婚时张巧英包了礼给她,这下,苏晓琳来还礼了。

两人在沙发上落座,想说的话在脑中争先恐后,抢着想从喉咙口蹦出来。苏晓琳是过来人,结婚涉及方方面面,张巧英有太多的疑问要问她,苏晓琳乐于分享,两人越聊兴致越高。

"说什么呢!聊得这么热烈?"门口传来男性声音,把两人吓了一跳。今天有客人来访很正常,不正常的是,这个熟悉的充满磁性的声音会出现在这里。张巧英满脸吃惊,飞奔出门,看到林浩东一副风尘仆仆的样子。一百多公里,两个多小时的车程,林浩东已经从厦门来到坂仔镇。

林浩东的到来,让张巧英措手不及。不只张巧英,苏晓琳亦是浑身不自在。苏晓琳不自觉地从沙发上站起来,看着眼前的林浩东,露出了狐疑的眼神。她尴尬地和林浩东打了招呼,看着张巧英,心里发出疑问:"你们不是分手了?他怎么还来这里?"张巧英的心怦怦直跳,她慌乱地拿出茶杯泡茶,由于太过紧张,碰翻了一只茶杯,茶杯"哐当"一声掉到地板上,白色的瓷片碎了一地。林浩东看到了张巧英的措手不及,对张巧英说:"我之前不是和你说过，你结婚的时候我会过来吗？"张巧英慌乱地说："你是说了，可是，我以为你在开玩笑。""我向来都是说到做到。"林浩东一本正经地说。

来者是客，张巧英只有硬着头皮接待。苏晓琳站也不是，坐也不是，找了一个借口赶紧溜了。

看到边上没有外人，张巧英在心里酝酿许久的一句话，终于断断续续地说了出来，她说："浩东，你这时候过来，让我感到很为难……"

二

林浩东是张巧英的第二个男朋友。

林浩东成为张巧英的第二个男朋友，和张巧英的第一个男朋友有关，即便没有直接的关系，也有间接的关系。

那年，正值青春年少的张巧英在苏晓琳姐姐苏晓小的介绍下，到厦门一家广告公司上班。

这是一家小型私人企业，职员不到十个，只有张巧英一个女的。男同事大多已成家，只有何涛未婚，何涛与张巧英年龄相仿，两人距离一下子拉近了。在公司，有同事看到张巧英是新来的，总是指派她做这做那，何涛不一样，哪怕自己再忙，也从不开口。为了节约成本，公司没外请清洁工，在张巧英来之前，老板要求每个员工轮流值日一周，据说之前大家都很自觉遵守，值日生在每天下班前，都会扫地板、洗茶盘、抹桌子什么的，自从张巧英来了后，大家就开始不自觉了，他们纷纷表示一个大男人整天干这些娘们的活，有伤男人的自尊，言下之意是让张巧英把办公室做卫生的活都包了。张巧英不敢提出抗议，但是也没答应，面对大家的七嘴八舌，她沉默不语。只是从那以后，办公室的卫生就没人做了。张巧英看不下去，自觉地遵守这个不成文的规定。

　　这天下班，张巧英如往常一样，拿起扫把准备打扫卫生，何涛正在收拾东西，看了一眼张巧英，淡淡一笑，说："今天轮到我值日，你可以先回去。"张巧英听了，愣愣地站在那里，许久没反应过来。多日来的值日，让她觉得每天做卫生是分内事，却没想到还有人仍在遵守之前的值日生制度。张巧英瞬间没反应过来，过了一会才醒悟过来，对何涛说了声谢谢，然后低着头走出办公室。

　　这件事让张巧英对何涛产生了好感；而何涛，也有意无意地在帮助张巧英。何涛会主动帮助张巧英整理资料；张巧英做卫生时，何涛故意拖延下班时间，帮张巧英擦桌子、扫地板；中午，他们一般到外面吃饭，刚开始，张巧英几次到饭店，座位都已经被坐满，张巧英站在那边觉得很尴尬。后来再去时，看到何涛已经坐在里面向她招手，何涛用公文包帮张巧英占了一个位置。对于一个独自在外漂泊的女孩来说，张巧英能得到何涛如此关照，心里不自觉地对何涛有了依赖。

　　与何涛接触多了，一次午休时，张巧英看着何涛，问他是哪里人。待何涛说出地名后，把张巧英吓了一跳，原来，何涛家也是在坂仔镇，两家距离十几公里，骑电动摩托车也就20分钟左右。得知是老乡后，两人谈论的话题更多了，彼此分享着家乡的各种信息。来厦门之前，何涛是一名教师，彼时，学校允许教师办理停薪留职，何涛向学校提交申请，得到批准后到厦门闯荡。张巧英好奇地问何涛："你以后还回去教书吗？"何涛想了想，说："在厦门的这几年，没找到好的发展方向，工资都不够吃饭和交房租，家里已经催了好几次让我回去重操旧业，说不能丢掉铁饭碗。"

　　张巧英和何涛日久生情，这份感情，是从内心深处的流露，在相处过程中，他们总能为对方考虑，为对方付出。

周末，何涛主动约张巧英，说："听说最近植物园花开正艳，明天一起去逛逛？"看到何涛主动约自己，张巧英未免心花怒放，她担心答应太快显得自己不够矜持，过了一会才回复道："正好明天没其他安排，去吧。"两人约好第二天早上九点在植物园外面会合。

买门票时，何涛站在窗口前抢着埋单。两人进了植物园，适逢周末，到植物园游玩的人很多。两人并肩走在路上，两边树木葱茏、鸟语花香，一对对情侣从他们身边走过，或手拉手；或男的搂着女的腰款款向前，女生的脸上荡漾着灿烂的笑容，一副甜蜜的样子。是的，恋爱中的男女是最快乐的。张巧英看着他们幸福的样子，内心充满着对美好未来的憧憬。

前面上坡有一级级台阶，何涛与张巧英并列前行。刚开始，两人的速度相当，走到后来，张巧英深感体力不支，微微喘气。何涛几次停下脚步等她，即便如此，到最后，张巧英还是走不动了，她顺势坐在台阶边上的长凳上休息。何涛见状，逗着张巧英说："最美的风景在山顶上，我们一定要走到山顶，领略一览众山小的豪迈。"张巧英边用手扇着风，边说："我实在走不动了……"张巧英话音未落，却见何涛在她面前蹲了下来，也不管张巧英是否愿意，顺势把张巧英背了起来。张巧英满脸通红，捶着何涛的后背，说："赶紧放我下来，大家看着呢！"何涛却紧紧地箍住张巧英的双腿不放，并故作严肃地说："别闹，再闹我们两个都会摔倒。"接着，何涛低声地唱起了《最浪漫的事》："背靠着背／坐在地毯上／听听音乐／聊聊愿望／你希望我越来越温柔／我希望你放我在心上／……我能想到最浪漫的事／就是和你一起慢慢变老……"瞬间，张巧英感觉自己的心就要被融化了，她把头靠在何涛的肩膀上，静静地听着何涛为她一个人歌唱，此刻，她多么希望，时间能为她停留……

— 角色 —

　　林浩东似乎没听到张巧英在说什么,他在沙发上坐下来,自个往茶壶里装茶叶、冲开水。在和张巧英相处的三年中,林浩东几次到张巧英家,早学会了南方泡茶的一些步骤。在林浩东家,有客人来,主人都是直接在大茶杯里放入茶叶,泡上一大茶杯端给客人。张巧英家不一样,小小的茶壶,杯子也是小巧玲珑,号称工夫茶。林浩东第一次到张巧英家,看着瓷白色乒乓球大小的茶杯,说,这点茶水哪里够我喝,喝十杯都不解渴。刚好张巧英家来了几个客人,听了林浩东的话,都笑了起来。

　　不过自那以后,林浩东开始学着喝工夫茶了,他想通了,所谓的一方水土养一方人,福建的工夫茶有着深厚的文化底蕴,要慢慢品味才对。这样想,每次到张巧英家,林浩东都要泡上一壶茶慢慢品味,铁观音、大红袍、普洱茶……久而久之,坐在沙发上喝上一杯茶成了林浩东享受生活的一种方式。

　　"来,喝一杯吧。"林浩东泡好茶,端了一杯给张巧英。张巧英看着林浩东,欲言又止。林浩东全然不理会张巧英的表情变化,说:"你知道文学大师林语堂先生是怎么谈喝茶的吗?"见张巧英心事重重的样子,林浩东不再追问,开始卖弄前段时间从某本书上看到的:"林语堂先生说,这喝茶啊,在第二泡的时候是最为美妙的,第一泡茶好比十二三岁的幼女;第二泡呢,则是十六岁的少女,窈窕多姿;这第三泡呢,则是少妇,稍嫌老了些。"张巧英白了林浩东一眼,说:"你这是在暗示我年龄不小了吗?"林浩东做了个鬼脸,无辜地说:"我可没有,是你自己主动对号入座。"

　　看到林浩东没心没肺地坐在沙发上谈笑风生,张巧英郁郁寡欢,埋怨道:"你还有心情说笑,我妈的火暴脾气你又不是不了解,等她回来看到你在这,不知道会怎样,唉,我都不知道怎么和她解释。"林浩东见张巧英始终闷闷不乐,叹气道:"唉,本来是想和你开个玩笑,你却始终怀有心事。我过来并没什么坏心思，我只是想看看你要嫁的人是怎样的，值不值得托付终身，这样我才会放心，仅此而已。放心吧，我没事！"

三

何涛和张巧英双双坠入爱河，他们爱得如痴如醉、难解难分。

七夕情人节，何涛约张巧英看了一场电影，他们毫不犹豫地选择了情侣包厢。这是一部爱情片，男女主人公在误会中产生矛盾，在矛盾中争吵，然后闹着分手，分手后又在某个机缘下相遇，误会解除，两人再续前缘。故事或许老套，却能揪住人的内心，他们的情绪随着男女主人公的喜怒哀乐或伤心、气愤，最后因男女主人公的和好而欢呼。看完电影，张巧英的内心怀着一份美好，她希望和何涛之间，不要有太多的波折，两人心中有彼此，能共同呵护这份爱情，直至开花结果。

甜蜜的日子持续了几个月，晚饭后的漫步成为他们的固定节目。两人情到深处时，几次差点跨过了最后的关口，每到这时，何涛都及时地刹住了内心深处奔涌的河流，这个举动引起了张巧英的不满，何涛看出张巧英的不快，总是温柔地安慰张巧英说："傻瓜，我要把最幸福的时刻留在最后。"听了这话，张巧英的心情才稍稍舒坦了些。

一个月光如水的晚上，两人依旧来到附近公园，手拉手散步。碧绿的草地上铺了一层朦胧的月光，远处、近处，这儿一对，那儿一对，情侣们的窃窃私语，让洁白的月色蒙上了一层浪漫气息。

张巧英陶醉在爱情的甜蜜中，话语中都带着欢乐气息，她有如一只欢快的小鸟，叽叽喳喳向何涛分享生活中的趣事，等她说了一大通话后，才发现，在一旁的何涛始终闷闷不乐的样子，显然怀有心事。

张巧英停下脚步，眼睛看着何涛，满脸担忧地问何涛："是发生了什么事吗？"

何涛眼神闪烁，不敢直视张巧英，幽幽地说："我停薪留职的年限已到，要回校了。家里人一直催着我回家。"

张巧英不解地看着何涛，心里想："回去就回去，我也可以跟你一起回去啊，这有什么关系？"可是，看着何涛的样子，她知道事情远没这么简单，她等待何涛继续说下去。

果然，过了一会，何涛吞吞吐吐地说："我妈知道了我们之间的关系，坚决反对我们来往，她希望我找一个有固定工作的……"

张巧英明白了，她想起在这段时间相处的过程中，何涛始终和她保持着距离，原来是心里早有了其他打算，她掏心掏肺和他交往，没想到，他心里另外打着小算盘。想到这，她感到心里堵得慌，这突如其来的变故，让她措手不及，有如晴天霹雳，直击她脆弱的心灵，但是她不能在何涛面前表现出内心的波涛汹涌，她冷冷地说："你走吧。"

"不，巧英，我爱你，我不要离开你。你知道吗？这几天我吃不好睡不好，我在想怎么给我妈一个交代。现在，我终于想到了一个办法：你跟我一起回去，找一份代课教师的工作，等以后有机会就去考编，这样，我们就可以在一起了。"

张巧英的内心重新燃起了希望，她有个同学也在老家当代课老师，找的老公在政府部门工作，事业编，不仅为家人挣足了面子，自己出门也风光。张巧英听了何涛的话，心有所动，她睁着一双疑惑的大眼睛，犹豫道："可以吗？"

"这样吧，你辞职跟我一起回去，我先去上班，我们分头找找关系，看哪里有需要代课教师的，你先进去待着。代课教师工资虽不高，也是个体面的工作，等你去上班后，我再慢慢做我妈的思想工作。"

"嗯。"张巧英咬着嘴唇,答应了。

张巧英经过一夜思考,冷静了下来,有了自己的想法:她决定先不辞职,请假几天回去看看情况,等家里代课教师的工作稳妥了,她再把厦门的工作辞了,这样也算给自己留一条退路。她跟何涛说了自己的决定,让何涛先回去。

张巧英跟公司请假后也回到了坂仔,她和母亲说了自己的打算。张巧英在读初中时,父亲得病去世,张母辛辛苦苦把张巧英和弟弟张肖华拉扯成人,彼时,张肖华还在大学读书,家里需要帮手,张母希望张巧英回到身边。听了张巧英的计划后,张母马上行动,只要有沾点亲戚关系的,在政府部门工作的,她在头脑中先一遍遍过滤。最后,她把目标锁定在巫蓝镇的党委书记上。

巫蓝镇和坂仔镇是隔壁镇,镇的党委书记姓贾。张巧英曾经不止一次听母亲说过,巫蓝镇贾书记和她们家的关系。

张母说,三十多年前,贾书记到坂仔镇中学读书,由于离家远,贾书记住在学校宿舍。学校半个月举行一次大扫除,老师布置学生从家里带劳动工具:塑料桶、锄头、扫把等。贾书记的祖辈和张母家的祖辈有表亲关系,贾书记的母亲交代贾书记,需要时就到张母家拿劳动工具。高中三年,每次大扫除,贾书记都去找张母借劳动工具,张母虽然是个急性子,但也是好客之人,每次贾书记上门来,家里有什么吃的,都叫贾书记吃一点。当然,那时候大家都穷,贾书记在张母家吃得最多的是地瓜,但这已经很不错了。

三年之后,贾书记考上大学,毕业分配在巫蓝镇政府部门工作。这么多年来,贾书记从最基层干起,一二十年过去了,贾书记也做到了巫蓝镇党委书记的职位上。贾书记的母亲念着这份情,经常到张母家做客,同时捎来了贾书记的话:感谢张母曾经的帮助,有困难尽管开口,他会尽力帮忙。

话是这样说,张母平时过的是老百姓的小日子,不求升官发财，也就从没去找过贾书记。这次，算是碰上了一件大事，张母虽然觉得难以启齿，为了张巧英的前程，还是决定厚着老脸去拉拉这层关系。

张母从挂在墙壁上的吊篮拿出一本发黄的笔记本，上面有贾书记的母亲留下的地址和电话号码。一直以来，张母从来没想到有用到的这一天，那个多年前留下的地址和电话号码安静地躺在本子上。

张母戴起老花镜，叫张巧英按照上面的电话拨打。电话响了，是一个磁性的男性声音，张母问了下，果然是贾书记，张母赶紧表明了自己的身份。电话那头的贾书记听到张母的名字，果然热情了许多。张母表示有事要找贾书记面谈，贾书记"哦"了一声，说："你明天到我办公室来吧。"张母连连感谢，颤抖着手放下了电话。

第二天，张母带着张巧英到巫蓝镇政府，张母走进政府大院，因不知道贾书记的办公室在哪个楼层，张母带着张巧英畏首畏尾地一层层、一间间办公室找过去，走到第三层楼时，张巧英眼尖，看到了"党委书记办公室"的牌子。张母正要走进去，从隔壁办公室走出一个年轻人，板着脸对张母吼道："干什么？走开走开。"

张母嗫嚅着说："我找贾书记。"

"贾书记忙着呢！哪有空理你，赶紧走。"年轻人不耐烦地挥着手，赶鸭子似的要把两人赶下楼。

张巧英在张母后面，听对方这样说，红着脸转身就要下楼。

"小李，让她们进来吧，是我亲戚。"从里面办公室传来一个男人的声音。

"您亲戚？好，好。"叫小李的年轻人听了，脸上堆满笑容，他上前扶着张母，说，"阿姨，书记请您进去呢，您看您也不说清楚。"说完，年轻人把张母和张巧英迎进贾书记办公室，在退出去时，悄悄地带上门。

张母拘谨地坐在椅子上，不敢多说话，贾书记问一句，她答一句。张母像得了便秘似的，花了好长时间才把要求贾书记帮忙的事说了出来。

贾书记听完，二话没说，在桌上的固定电话上按了一连串数字，张母在旁边听得一清二楚，贾书记称呼对方为张局长，贾书记问对方，他那边是否有需要代课教师。

张母竖着耳朵听，只听到贾书记一连串的"哦、是、没错、没事没事"，最后，张母眼角的余光看到贾书记挂了电话。

挂掉电话的贾书记对张母说，他刚才给教育局张局长打电话，张局长说上面已经下发通知，为了稳定教师队伍，提高教育质量，接下来各个学校都要清退代课教师，也就不会再聘请代课教师了。

张母听了，愣愣地坐着，张巧英则有如掉进了冰窟窿，感到全身冰冷。

此时，吃午饭的时间到了，贾书记带着张母到单位食堂吃饭。贾书记点了好多样菜，有虾、鸡肉、鸭肉等，张母看着整桌的菜，诚惶诚恐。张母平时省吃俭用，一辈子难得吃上这样丰盛的饭菜，贾书记热情有加，招呼张母和张巧英不要客气，多吃点。

席间，张母吃到了一只臭虾，臭虾含在嘴里，张母感到喉咙有股热浪要往上涌，她真想找个地方把嘴里的臭虾吐了，但很少见大世面的张母在贾书记面前哪敢有这样的举动，她强忍着把臭虾吞进了肚子，不一会儿，张母就感到肚子在翻江倒海，此时的张母很想上厕所，她强忍着不让贾书记看到自己的难堪样，借口有事匆匆和贾书记告别，然后捂着肚子几乎是跑着来到楼下，在办公大楼外面拦了辆摩的，带着张巧英仓皇赶回家。

到家后，张母急奔厕所，刚蹲下去，屁股下就一泻千里。泻完后站起来，还没走出屋，又想上厕所，张母赶紧又走进厕所，又泻了一次，如此反复，一天泻了六七次，泻得她双脚无力、头晕眼花。张巧英见状，赶紧到附近诊所叫来医生给张母输液。张巧英看着张母憔悴的脸，懊恼地说："早知道就不去了。"

张母沉重地叹了口气。

四

中午，张母在幼儿园没回家吃饭，张巧英简单地备了几样菜：瘦肉炒青椒、西红柿炒蛋、红烧排骨、紫菜肉丸汤。张巧英准备两副碗筷，和林浩东一起用餐。吃饭时，林浩东天南地北地说着，说之前的同事，说认识的朋友，说现在的工作。张巧英向林浩东打听了几位朋友的近况。在吃饭和说话的间隙，林浩东不忘伸出筷子，夹些菜放进张巧英的碗里；张巧英汤喝完，林浩东马上又给续上。这个熟悉的动作让张巧英心里涌起一股感动。在厦门时，每次吃饭，林浩东总是不忘夹菜给张巧英，有时餐桌上有张巧英喜欢吃的菜，林浩东总是让张巧英多吃点。

林浩东身材魁梧，脾气憨厚，有着北方男人的粗犷与豁达，对张巧英总是呵护有加。其实，林浩东的这个优点张巧英很早就发现了，那时候，张巧英还没和林浩东确立恋爱关系。有一次，张巧英约几个朋友一起打羽毛球，其中当然包括林浩东。张巧英在接球时，高跟鞋不小心踩到了一块泥巴地，鞋底下沾满了泥巴，张巧英低头看了一眼后，想着晚上再回去清理。轮到别人打球了，张巧英坐在旁边的石板上休息，林浩东走了过来，从张巧英脚上脱下鞋，很自然地对张巧英说，鞋子脏了，那边有个水池，我帮你拿去洗下。说完，提着一双鞋向远处走去。那时候，张巧英就被感动了，而感动的还不止这一幕。打完球之后，大家都觉得热，外套都脱了下来，张巧英也不例外，在回去的路上，张巧英左手拿着球拍，右手拿着衣服，肩上背着背包，林浩东见了，二话没说，把张巧英带的东西全部揽了过去，张巧英感到不好意思，路上几次要帮忙拿东西，林浩东都不答应。这两件事给张巧英留下了美好的印象，也为他们日后关系的进一步发展奠定了基础。

吃完饭，张巧英收拾碗筷，林浩东二话没说，主动洗碗。张巧英觉得过意不去，说："我来吧，你是客人，怎么好意思让你动手。"林浩东说："没事，我做习惯了。现在啊，我孤家寡人在厦门，这些事肯定都是我自己做，很顺手了。"张巧英劝说林浩东，有合适的赶紧找一个。林浩东笑了笑，没说什么。

林浩东从厨房出来时，从背包里拿出一个胖胖的红包递给张巧英，说："我的一点心意。"张巧英看着饱满的红包，说："不用不用，你以后要花钱的地方多着呢。"林浩东说："接受是一种美德，一点心意你都不愿意收吗？"张巧英觉得难为情，当初她和林浩东提出分手时，林浩东善解人意地说："都怪我，不能让你过上好日子，我相信你的选择。"听了林浩东的话，张巧英很想哭，林浩东就是这样，表面上风平浪静，实际上有什么痛苦都是自己扛着，深埋在心底。在和林浩东提出分手后，张巧英内心纠结了好多天，林浩东的品格无可挑剔，唯一不足的就是没有经济实力。回家后的张巧英身不由己地一步步走进婚姻的围城，无路可逃。当然，她也承认自己其实并没有要逃的想法，要是想逃，也就不会和林浩东分手了。人的性格总是存在矛盾，在对一件事情进行选择时，思想处于摇摆状态很正常，但是摇摆过后，终究还是以现实为基础，选择一条看得到的光明之路，而不敢以自己的幸福作为赌注。

五

从县城回家的当天晚上，何涛就打来电话问结果，电话是打到隔壁邻居家的，彼时安装一部电话要七八千块，村里很少人能装得起。张巧英说了结果，可以听出电话那端何涛低落的心情，他安慰张巧英几句，找了个借口挂了电话。

第二天，张巧英回厦门上班。心里的希望破灭了，她清楚和何涛的关系到了尽头。刚开始，何涛还会几天打一次电话给张巧英，到了后来，电话越来越少，张巧英经常看着电话出神。每次一听到电话铃声，张巧英的心就怦怦直跳。张巧英心里想念何涛，多次想给何涛打电话，想了想，还是忍住了。她在心里安慰自己，何涛在做他母亲的思想工作，等他的母亲回心转意了，何涛就会主动找她。

这天，张巧英正在起草一份文案，电话铃声响了，同事接到电话后大声喊道："巧英，何涛找你了。"

张巧英惊喜地站了起来，她失态地扑向电话，激动地喊着："何涛，是你吗？"

"巧英，我要结婚了，请你原谅我。我很早就想和你说分手，担心你伤心，一直难以启齿……"

何涛的话还没说完，张巧英就挂了电话，泪水顺着脸颊滑了下来。她不想在同事面前失态，转身走进卫生间，关上门，在里面痛快地哭了一场。

终于熬到下班，张巧英神情恍惚地走在路上。在经过马路时，她一点也没留意来往车辆，麻木地向对面走去。

"小妹，你不要命了？"随着一个男生的惊呼声，张巧英的身体被往后拉。张巧英回过神来，她甩开男子的手臂，埋怨道："你为什么要拉我？撞了多好，离开人世，一了百了。"

"你可想清楚了，要是被撞个半身不遂呢？到那时候，痛苦的可不是你一个人，你的家人也会被你拖累的。假如你瘫痪了，你父母健在的时候还会照顾你，要是他们老了，谁来照顾你？"男生严肃地说。

张巧英的心里一震，她想起父亲很早就离开这个世界，母亲辛辛苦苦地支撑这个家，自己要是被撞成残疾，生不如死不说，母亲也会受到拖累。自己这是何苦呢，何涛都不在乎她张巧英，自己还在这寻死觅活的，想来都觉得可笑。

她理了理思绪，说："我没事了，谢谢你！"

"我也要过马路，我送你过去吧。"男生说。

张巧英在男生的护送下过了马路。

这个男生就是林浩东。

林浩东主动告诉张巧英他在一家物流公司上班，单位离张巧英公司不远。林浩东在和张巧英分别时要了张巧英的联系电话。

天气已经晴朗了好几个月，张巧英几次打电话回去，听母亲说家乡的小河快干涸了，母亲种在河边的几垄青菜由于缺少河水的浇灌，蔫头蔫脑的，都快干枯了。听到母亲这样说，张巧英才想起来，厦门也有几个月没下雨了。

没想到昨天才和母亲聊干旱的事，这下天上却下起阵雨。张巧英做完卫生走出办公室，发现外面下着瓢泼大雨，行人急匆匆地在路上奔跑。张巧英站在门口，边等雨停边看着路上奔跑的行人，等了半个小时左右，雨依然毫无停歇的意思，张巧英本来下班就迟，再等这么些时间，天色渐渐黯淡下来，她的内心不免有些着急。

"哈哈，回不去了吧？"张巧英听到一阵爽朗的笑声，转身一看，是林浩东。林浩东手上撑着一把伞走了过来，说："看来还是我有先见之明，平时都不带伞的我，早上出门时看了看天，预感会下雨，就顺手捎了把雨伞，这下真派上用场了。"

"看你臭美的样子。我猜你八成是看了天气预报才带的伞吧。"张巧英不以为然。

"看，不相信我了吧？我真没看天气预报。再说了，天气预报也不一定准确。带伞完全是凭我的第六感觉。"林浩东得意地说。

"算你厉害，可以吧？"张巧英笑道。

"走吧，一起回去吧，一个女孩子在外面逗留，小心坏人。"林浩东故意吓唬张巧英。

张巧英原本没有想和林浩东一起走，她心里想，这么小的雨伞，两人挤在一起，多别扭啊！一听林浩东说"坏人"，胆小的她顿感毛骨悚然。

"还是跟他一起走吧。"张巧英看到雨丝毫没有停歇的意思，她看着林浩东期盼的眼神，只得一头钻进林浩东的伞下，两人一起往张巧英住处走去。

林浩东把张巧英送到住处后，张巧英想招呼林浩东坐一会再走，嘴巴张了张，不好意思说出口。看着林浩东远去的背影，后背被雨淋得湿漉漉一片，而她身上却是干爽的。张巧英顿时明白了。

自此以后，林浩东时不时打电话问候张巧英，周末约着一起出去打球、爬山。

林浩东出差了，在出差的这几天，张巧英魂不守舍，觉得丢了什么似的。张巧英很想听到林浩东的声音，几次拨了林浩东单位的电话，在号码按下去的那一刻，才醒悟到林浩东并不在单位。

一天晚上，睡觉之前，张巧英听到房东在叫她。张巧英打开门，房东告诉她有电话找她。张巧英疑惑地接了电话，是林浩东从北京打来的。张巧英突然听到林浩东的声音，激动得不知所措，她语无伦次地对林浩东说："这几天我一直在等你来电话……"电话那端，林浩东沉默着，过了一会才说："我也是。我原本想考验自己，这几天不和你联系会怎样，可是我发现我做不到，我多希望能听到你的声音……"张巧英温柔地说："等你回来时，我去车站接你。"

火车站的出口处，张巧英踮起脚尖往前看。旅客三三两两地走出来，却始终看不到林浩东的影子。张巧英踮起脚尖望眼欲穿，突然看到林浩东向她跑了过来，林浩东奔跑的姿势真好看：

潇洒的身影、豪迈的动作，犹如一名健壮的运动队员。张巧英看到林浩东的手上高高举着一样东西，等走近了才看到是一只烤鸭腿，林浩东边喘气边说："这是我从北京带回来的，可好吃了，吃吧。"张巧英看着，鼻子一酸，泪水就滑了下来。

"好了好了，多高兴的事，哭什么。"林浩东说。他拿起纸巾帮张巧英擦眼泪，边擦，边一本正经地说："这可是求婚礼物，你吃了这个鸭腿就等于接受了我的求婚了。"张巧英听了，"扑哧"一声笑了出来，挥着手追打林浩东。

周末，张巧英带林浩东回到坂仔。

林浩东走进门的那一刻，张母盯着林浩东，把他从头到脚看了一遍，接着把林浩东的家底问了个遍。最后，张母板着脸对林浩东说："结婚后你有什么打算没有？我就这么一个女儿，让她千里迢迢跟你回去，我是不会答应的。要是你们不回去想在厦门生活，你父母都是农民，买得起厦门的房子吗？你现在买不起房子，等孩子出生了，就更买不起了。我已经苦了大半辈子，可不忍心看着我女儿再和你一起受苦……"张巧英听母亲说话，越听越觉得不对劲，她不高兴地说："妈，您说什么呀？扯那么远干吗呀。"

"巧英，妈的脾气你也知道，妈是有什么说什么，我们就是要把丑话说在前头，免得到时你吃苦受累。既然林浩东买不起厦门的房子，我看你们还是当朋友来往吧。"

"我不！我就是要和浩东在一起。"张巧英执拗地说。话虽如此，在往后和林浩东来往的日子里，母亲的话始终在张巧英的耳边萦绕，她努力想着两全其美的办法，思绪却是剪不断理还乱。

回到厦门，张巧英和林浩东依然保持恋人关系。

农历七月十五，林浩东第二次来到张巧英家。

每到逢年过节，张母都要备好供品拜拜。这天早上，按照坂仔镇的风俗，张母早早起床，捞了米饭，炒了几样菜，摆出桌子,在桌上摆满饭菜,在小酒杯上斟上米酒,点燃香,向着大门处拜拜。过了二十分钟左右,拜拜结束,张母忙着把供品从桌子上撤下来,张母端着供品走进厨房,一眼看到坐在沙发上的林浩东,说:"浩东,帮我把桌子收起来。"

林浩东听了,条件反射似的站了起来,急急地摆着双手,说:"我信奉基督教,不能搬,对不起。"张母听了,脸瞬间黑了下来。

吃饭时间到了,林浩东坐在沙发上却不动身,张母问起缘由,张巧英解释道:"林浩东信基督教,不吃我们拜过的食物。"说完,转身进厨房为林浩东煮面条。

张母看了,把碗重重地蹾在桌子上,说:"这个不能做那个不能吃,以后有你好看的,你现在能忍,以后你们要是结婚,我看你能忍到什么程度。"张巧英在厨房听到母亲在外面的吼叫声,泪水汹涌而出。

转眼,一年一度的春节到了。

林浩东要张巧英和他一起回老家。他们刚开始打算乘坐飞机回去,可是平时飞机都坐不起,更何况春节机票的价格水涨船高。当然,昂贵的机票并不能阻止他们回去的决心,为了能回到家,林浩东半夜两点到火车站排队守候,结果等窗口打开时,票还是被前面排队的人买光了,林浩东只买到两张站票。

大年二十九,林浩东和张巧英提着大包小包来到火车站。火车站人山人海,挤进车厢都非常困难。林浩东看到这阵势,把行李放在地板上,转身对张巧英说:"我先空手挤进车厢,你待会再从窗户把行李递给我。"张巧英说好。林浩东脱掉外衣,一改平时的斯文样,费尽九牛二虎之力挤进车厢,张巧英第一次坐火车,看到这个阵势直接傻眼了。正在愣神的工夫,林浩东从窗户伸出头,对张巧英喊着:"巧英,我在这呢,赶紧把行李递给我。"张巧英一听,回过神来,把行李一袋袋递给林浩东,等到把行李全部递上车厢后,张巧英感到浑身都快虚脱了。林浩东在车厢里面对张巧英喊道:"巧英,看这样子你是挤不进来了,这样吧,你从窗户爬进来,我来接你。"车厢内外人群涌动,闹哄哄的,张巧英对着林浩东大声喊道:"这怎么行,我爬不上去,我还是从车门进去吧。""巧英,来不及了,车快开了,车门那么挤你挤不进来的,你赶紧叫旁边的人帮忙下,从窗户爬进来,快点,车就要走了。"林浩东急切地说。张巧英一听,跟着急了,她一扫平时的矜持样,转身让身边一个男人把她托起来,直接从窗户爬了进去。

车厢里人头密集,各种气味夹杂、混合在一起,张巧英感到胃在一阵阵翻滚。林浩东看到张巧英难受,从包里拿出一包话梅,撕开袋口,往张巧英的嘴里塞了一颗,张巧英翻滚的胃才逐渐平静下来。

在上车之前,林浩东担心车上没有座位,自作聪明地买了两把塑料椅,本想上车摆在过道上坐,等上车后才发现,就连过道也被挤得水泄不通,有地方站就很庆幸了,根本不用指望能摆上塑料椅。林浩东和张巧英只得一路站着。

张巧英和林浩东在火车上站了三天三夜,到达站点。林浩东带着张巧英,背上背包,两手提着两个沉甸甸的行李,奔跑着去赶客车。车启动,在狭小的山路上盘旋了两个多小时,到了一个原生态的小山村,这就是林浩东家。

到了林浩东家,张巧英想起在书上看到的一句话,这句话应对了林浩东家当前的状况:林浩东家有房有车,只不过房子是土坯房,车是门口停放的板车。张巧英住了下来,林浩东母亲蹲在角落烧柴火做饭,大锅炒菜时烟雾缭绕,烟味呛得张巧英咳嗽不止。生活离不开一日三餐,离不开吃喝拉撒,张巧英想上厕所,林浩东带着她来到山上的厕所,厕所四面用破麻袋遮住,上厕所时蹲在两块石板上,往底下一望,深不见底。张巧英蹲在厕所里头晕目眩，感到自己快要掉下去了。

在林浩东家住了两个晚上后，张巧英对林浩东说："浩东，我们分手吧。"

六

回到厦门后，去意已决的张巧英主动给李冠林打了电话。这个电话让李冠林受宠若惊。

李冠林是张巧英高中同学，读高中时就喜欢张巧英，并且有意无意地对张巧英流露暧昧情愫。张巧英心里清楚，但她对李冠林没任何感觉，并且马上要高考了，为了学业，张巧英对李冠林丝毫不敢有投桃报李的举止。

李冠林家离张巧英家有三十几公里，高考后，李冠林去读了技校，毕业之后安排在糖厂工作，几年之后，糖厂效益下滑，李冠林辞职回家，凭借家乡独特的地理优势，在山上种植各种果树。在创业过程中，李冠林不时地打电话给张巧英，向张巧英分享自己的劳动成果。李冠林对张巧英情有独钟，在事业慢慢起色时，当地很多人要介绍对象给李冠林，都被李冠林一口回绝了。在他的心里，只有张巧英一人，他试图通过自己的努力证明自身的能力，并期望有朝一日能抱得美人归。

张巧英在厦门的日子，李冠林坚持一个星期给张巧英寄一封信，半个月给张巧英打一次电话，水果成熟季节，给张巧英邮寄新鲜水果。水果有蜜柚、柑橘、桃子、青枣、芭乐等等，都是张巧英喜欢吃的。这么多年来，张巧英清楚她在李冠林心里的地位，但她对李冠林就是没感觉，李冠林出现在她的生活中，在她看来，如空气中的氧气、路边开放的野花一样正常。

张巧英和林浩东谈恋爱那会，张母对林浩东的家底摸了个一清二楚，对林浩东很不满意。张巧英陪林浩东回了一趟老家之后,张母找张巧英了解林浩东家的情况,面对母亲咄咄逼人的眼神,张巧英只得和盘托出,张母越发看不起林浩东。趁着张巧英和林浩东提出分手的机会,张母对张巧英说:"巧英,有件事我原本不想告诉你的,现在你和浩东分手了,我有必要和你说下,你在厦门那时候,家里就我一个人,李冠林不时地买一些吃的用的送到家里来,我本想告诉你,他一直要我对你保密。看得出,李冠林是很实诚的一个人,生意做得风生水起,我看有前途。最近,李冠林还成立了冠林水果贸易公司,你现在没和浩东来往了,可以多联系联系李冠林。"听了母亲的话,当天晚上,张巧英失眠了。

想着自己的终身大事,张巧英几个晚上彻夜不眠。特别是看到身边的朋友,嫁个没钱的老公,过着困顿的日子,对"贫贱夫妻百事哀"更是有着深刻的体会。张巧英想自己年纪也不小了,再这样耗下去,青春耗不起啊!可是看林浩东现在的发展情况,不知道还要多久才能过上好日子,这未来的日子有如茫茫的海面,一眼望不到尽头。张巧英越想,对未来越发迷茫了。现如今,有个喜欢她的人在一边静静地等候着,自己能无动于衷吗?张巧英忘了谁说过,女人一定要找一个爱你的人嫁了,而不是你爱的人来嫁。想来却是充满哲理。

将近三十岁的年龄,找个条件不错的另一半,结婚、生子,就这样平平淡淡地过日子,不用为一日三餐奔波,不必在每天早上准时起床赶着去上班,这就是最好的生活状态了。张母几次对张巧英这样说。张巧英看着母亲,辛苦操劳了一辈子,如今还要早出晚归打工赚钱。可以预见的是,张巧英和李冠林结婚后,张肖华在大学毕业之后,自然而然地到李冠林的公司就业,同时,张母也可以辞职在家安享晚年了。张巧英几次三番在想,她嫁给李冠林才是明智的选择。是呀,人天生并不是喜欢吃苦的,有谁愿意放着好的条件不去享受却到处找苦吃呢?张巧英打定主意之后，跑到路边的公共电话亭，给李冠林打了电话。

张巧英和李冠林的关系确立之后，张母背着张巧英和李冠林进行一次严肃的谈话。张母端坐在椅子上，衣着得体、整洁，她眼睛直视李冠林，说："冠林，我这个人心直口快，我知道这么多年，你一直在等张巧英，我感谢你对张巧英的好。可是，我必须和你挑明的是，张巧英在你之前已经有男朋友，这个你应该也知道，我想说的是，既然你选择张巧英，那么你就要接受她的过去，并且把张巧英的过去从你的心里抹去。你们结婚后，特别是你们小两口争吵的时候，都不能以这个作为吵架的理由，你如果能够接受，我就答应把张巧英嫁给你；你如果无法接受，那么，你和张巧英仍然是同学关系，凭你的条件，你可以找到条件更好的女孩子，所以，你还是想清楚了再决定要不要和张巧英来往。"张母的这番话其实是有深意的，村里有几个女孩因为之前有和别人谈恋爱，再嫁给别的男人时，男方总拿女方的过往来说事，张母考虑周到，丑话说在前头，怕的是日后李冠林找这个借口为难张巧英。

这些年来，李冠林在社会上摸爬滚打，自然明白张母话里的含义。张巧英在他之前就和别人谈了恋爱，要说李冠林一点都不介意那是假的，只要空闲下来，他就会想起这件事，以致有段时间心情抑郁难解。从这之后，李冠林也想开了，人生，哪能都那么完美呢？维纳斯还因为断臂而举世闻名，为世人所知晓呢。正值青春期的俊男靓女，有几个能和他一样是清清爽爽的一张白纸呢？他在意的是能和张巧英牵手一生，也因此，他接受了张巧英的过去。

张巧英和李冠林彼此知根知底，只差一个结婚仪式了。李冠林和张巧英商量后，开始筹备婚礼，李冠林毕竟在生意场上摸爬滚打多年，办起事来风风火火，几个电话下去，一切安排得井井有条，张母省事不少，也乐得轻松自在。

七

　　夜色笼罩，张母一身疲惫地回到家，她一眼看到坐在沙发上的林浩东，心里吃了一惊，疲劳感一飘而散。她心想这是在自己家，张巧英也马上要结婚了，谅林浩东也不敢怎样，心情才稍稍放松下来。张母虽然性子急，但没人冒犯她的时候，她的性格是温和的，和风细雨地说话、做事。张母想到来者是客，何况马上要办喜事，要避免所有不愉快事情的发生，想到这，张母对林浩东热情地打了招呼，并客套地对林浩东说："巧英马上要结婚了，留下来喝喜酒。"林浩东自然很爽快地答应了。

　　出嫁这天，一家人早早起床，张巧英请来镇上最有名的化妆师，张肖华也从学校请假回来，苏晓琳昨晚就住在张巧英家，一大早起来帮忙。张肖华和林浩东帮忙打理好李冠林送来的嫁妆，只等迎亲的车一来，就把这些嫁妆搬上车。坂仔镇女孩在出嫁时，男方会送来一笔钱，这笔钱用来购买嫁妆，嫁妆一般是彩电、自行车、风扇、电饭锅之类，李冠林财大气粗，为了不让张母太操劳，张巧英的嫁妆都是李冠林一个电话让人送来，与其他女孩子的嫁妆不同的是，张巧英的嫁妆显得"高、大、上"：彩电、冰箱、空调、摩托车等，市场上有的家电，李冠林都扫了个遍，因此，当张肖华和林浩东把这些嫁妆一件件搬出来时，引来了邻居的驻足、观望。

　　十点整，李冠林西装革履地带着迎亲队伍浩浩荡荡地到了张巧英家。彼时，坂仔镇迎亲队伍大部分是由摩托车队组成，新郎官为了排场，邀请家里有摩托车的年轻人来帮忙，如果还想再讲点排场，就只邀请"太子"摩托车的车手，"太子"摩托车在当时算是最好的摩托车，一辆万把块，因此，要是迎亲的是"太子"摩托车车队，围观的人就会赞叹不已。而李冠林无疑走在了时代的前列，不惜下本钱从厦门请来轿车车主，组成一个二十几辆轿车的迎亲车队，车队沿着张巧英家门口一字排开，路过的行人看到这样庞大的阵势，停下急匆匆的脚步，等着看迎亲。

李冠林直奔张巧英家时，一眼看到林浩东。这之前，张巧英和李冠林打电话时，已经告知林浩东会来参加婚礼，要李冠林到时不能冲动。李冠林笑嘻嘻地说："冲动的应该是他不是我吧？"张巧英说："他的性格我了解，他肯定不会冲动，只要你不冲动就行。"李冠林说："放心吧，你马上就是我的新娘了，我高兴还来不及呢！"有了那天张巧英打的预防针，李冠林一看到林浩东，主动和林浩东打招呼，他从口袋掏出软中华请林浩东抽烟。两个男人站在靠近窗户的地方抽着烟，客套地聊天。张巧英看在眼里，心里的一块石头落了地。

迎娶的时辰到了，张巧英在张母的搀扶下从屋里走了出来。今天的张巧英穿着红色的新娘礼服，脖子上、手腕上、耳朵上挂着黄金饰物，张巧英走路时，耳朵上的金坠子摇摇摆摆，闪动着耀眼的金黄。俗话说，人靠衣装马靠鞍，张巧英经过一番打扮之后，显得楚楚动人。

张巧英哭得眼睛红红的，张母的眼眶也跟着红了。坂仔镇的每个女孩在出嫁之前，都要来一场雨打桃花泪纷纷的哭泣。这哭，没有丝毫做作之意，而是内心自然、真情的流露。每到迎娶的时候，新娘会自然地想起父母的养育之恩，想到自己就要开始新的生活，对娘家的怀念与不舍。因此，在这天，大部分新娘会哭得很伤心，而作为新娘的父母，眼看着陪伴自己多年的女儿就要离开家，同样会感到依依不舍，于是，陪着女儿一起落泪。今天的张巧英也不例外，哭得昏天黑地，一直不肯上婚车。最后，还是李冠林走了过来，揽过张巧英的腰，把张巧英劝进婚车里。

李冠林为了向张巧英表明他对林浩东不会有什么芥蒂，和张巧英商量后，决定请林浩东开新娘车。林浩东在物流公司上班，有着娴熟的驾驶技术,大家都放心。

迎亲的时辰一到,张肖华在家门口点了一长串鞭炮,鞭炮从门口向路口延伸,蜿蜒曲折。鞭炮点燃后,鞭炮声此起彼伏,一浪高过一浪。在鞭炮声中,车队缓缓启动。走在前面的是一辆皮卡车,皮卡车的车厢放着一对箱子,箱子里面装着拜拜的供品,箱盖上贴着红纸。皮卡车上最引人注目的是一棵秀长笔挺的竹子,竹子是连根拔起的,有根、有树叶,青翠欲滴,竹子的寓意在于祝福新娘嫁到婆家后早生贵子(竹)。

新娘车排在第二辆,车内只有三个人,林浩东当司机,后座座位上坐着新郎李冠林和新娘张巧英。接下去的几辆车坐着双方亲戚,再最后是面包车,几辆面包车上载满了嫁妆,面包车上有专人负责放鞭炮,车一路走,鞭炮一路燃放。路边住户一听到鞭炮声,都知道有迎亲队伍,就有人大声喊着:出来看新娘了。在屋里的人听到声音,纷纷放下手里的活,小跑着从屋里跑了出来,在他们眼里,头一次看到阵容如此强大的迎亲队伍,大家啧啧赞叹,相互打听是谁家的女儿出嫁,嫁的男方是做什么的。

林浩东手握方向盘,专注地开婚车。车后座的张巧英还在低声啜泣,李冠林不时地安慰:"好了,别哭了,今天是我们的大喜日子,开心点。再说了,三天之后我们不就又回来了吗?"坂仔镇的婚俗,新娘出嫁三天后,要回娘家一次,叫回门。张巧英听了李冠林的话,想到不能让李冠林太扫兴,何况林浩东还在前面,不能影响他开车,这样想着,渐渐停止了哭泣。

婚车从张巧英家驶出来,经过坂仔镇中心街,向李冠林家驶去。李冠林家在西坑村,地势山区,山路崎岖。坐在车里远远望去,只看到一条弯曲的山路盘旋曲折,在山林中盘绕。李冠林经常开车跑这条路,不觉得山路弯曲,对林浩东来说,却是第一次走这样的山路,他提醒自己专心开车,把张巧英安全送到李冠林家。因此,一路上,林浩东始终全神贯注地握着方向盘,当车要转弯时，不忘按下喇叭，以提醒前面的车辆。

上坡了，路越来越陡，陡的同时没多远就会出现急转弯，稍微不慎，车就有往山下坠落的危险。一路驶来，林浩东发现自己额头上开始冒出汗珠，那是因为过于专注的缘故。林浩东丝毫不敢懈怠，连大气都不敢出，眼睛直视前方，小心翼翼地前行。李冠林觉察到了林浩东的紧张，安慰林浩东说："别紧张，这条路虽然看着陡，凭你多年的驾驶技术，肯定没问题。"当然，这是站在李冠林的角度，李冠林在这条路上不知道往返了多少回，对这条路是再熟悉不过，当然觉得没问题。林浩东在厦门几乎没走过山路，紧张也是在所难免。张巧英本来想叫李冠林帮林浩东开一阵，但李冠林身为新郎官不能开车，即便想开，这样的路也不好停下来，要是停下来，前面突然出现其他车辆，后果不堪设想。

越往上走，海拔越高，林浩东忽然觉得胸闷难受。他使劲眨巴着眼睛，希望能够缓解下状态，可是没用，胸口的疼痛一阵高过一阵，剧痛使他皱紧了眉头，他忽然想到，可能自己的心脏病复发了，糟糕的是，早上因为匆忙，居然忘记随身带药了。此时，林浩东的思维出现了恍惚，他的眼前浮现出了和张巧英在一起的情景，他们一起爬山、一起打球、一起爬火车……美好的回忆可以缓解些许疼痛，但是回忆无法达到药物的效果，林浩东试图以回忆掩藏痛苦，胸口却始终隐隐作痛。他下意识地想停车，车道狭窄，不好停车。一行行汗珠从他额头滑落，他张了张嘴，想叫张巧英的名字，嘴巴张开时，感到有人往他嘴里塞东西，林浩东下意识地张开了嘴巴，是药，专治心脏病的药！他正感到诧异，张巧英说："早上出门时看到你落在桌上的药，本想拿给你的，有事耽搁了，这下派上用场了。"林浩东内心涌起一股暖流，张巧英还是一如既往地细心。眼前的这个女人，曾经是他的最爱，眼下，她找到了属于自己的归宿，他应该为她感到高兴才对，虽然最终，他没能和她携手到老，今天他能够亲自参与这场婚礼,亲自把张巧英送到新郎家,对他来说,已经心满意足了,他会把张巧英深藏在心里……他边开车,思绪却在纷飞,隐隐地,从前面传来了一阵阵的鞭炮声……